長篇懸疑小說

合法謀殺

中躍 著

「遊戲文學」掌門人中躍
「謀殺系列長篇」高峰之作！

兇手利用夫妻關係的合法外衣和便利條件，
使殺人不可思議地變得「合法」而「便利」；
所有的謀殺案，罪犯都在打法律的擦邊球，
甚至暫時逃避了司法的制裁。
然而，最終結果卻出乎所有人的意料……

Contents

所有的婚姻，都是倖存的婚姻，
我們每個人，都是一個倖存者！

引子：「私情偵探所」

1

美貌的電視播音員方圓號稱是麻將城的「形象大使」，無論從哪方面來說，她都不應該死得這麼年輕，更不應該死得這麼慘。

元旦凌晨1時許，這位三十二歲的少婦從高高的二十四層樓的住宅陽臺墜落而下，摔成了一攤肉餅。她急速下落的身體還順帶砸瘸了一輛寶馬轎車，並將一位擺夜攤的老太太砸成了植物人。

又應了那句俗話：自古紅顏多薄命。人們不禁要責問上帝：難道你給了一個女人「生的美麗」，就一定要讓她「死得難看」麼？……

當然，人們更加關心的是：方圓——這位上帝的寵物，到底是自己活得不耐煩了，還是別人對她的活著不耐煩了？……

據說她的死驚動了中央——電視臺——的一位名人，她和這位名人那些恩恩怨怨、花花草草的事，正在網上炒得沸沸揚揚，這位名人的名譽也被弄得花花草草、污跡斑斑。大家還記得，不久前，名人的一個「粉絲」曾在網上發佈了一個「網路通緝令」，威脅說，要方圓立刻在大眾的眼前消失，永遠消失……

一時疑霧團團，滿城風雨。

麻將城警方立刻介入了調查。很快，就有消息傳出，方圓的現任丈夫何飛成了此案的第一犯罪嫌疑人。

2

三十三歲的何飛案發前是「麻將城冷靜律師事務所」的一名律師。正如醫生不能自己為自己開刀，律師也不便自己為自己辯護。這天出庭為他作辯護的，正是事務所的所長、也是何飛的老闆——冷靜。

開庭日期是2月12日。麻將城內，除了麻將牌唏裏嘩啦的日益狂歡，還新添了玫瑰和巧克力的芳香，所有的商家和媒體都在對準「情人節」狂轟濫炸。

上午9時許，當何飛被兩名法警帶上法庭時，旁聽席上突然爆發出一聲聲悲憤的大喊：「殺了他！殺了他！殺了這個畜生！」……

那是死者方圓的親屬們。他們相信是這個男人將自己的妻子從二十四樓扔了下去。

此時，在四百公里外的濱城，何飛的父親正在醫院的手術室接受化療。六十四歲的老人患的是骨癌——最絕望、也是最痛苦的一種癌症。家人一直向他封鎖著關於大兒子「殺妻」、受審的一切消息。

3

「情人節」的前夕，正是律師事務所最忙的時候。

二月的空氣裏彌漫著玫瑰和巧克力的芳香。「2‧14」已變成了一個十分敏感的日子。不知從什麼時候起，情人節彷彿成了「疑心節」。所有的律師事務所也差不多成了「私情偵探所」。

如今，越來越多的人在「2‧14」這天都會理智地選擇待在家裏，而把與朋友的聚會安排在情人節的前一天或者後一天。

你有政策，我有對策。那些前來申請調查配偶「忠誠度」的客戶，大部分都選擇了「2‧13」和「2‧15」的日期，請律師調查其「愛人」或「對象」的行蹤。

——「前天，他突然對我說，老婆，『2‧14』我一定在家陪你過，但『2‧13』和『2‧15』我都有事。開始我沒在意，可今天上班時有人對我說，『2‧14』前後兩天要提高警惕。想了又想，我決定請律師查查他這兩天到底去哪裡。」

在「冷靜律師事務所」裏，一位自稱姓懷的女士正鬼鬼祟祟地壓低聲音向律師「報案」。

——「你丈夫最近有哪些反常的表現？」張律師頭也不抬地問。

「最近？我想想。哦，有，就是，他回家後吧，就把手機調成震動或關機，而且，有時候，他收到短信就立即刪除了。」

張律師點點頭，表示可以受理。懷女士按要求留下自己的手機號和九百元費用，然後匆匆離去。

——「下一位？請進。」張律師頭也不抬地叫道。

4

法庭上，公訴人還在機械地讀著那本厚厚的起訴書。旁邊的助手不時地向法庭出示相關的證據。

這個過程，冷靜估計要花兩個小時左右。

關於起訴書的內容，冷靜早已熟得不能再熟。對何飛最不利的證據有這麼幾條：一是警方在方圓的屍體內發現了大量的安眠藥；二是事發當夜何飛一直在家，卻遲遲沒向警方報案；三，方圓是穿著內衣、赤腳掉下去的，作為一個極愛面子的女人，在那麼寒冷的天氣，自殺似乎解釋不通，更像是被人扛在肩膀上扔下去的。

冷靜不相信身為律師、精明強幹的何飛，會幹出這樣愚蠢透頂的事情。假如他真的想殺妻，他本可以幹得更漂亮，也就是幹得更合情合理、更合法——讓人抓不著把柄。因為他就是吃這行飯的。律師是什麼？律師就是專門找法律漏洞、鑽法律空子的人，同時又

不讓別人來找自己的漏洞、鑽自己的空子。

　　除非——他的腦子壞了。

　　腦子壞了，換用一個法律術語，就是——「限制責任能力人」。

　　當然，這是最後一根救命稻草。不到萬不得已，是不會用的。

　　冷靜現在要為當事人做的是——「無罪辯護」。就是說，他要證明何飛的所作所為都是合法的。

5

　　為了避免「顧客盈門」的熱鬧場面，冷靜律師事務所在情人節前大幅提高了「婚姻忠誠調查」業務的受理門檻，對客戶們提出了各種苛刻要求。

　　但即便如此，在情人節前，事務所下屬六個部門中的調查律師，不管是債務追蹤、詢價調查、還是知識產權的，都統統調去「增援」婚姻忠誠了。在接待廳裏負責接待的小姐連上廁所都要一路小跑。

　　統計資料表明：老婆調查老公的約占六成，老公調查老婆的約占四成。被調查的男士一般在三十五歲以上，被調查的女士一般在三十至三十五歲之間。「不忠誠」比例占了九成以上。

　　愛發議論的老張當著顧客的面就在辦公室裏大發議論：「婚姻真是太假了！夫妻真是太假了！！我現在老是懷疑我老婆對我忠不忠誠？？？我們的婚姻還能維持多久？？？？」

　　剛離婚不久的老黃總是不懷好意地慫恿他離婚：「老張啊，我看你就別受罪了，還是像我這樣，離了多好！無妻一身輕嘛！你看我，多自由，多幸福！」

　　「夫妻真是假得很，別看今天同床共枕，說不定明天就各奔東西。」老張感慨萬分。

　　——「什麼同床共枕，同床異夢還差不多！」老黃糾正他說。「本來嘛，馬克思說得好：夫妻本是同林鳥，大難來時各自飛。」

　　大家終於被逗笑了，繃緊的神經鬆馳了一下。

　　「老黃你別老說這些悲觀的話，」接待小姐也忙裏偷閒地插上一句：「你看現在，我們所裏，倖存的婚姻就剩下老闆和老張了，你還叫他離，你還讓不讓我們看到一點希望？叫我們年輕人還敢不敢結婚了？」

　　「倖存的婚姻，就一定比死亡的婚姻強啊？」老黃面對小姑娘更來勁了：「其實所有的婚姻，都是倖存的婚姻，我們每個人，都是倖存者！活一天是一天罷。本來嘛，馬克思說得好：今天晚上脫了鞋，不知明天能起來？」

　　「黃大律師你省點勁吧，又有客戶來了！」接待小姐將手上的張女士派給了老黃。

　　和大多數婚外情一樣，張女士是最後一個瞭解事實真相的人。

　　張女士向律師「報案」時，她的胸脯一起一伏的，彷彿刺激的場景就在眼前。

　　她的案情是這樣的：她昨天剛從外地趕到麻將城，發現丈夫的住所整潔如新，再看衛生間的盥洗器具，她發現有兩支牙刷，還有毛巾什麼的都是成雙成對的，當時是上午，那兩支牙刷頭上還是濕漉漉的……她當時簡直像一攤泥一樣癱在地毯上。

　　張女士想了一整夜，決心不惜一切代價，先捉姦取證，再離婚了之。後來，她再仔細一想：丈夫做生意幾地奔跑，很多時間連個影兒都見不著，取證的難度可想而知。還有，即便捉姦成功，可現在全家的財產都攥在丈夫手裏，一旦二人關係惡化，丈夫轉移財產，她又能得到什麼呢？

　　現在，張女士把這個難題交給了律師。並表示：「不惜一切代價。」

6

法庭上，冷靜是這樣來答辯對何飛最不利的那幾條證據的：

警方在方圓的屍體內發現了大量的安眠藥。

——這不奇怪，因為方圓患有嚴重的神經衰弱症，經常需要服用安眠藥。

事發當夜何飛一直在家，卻遲遲沒向警方報案。

——因為何飛也患有嚴重的神經衰弱症，當晚也服用了安眠藥，睡得較沉，對妻子的跳樓一無所知。

方圓是穿著內衣、赤腳掉下去的，作為一個極愛面子的女人，在那麼寒冷的天氣，自殺似乎解釋不通，更像是被人扛在肩膀上扔下去的。

——這僅僅是推測，不能作為有效證據。

冷靜讀完了答辯狀，上午休庭的時間就到了。

7

中午，冷靜的事務所裏一點也沒有「午休」的跡象。

冷靜也從法院趕了回來。和其他同事一樣，他一邊喝咖啡、啃麵包，一邊在辦公桌上忙碌著。

「你們呀，太自私了，只顧忙自己的業務，也不問問何飛的案子怎麼樣了？」冷靜開玩笑地說。

他知道，作為老闆，越忙碌越不能冷淡大夥兒，他得給他們鼓勵，打氣，讓大家的精神振奮起來，快活起來。

「那還用問嗎？」老黃油腔滑調地說：「老闆辦的案子，什麼時候不怎麼樣過？！」

「唉，在這個節骨眼上，本所偏偏又損失了一員大將。」老張說。

「何飛他自己損失也就罷了，還要再搭上老闆為他辯護，這才是最大的損失啊。」

「我呀，恨不得把自己撕了。」冷靜說。「撕成兩個人用」。

「哎呀，老闆要撕就先撕我們吧！」

……

一名四十歲左右的男士酒氣醺醺地走了進來。

他剛坐下，桌對面負責接待的張律師就覺得這人特面熟，腦子裏就像攪拌機似地轉開了：莫不是哪位熟人、朋友吧？還是過去的老顧客？……

後來他終於想起來了——他剛剛看過他的照片——他正是剛離開的那位客戶懷女士的老公！……

張律師表面故作鎮靜，心裏卻大吃一驚：他來這裏幹什麼？是不是上門來質問、鬧事的？

但事情的進展令他感到非常意外：這位男士到這裏來的目的，竟然是要求律師調查他的妻子是否有「第三者」，並且特別指出要在情人節這一天跟蹤調查。

他拿出妻子的照片。張律師一看，沒錯，照片上的女人，正是兩小時前剛離開這裏的懷女士。

——「老闆，有人找你。」接待室的小姐按響了冷靜辦公室的對講器。

「有沒有預約？」冷靜正忙得焦頭爛額。

「沒有。」

「那就預約。」

「她說是你的朋友，有重要的事情找你。」

——「冷律師啊，我是小華啊！」

冷靜愣了一下。小華，一個熟人，老婆的好朋友，小華的老公

小泄，是和自己常在一起玩的朋友，怎麼說呢？

——「讓她進來吧。」

出於禮貌，冷靜手忙腳亂地為小華倒了一杯水。不料這杯水在交接過程中出了差錯，全部潑在了冷靜辦公桌的文件堆上，引起了更大規模的一陣手忙腳亂。

冷靜有苦說不出，氣得雙手直發抖，嘴上還要不斷地說：「對不起，沒關係，沒關係。」

那隻空紙杯在小華的手裏索索發抖。冷靜心裏想，怎麼搞的？夫妻倆個都這個毛病？

——「什麼事啊？」冷靜決定單刀直入：「小泄又打你了？」

「不是不是，這次不是為這事，」小華連忙說，「冷律師啊，這次你一定要幫我這個忙啊，我哥哥實在是冤枉啊！」

「不急，你慢慢說，」冷靜話一出口就後悔了，立刻巧妙改口：「儘量簡明扼要，啊，突出重點，下午我還有一個案子，2點鐘開庭。現在我只能給你十五分鐘時間。」

但女人說話怎麼可能簡明扼要，突出重點？何況案情是那麼複雜，故事是那麼精彩。連冷靜都聽呆了。

「我哥哥的那個村子裏，發生了一起離奇的案件。村上有個三十多歲的婦女，叫陳桂花，她老公在外地打工，不在家，她在家帶兩個小孩子，小姑娘十來歲了，小男伢才五六歲。

「不久前的一天晚上，半夜三更的，有個男的摸到她家裏，要強姦她。那個男的蒙著面，看不見臉，也不說話，一隻手卡住她的頸項，一隻手就伸到被子裏去摸她，扒她的衣裳……

「那女的正睡得著呼呼的，被驚醒了，嚇得半死，拼命掙扎，手舞腳踢的，還喊出了聲音，把睡在大床上的小男伢和隔壁的小姑娘都驚醒了。那是一大間房子，中間隔了一道矮牆，牆上通著一個門。媽媽帶著小男伢睡大床，小姑娘一個人睡外間的小床。小男伢

被驚醒後，哭了起來；外間的小姑娘就在床上問：『姆媽，你做什麼呢？』……

「女的頸項又被男的卡住了，叫不出，喊不出，只是拼命掙扎，手舞腳踢的，動靜很大。隔壁的小姑娘下了床，開了電燈，想推門，卻推不動。小姑娘衝著牆那邊又高聲問了一句：『姆媽，你做什麼呢？』……

「那個男的一看這情況，就趕緊丟下女的，跑掉了。」

說到這裏，小華喘了口氣，停頓了一下。

——「哦，跑掉了。」冷靜也從他的記事本上抬起頭來，長舒了一口氣。

他以為故事完了。

「哪曉得到了第二天晚上，也是一兩點鐘的時候，那男的又來了……」

——「又來了？」冷靜只好再次把頭低下來，繼續記錄。

「嗯。還是蒙著面，看不見臉。這次男的還帶了把刀，他把刀抵在女的心口，說，你要是不肯，我就先殺了你兒子！……

「女的害怕男的傷到兒子，只好被那男的強姦了。」

——「哦。後來呢？」冷靜抬起頭問道。

「後來，第二天下午，女的就跑到當地的陳鎮派出所報了案。派出所長聽了這個情況，分析說，那個男的這兩天夜裏可能還會再來，於是決定悄悄派幾個民警，晚上到這女的家裏埋伏起來，守候抓捕。

「派出所長關照女的，那男的來了之後，不要驚動他，不要喊，也不要反抗，就讓他強姦，等到那男的泄精之後，再大聲咳嗽幾下，放出信號，然後民警再衝進去抓他。

「那女的說我不懂，為什麼還要被他再強姦一次？派出所長不耐煩地說，這種事情關鍵是要抓證據你懂嗎？……女的也不敢再多問，就一個人先回家了。

「到了當天夜裏，11點鐘左右，民警們悄悄地進了村，悄悄地

來到了陳桂花家。一共來了四個民警，其中有派出所長，副所長。當時小孩子們都睡著了，他們悄悄的，連電燈都沒有開。陳桂花還是在裏間跟小兒子睡在大床上，十四歲的小姑娘睡在外間的小床上。其中兩個民警在外間的小床處蹲點，他們準備了一台小型紅外線攝像機——站在一張凳子上，隔著矮牆，可以拍到裏屋的情況。另外兩個民警就在外面客廳的沙發那裏埋伏起來。

「他們一直等到半夜2點鐘，也不見那男的來，以為那男的今天不會來了。四個民警就跑到外面客廳的沙發上休息一會兒，不料，他們太困了，擠在一起、蓋著大衣就睡著了。

「裏屋大床上的陳桂花一直沒敢睡覺。到了三點多鐘的時候，那男的又摸進來了，還是蒙著面，帶著刀，他把刀戳在女的心口上，一句話沒說，就動手扒女的衣裳，把她強姦了。這次，女的按照派出所的指示，沒有反抗，也沒有發出一點聲音，直到那男的泄了精，女的才按照事先約好的暗號，大聲咳嗽了幾下……」

這時冷靜別在腰間的手機一陣猛抖。原來是留在法庭的助手來電詢問：下午已經開庭十多分鐘了，為什麼還沒來？

——「對不起，就來，就來。」冷靜連忙說。

「外面客廳裏的員警聽到咳嗽聲，開始還不相信女的受強姦了，以為她是感冒了，就問了她一聲：你沒事吧？那女的急了，喊起來：快！快來抓！……」小華也加快了敘述的節奏。

——「抓到沒有？」冷靜一邊收拾東西一邊問。

「沒有！那男的見勢不妙，衣服也沒穿，就光著身子，從房間的後門跑了出去！……」

冷靜一邊往外走，一邊和小華打招呼，說不好意思，晚上再約時間吧。

小華跟在他後面說：「那我晚上在你家裏等你。」

8

　　冷靜趕到法庭時，他的當事人何飛正在被告席上接受控方的質詢。

　　何飛正以一種奇怪的平靜語調講述自己的「愛情故事」——

　　兩年前，因為每週一次去電視臺的《法律與諮詢》節目做嘉賓，何飛認識了當時的電視節目主持人方圓。

　　……

1 冤家的愛情故事

世上沒有白馬王子，也沒有白雪公主，
因為他們最後都會結婚。

9

　　——「觀眾朋友你們好，感謝你收看麻將城電視臺的《法律與諮詢》直播節目，我是主持人方圓，今天的嘉賓主持仍然是大家熟悉的冷靜律師事務所的何飛律師，我們直播節目的諮詢熱線電話是……」

　　這天，第一個打電話進來的是位女聽眾，說，家裏孩子過生日，請客，忙亂中誤將燒鹼當甜酒給客人喝了，造成兩人死亡。

　　——「請問何律師，這種意外事故應不應該負刑事責任？」

　　何律師答：我國刑法第13條規定：「行為在客觀上雖然造成了損害結果，但是不是出於故意或者過失，而是由於不能抗拒或者不能預見的原因所引起的，不認為是犯罪。」這在刑法理論上就稱為意外事件……

　　另一個男性觀眾說著一口麻將城方言：「聽說我市的天長公路工程出了特大受賄案，一個姓毛的包工頭前幾天已被檢察院傳喚，市建委一個姓徐的科長也被檢察院傳喚，聽說此案的背後還有更大的人物……」

　　直播室的方圓和何飛很快對視了一眼。

　　——「這位觀眾朋友你好，歡迎你熱心參與我們的節目，我是主持人方圓，我想把我們節目的參與辦法再向你介紹一下。我們《法律與諮詢》節目接受觀眾電話諮詢，幫助和指導觀眾學習法律知識，介紹和解釋法律條款，但不討論具體案例，不下具體的結論，更不負責調查和證實那些道聽塗說的事情，請你諒解……」

　　——「方圓小姐，我不是讓你們去調查和證實什麼道聽塗說的事情，我只是想提供一個事實：我市的天長公路工程去年由市政府出面向全市市民集資近五千萬，而作為一個集資的市民，我們有權知道這五千萬用到哪兒去了，誰有權批用這筆資金？又有誰來負責

監督和審計？！……」

導播只好及時掐斷了這條熱線，電視畫面也代之以事先準備好的一條廣告。

何飛律師輕輕摘下頭上的播音耳機，向身旁的主持人方圓投過「微笑之一瞥」。

然而此刻的方圓卻面無笑容。她光潔的額頭上沁著一層細密的汗珠。她低著頭，翻來覆去、毫無必要地整理著手邊的那堆資料。她站起身的時候，甚至忘了摘下頭上的耳機。

看來她還沒有從剛才節目的不愉快糾纏中擺脫出來。

何飛將這一切看在心裏，但沒表露出來。律師嘛，總是觀察細緻而又不動聲色。

這天是星期天。

但電視臺沒有什麼星期天，相反，星期天只會更忙一些。

辦公室裏坐著其他應該坐著的同事。何律師靠近取暖器坐著，享受著它桔紅色的光芒和由此帶來的一團溫暖。方圓則遠遠立在視窗，對外面的風景作眺望狀。

窗外的天色時陰時晴，弄得她的臉色也時陰時晴，讓人捉摸不定。

「風真大。」後來，窗口的方圓終於自語了一句。

何飛看著她，微笑不語。

「何律師，我們還是出去走走吧。」又過了會兒，她這麼說。

天空灰灰的。時陰時晴。他們「走走」著——沿著馬路的邊緣，沿著城市喧囂的邊緣。

頭上，灰灰的天空被那些高大堅硬的混凝土切割得支離破碎。前面不遠是這個城市的火車站。火車開進開出的聲音和廣播裏播音

員懶洋洋的聲音不時穿過喧囂的市聲傳過來，讓人聯想到這個城市以外的一些東西。

　　火車站廣場是他們喜歡來的地方之一。只是各人喜歡的理由不一樣。

　　方圓喜歡廣場那一片空曠，那片綠色的草地和噴水池（儘管大部分時間它並不噴水）。她說現在的城市空間越擠越窄，廣場的景象能喚起人的某種新鮮感。

　　何律師則喜歡火車站那種熙熙攘攘、熱熱鬧鬧、迎來送往的氣氛，說這種氣氛總能激起人莫名的感慨，迫使你想到生命的短暫和人生的無常，從而讓你超脫出來做一回人世的「看客」……

　　但今天方圓無心談論這些哲理。她倚在噴水池欄杆上，看著有一下沒一下噴在半空的水花，忽然問了一句：

　　——「何律師，你說可能嗎？」

　　——「你指什麼？」何律師問。

　　「你知道我指什麼。」方圓的眼睛仍看著噴水，有些生氣地說。

　　何律師停頓了一下，問：「你是說——剛才電視直播裏——天長公路的事情？」

　　方圓點點頭。

　　何律師頓了頓。他不得不非常謹慎。因為他知道，天長公路工程的總指揮就是方圓的老公。

　　「要知道，在這個世界上，什麼事情都有可能發生。」何律師說著，又頓了頓。

　　「恕我直言，搞工程的地方老鼠太多了。」何律師還是決定說真話。因為他現在面對的是一個美貌的電視節目主持人，又不是在法庭上作什麼辯護。「特別像這種做公路的土石方工程，技術含量少，競爭就更激烈。通常來說，沒有過硬的關係，不花大的本錢，這些工程是很難接到手的。」

——「你只是猜測而已，是吧。」方圓轉過臉，眯起眼睛，語氣有點冷。

「你說得對，」何律師友好地注視著她的眼睛，「不錯，你先生是常務副總指揮，而總指揮是副市長掛名的，所以說，你先生實際上就是工程的總指揮，這誰都知道。」

——「誰都知道？這是什麼意思？」方圓臉上掛不住了：「你是不是認為剛才那個聽眾電話就是衝我老公來的，甚至是衝我來的？」

「好了，」何律師收起笑容，輕輕按住方圓擱在鐵欄杆上的那隻手：「說真的，我能理解你此刻的心情。請你相信我好嗎。如果有什麼需要我做的，你儘管說。別客氣，真的。我會盡力而為。——而現在，我送你回電視臺，還是回家？」

「不。我現在不想回電台。也不想回家。」方圓說。

「我能理解你的心情。」停了片刻，何律師說。

——「不，你不理解！」方圓的眼淚終於順著面頰流下來——「因為你不相信！知道嗎？你不相信！而我相信！我相信我老公是清白的！因為——因為我瞭解我的老公！我老公搞城建、搞工程搞了十多年，從來沒有出過這方面的問題，領導、還有大家都很信任他，去年他還獲得國家建設部授予的『優秀建委主任』稱號，所以這次市里又將五千萬的天長路工程交給他。你說，我老公會出這種事嗎？你相信嗎？」她幾乎是搖著律師的肩膀——「你相信他會出那種事嗎？」

「我當然……不願相信。」何律師困難地選擇著詞語。「作為你的好朋友，我願意這樣說。但作為一個律師，我想說的是，法律是不承認印象和感情的，它只承認證據。」

「算了。我不跟你說了。」方圓臉都氣白了。「在你們律師眼裏，好像每個人都是有罪的。」

「不，恰恰相反，」何律師微笑起來，「在律師眼裏，首先假

定他的辯護對象是無罪的。」

　　——「放心，何律師，」方圓轉過頭去，盯著他的眼睛，語氣冷得象冰塊：「我老公永遠也不會成為你的辯護對象——他不會成為任何一個律師的辯護對象！」

10

　　當時誰也沒想到，何飛與方圓的愛情故事就這樣悄悄拉開了序幕。

　　準確地說，他們的故事開始於（方圓墜樓）兩年前的那個情人節。

　　那時候，何飛與方圓各自都有自己的婚姻。當時他們誰也沒有想到，一年後的情人節，他們竟成了一對「合法情人」。

　　當時的何飛，只是想讓自己「不合法的情人」數目再上升那麼一位。

　　方圓的想法卻截然不同，當時她只想一心一意地守著自己的官老公，過一種風風光光、又安安穩穩的幸福日子。

　　可偏偏有人不讓她安穩，不讓她幸福。

　　當時的方圓，是電視臺有名的「冰美人」，也是麻將城有名的「冰美人」。她曾連續幾年被觀眾投票推舉為麻將城電視臺「最受歡迎的節目主持人」。都說她身上有一種高貴而神秘的氣質，能輕而易舉地征服廣大觀眾，更能輕而易舉地征服男人。

　　當時有多少男人殷勤地圍在她身邊轉、打她的主意，連她自己也說不清。其中有幾個死皮白賴的，特別令她反感，比如，電視臺的一個叫孫小平的同事，市建委的那個叫徐溫的科長——還是她老公的下屬呢！——真可謂色膽包天了。他們都有一個共同點：就是想早日成為方圓的「情人」。

　　說白了，就是想早日把方圓搞上床，進行那種不合法的性交活

動，嚐嚐妾不如偷的味道。

　　尤其是到了2002年的情人節前夕，麻將城的大道小道不斷有「可靠的」風聲傳出，說方圓的老公——市建委的馬主任捲入了一件特大受賄案，不死也要被判無期。於是，上述那些多情的男人們就更加躍躍欲試起來。

　　何飛與方圓的這些愛情故事，有的是出於何飛之口，有的是豐美講給冷靜聽的。豐美和方圓曾經是電視臺的同事，更是一對無話不談的閨中密友。

11

　　話說兩年前的那個星期天的上午，方圓送走了嘉賓何飛，回到電視臺，在辦公室裏一直悶悶不樂。

　　她的同事、追求者孫小平見狀就走了過去，找話安慰她：

　　「哎，我聽他們說了，說天長公路和你先生的事⋯⋯，方圓，你別聽他們嚼蛆，那個姓毛的還有姓徐的被檢察院傳喚，跟你家先生有什麼關係？又不是傳喚你家先生。就算你家先生被傳喚，也是很平常的事，改革開放嘛，傳喚就傳喚吧，又不代表你家先生犯了罪。檢察院每天傳喚的人多啦去了，不信，你家先生放個爆竹，看有沒有公安人員來傳喚他？⋯⋯

　　——「孫小平你煩不煩啊？」方圓終於衝著他喊起來：「誰放爆竹啊？孫小平你以為你很幽默是不是，你能讓我安靜一會兒嗎？你還有完沒完？⋯⋯」

　　這回孫小平是徹頭徹尾地愣住了：他臉色刷白，乾張著嘴，像一條被釣在半空的鹹魚。

　　孫小平怎麼也弄不明白，以前他無論說什麼，方圓都是「好開心好開心」的——今天是怎麼了？

　　倒是外面辦公室的同事們笑了。他們都在偷偷捂著嘴笑（好開心好開心）。那個胖胖的副台長笑得身體和椅子一齊在發抖。聲音和表情完全不對位了。

　　方圓呼啦一下從椅子上站起來，憤然離開了辦公室。

　　同事們看著她的背影，全體表現出目瞪口呆狀。不知誰說了句：「想不到方圓也會發脾氣。」不知誰又說了一句：「你老外了，沒生蛋的官太太發起脾氣來還有得輕？」

　　這時窩藏在辦公室角落裏的孫小平突然朝外面吼了一聲：「你媽才是沒生蛋的官太太呢！」……

　　大家一愣，但隨即笑成一團，笑得人仰馬翻——孫小平這句話真正達到了他想追求的那種幽默效果。

12

　　這天中午，從電視臺氣衝衝回到家的方圓只想好好睡上一覺。

　　她關上房門，喝下了一大瓶葡萄酒——那是一件電影電視裏用濫了的道具。

　　方圓恢復知覺已是第二天的中午：陽光明亮刺眼，她的房間被窗外的雪光映得一片雪亮。

　　少頃，她聽見外面客廳裏好像有一些人聲，打開門一看，是老公和他的一幫死黨，其中就有那個說話女裏女氣的徐溫。

　　——「徐科長，他們說你去了檢察院，是真的嗎？」方圓手扶門框，脫口問了一句。

　　徐溫一笑，露出一口雪白的牙：

　　「檢察院？我們經常去檢察院的，工作需要嘛，很正常的。」徐溫走到方圓的身邊，含情脈脈地看著她：「你為我擔心了？你要是為我急傷了身體，我怎麼向馬主任交待喲！」

　　——「那個姓毛的呢？」方圓又問。

「什麼毛？」

「就是那個姓毛的工頭？」

「噢，他呀，也放了──哦，不，也出來了，沒事了，回去過年了。」

聽說老公沒出事，方圓小姐的心情頓時好起來。

趁著這樣好的心情，方圓隨即回到房間，關上門，給何飛律師打電話。她驕傲地告訴他：昨天他們完全是虛驚一場。

何律師先是肯定了她的看法，然後又輕輕否定了她的看法。

何律師說，據他瞭解的情況，市檢察院已將天長路案件列為春節期間突擊調查的重點。

何律師的話又稍稍破壞了一點方圓小姐的好心情。

「不會吧？……」方圓懷疑地說，「既然是重點為什麼又將人放了？」

何律師說：「他們想放長線釣大魚呢。」

「什麼大魚？你說誰是大魚？」方圓明顯不高興了。

「我說不準，」何律師一語帶過，像一條滑膩的泥鰍，「我只是憑直覺罷了。你家的情況我多少瞭解一些，我覺得，那個徐溫徐科長和你先生的關係不一般。」

方圓沒聽何飛把話說完，就衝動地掛斷了電話，然後輕輕吐出一個憋了很久的詞：

「神經過敏。」

13

又一個星期天很快來到了。

那天是個好天氣。全城的人民都傾巢出動在忙著辦年貨，採購物品。

　　何飛何律師如約再次來到電視臺，做方圓小姐節目的嘉賓主持。

　　他們看上去都很輕鬆愉快。何律師開玩笑說：方圓小姐肯定又收到了不少聽眾的表揚信；方圓則說，何律師你看上去像剛剛打贏了一場官司。

　　在節目前半個小時的準備工作中，他們依然配合默契，談笑風生，他們誰也沒提天長公路一個字兒。

　　但節目進行到一半，那個討厭的「方言男人」又把電話打進來──

　　「聽說我市天長公路工程出了特大受賄案，一個姓毛的包工頭前幾天已被檢察院傳喚，市建委一個姓徐的科長也被檢察院傳喚，聽說此案的背後還有更大的人物……」

　　直播室的方圓和何律師很快對視了一眼──

　　「這位聽友你好，歡迎你參加我們的節目，我是主持人方圓。在這裏我想把我們節目的參與辦法再次向你介紹一下。我們《法律與諮詢》節目接受聽眾電話諮詢，幫助和指導聽眾學習法律知識，介紹和解釋法律條款，但不討論具體案例，不下具體結論，更不負責調查和證實小道消息……」

　　──「我說的並不是什麼小道消息」，那人頑固地說，「你們為什麼不打個電話問問檢察院或者建委呢？」

　　──「據我們瞭解，你說的那兩個人已經從檢察院出來了，他們並沒有什麼問題……」方圓脫口說道。

　　──「那就證明我說的並不是什麼小道消息。作為一個參與集資的市民，我有權知道，天長公路工程集資的二千萬專項資金到底用到哪兒去了？誰有權批用這筆資金，又有誰來負責監督和審計，有沒有發生貪污受賄事件？……」

　　熱線被導播強行切斷了。

　　切斷之後是早準備好的過渡音樂。電視畫面則變成了MTV。

　　方圓沮喪地坐在那兒，閉目定神了好長時間。她的臉看上去毫

無表情，但旁邊的何律師還是從她一起一伏的胸脯上看到了很豐富的表情……

方圓坐在椅子上好幾分鐘都站不起來。何律師想上去扶她一把，但被她很有禮貌地謝絕了。

「我很好，謝謝。」她這樣說。

這次節目的失敗是明擺著的。

大概所有的人都意識到了這一點。

最致命的錯誤是方圓隨口說了什麼檢察院放人的話──這就違背了節目「不討論具體案例，不下結論，不調查、不猜測」的原則。

走出直播室的方圓神情木木的。這是大家對她的共同印象。她對誰也沒看一眼，也不說一句話。她似乎沉湎在對自己錯誤的悼念之中。

何律師怎麼走的，她大概都記不起來了，而以往她總要把他送下樓，並在樓下的大廳裏陪他喝上一杯咖啡，聊上一會兒。

是啊，何律師在百忙之中被請來做嘉賓，沒有多少物質報酬，總要多給點精神報酬吧？而在這個星期天的上午卻有人忽略了這一點，讓一個被稱為「嘉賓」的人獨自灰溜溜的走了，連句再見的話都沒有聽到。

此後的兩個星期，方圓都沒有和何飛何律師聯繫，更談不上請他來做「嘉賓」了。

14

何飛與方圓的故事如果到此結束的話，就不會發生後來那麼多驚心動魄的事情了。他們之間可能還是很好的朋友，很好的合作夥伴，而不會發展成情人和夫妻，也就不會成為一對冤家對頭。

　　但出乎意料的是，在「休止」了兩個星期之後，這對冤家的愛情故事突然加快了進程。

　　這次是方圓主動找了何律師，其原因又是她老公即馬主任主動找了她。

　　不管是在家裏還是在公共場合，方圓都一概稱她的老公為「馬主任」。馬主任開始聽著彆扭，但時間長了，也就習慣了。方圓也試圖想改個稱呼，但改了幾次，都因彆扭而放棄了。

　　這天晚上老公也就是馬主任主動問她說，能不能請何律師來一下，他有事跟他商量。

　　方圓一聽味道不對，再三追問，馬主任才告訴她，今天檢察院來人到建委來找他瞭解情況了，可能要找他的麻煩，所以他想請一個可靠的律師……

　　方圓一聽這話的反應可想而知，簡直如五雷轟頂——

　　出事了！真的出事了！她最擔心、最可怕的事情終於發生了！……

　　——馬主任，你到底出了什麼事，你一定要如實告訴我，方圓當場就哭了起來，你知道我整天為你擔心，我得罪了那麼多人，連節目都做砸了，你再不對我說實話，我的一切就要給毀了！……

　　馬主任火了：哭什麼哭？我還沒死呢！真晦氣！……

　　何律師來了以後，馬主任又遲遲不肯進入正題，兜來兜去的，把方圓實在給兜急了，說，馬主任你到底出了什麼事快點說好不好？

　　沒事，嘿嘿，真的沒事。馬主任說。

　　是這樣，馬主任終於開始「擠牙膏」了：有人揭發姓毛的工頭有問題。毛的工程是我批給他做的。毛給徐科長家裝潢廚房，不肯收他的錢。我想問問何律師，這算不算經濟問題？……

　　——原來是徐科長的事啊？方圓大歎了一口氣，說，這姓徐的也是，小裏小氣的，就愛貪個小便宜，裝個廚房能有多少錢，沾他這個腥氣？……馬主任你呢？你沒有拿姓毛的什麼東西吧？沒有拿他過他的錢吧？

　　沒有沒有。馬主任說。我怎麼會拿他的錢呢？我對這種人向來都有警惕呢。我早知道他不是個好東西。

　　——馬主任，你一定要對何律師說實話，這樣何律師才能幫助你。你要知道，哪怕有絲毫隱瞞，對你自己都是不利的！……方圓像個律師似的說。

　　放心。馬主任沉穩地微笑道：我再說一遍，我沒有拿姓毛的一分錢，這總可以了吧？

　　——真的？方圓幾乎大喜：馬主任，你敢發誓嗎？

　　——我可以對天發誓！……馬主任像入黨宣誓般舉起了右拳。

　　——怎麼樣，這次你相信了吧？

　　相信什麼？

　　——哎呀跟你說話怎麼這麼費勁，方圓有些撒嬌地說，你知道我指什麼。

　　那麼，你相信嗎？何律師狡猾地躲過她的鋒芒，反問了她一句。

　　——我當然相信。方圓說。

　　為什麼？

　　——因為他是我老公，我瞭解他。停了會兒，方圓又說：還因為他發了誓。我瞭解他，馬主任很迷信的，他不會輕易對天發誓的。

　　何律師笑笑，抬頭看了看天，說，這天可不怎麼樣。這樣吧，等我調查以後再說吧。

　　一陣沉默。

　　此刻已經接近子夜了。街邊上，只有那些大排檔還賊亮賊亮的。那些搔手弄姿、幾乎不穿衣服的女郎招貼畫在這零下五度的寒

夜裏分外惹人注目。

　　──「先生，小姐，吃餛飩吧？……吃湯圓啵？」一個挺好看的小姑娘招呼他們說。

　　店堂裏除了裸體女郎空無一人。看來小姑娘將希望寄託在他們身上了。她的臉蛋在寒風中凍得紅彤彤的像個大蘿蔔。

　　方圓拽著何律師的袖子緊走幾步，然後小聲說：那些地方不太衛生。

　　想不到這句話被緊追不捨的小姑娘聽見了，說：我們乾淨的！我們消毒的，我們有衛生許可證！……

　　走出好遠了，方圓回頭望望，歎了口氣，說，這些人，賺點錢也不容易。

　　何律師點點頭，表示同意，說：是啊，天長公路，他們也要交集資的。

　　方圓的步子就慢了下來，咕了一句：這些小市民也是，交了二百元錢集資，都鬧死了。

　　何律師笑笑，說：天冷，你回去吧。

　　方圓就站住了，說：何老師，有消息就告訴我。

　　你放心吧，有消息就立即會告訴你。

　　說罷，何律師跨上車，搖搖晃晃地開走了。

15

　　「消息」很快就有了。

　　這天晚上，方圓冒雪打的前往何律師家去聽消息。

　　何律師住在郊區一個髒得出名的地方。還是那樣，司機一聽是那個地方都不肯去，方圓亮出自己的記者身份軟磨硬泡並許諾付雙倍的車錢才叫到一輛。

　　幾個星期沒來，那段路看上去更難走了，坑坑窪窪、泥糊糊

的，車輪在泥裏滑來滑去，好幾次陷進去，差一點爬不出來。

司機一路盡用粗話罵娘，說你們當記者的也不反映反映、報導報導，這年頭房子有人造哩，路卻沒得人修。一頓幾千元有錢吃呢，修路倒沒得錢了，要老百姓掏腰包，這些錢最後還不曉得進了誰的腰包！……

方圓忽然生氣地說，你不想開就算了，別在這兒發牢騷，我看你的覺悟也就這樣，給你雙倍錢才肯進來，我沒有投訴你拒載，就算你運氣了！……

來自何律師方面的消息並不太妙。

問題還是出在那個姓毛的身上。

他原先是農村的一個瓦匠，後來做建築包工頭，十年前打入麻將城，先後承接過一千多萬元的土石方工程，現在市中心有兩套住宅和一輛高級轎車。這些農民總是一富就作怪，一有錢就亂來，禿子打傘無法（髮）無天。這次出事，就是他的一個情婦告發他的——

這個情婦前不久為另一個情婦的事和姓毛的鬧翻了，搏鬥時她還捅了他一刀。這個情婦還不解恨，又跑到反貪局、公安局，向他們提供了一條很致命的線索：某年某月某日，姓毛的去銀行提了十四萬現金，然後開車去了市建委宿舍，親自將錢送了進去，聽說是送給一個給主任開車的司機了——當時她一直坐在車裏目睹了全過程……

由於這個情婦的舉報，今年1月16日清晨，檢察院才傳喚了毛。毛承認承接天長路工程業務時通過徐溫徐科長（當時還是司機）找了馬主任，批到了五百多萬元的工程。18日，檢察院又傳喚了徐溫徐科長，徐溫承認毛幫他無償裝潢過廚房，就再不開口了。

為了不驚動他們背後的大人物，檢察院決定臨時放人。但毛的高級轎車還被扣壓在那裏。過了二十多天，也就是到了昨天28日，

檢察院領導先後光臨了市建委、市城市幹道建設工程指揮部，調看了工程介紹信的審批情況，發現有四個個體包工頭的工程款在百萬元以上，都是馬主任審批的。於是突擊審查這四個包工頭的帳冊。現在已發現一個叫徐伍的包工頭財務特別混亂，聽說還發現了一張三十萬元的「白紙條」……你知道這個徐伍是什麼人嗎？

方圓緊張地搖搖頭，她的臉看上去已成了一張「白紙條」。

方圓知道，這個徐伍是徐溫徐科長的弟弟。

方圓默默地呆了半晌，忽然說，不對呀，我聽說徐伍是一個正規公司的經理呀。

你說的對，何律師照例先表示同意，然後再說出自己的看法：徐伍是「升飛建築承包公司」的經理，掛靠在騰飛建築承包總公司下面，屬個體性質。而騰飛總公司是市土木建築學會辦的一個經濟實體，它上面掛靠了不少個體建築公司——另外，你知道土木建築學會的會長是誰嗎？

是——是馬主任？

何律師點點頭。但隨後來了個轉折：當然這並不能說明什麼。

可能還有一些更重要的情況我還沒有瞭解到。接著，何律師又轉折了一次：現在我急需要得到你家馬主任的協助和配合，他應該將全部真實情況都告訴我，否則我很難展開工作……

——你是說，馬主任對你隱瞞了什麼？

不，我沒有這麼說。何律師措詞婉轉，我只是有一種預感……

——這還不一樣！方圓撐著桌子站起來：那麼何老師，我想問你一句，你瞭解的這些情況可靠嗎？真實嗎？

何律師笑了：我相信我的能力和感覺。

——那麼，何老師，我可以問一問這些消息的來源嗎？方圓又問。

我們有我們的方法。何律師含糊其詞。這和你在電影電視上看到的那些外國律師不一樣，和你看的書本上的條文也不一樣，在

我們這兒，一個律師的能量大小，多半取決於他的社會關係，他跟公、檢、法部門各方面的熟悉程度，尤其在民事訴訟方面——不是有人把我們律師打官司，說成是「打關係」麼？呵呵……

何律師想儘量緩和一下緊張的氣氛。

但方圓顯然不為所動。

——那麼……方圓咬咬牙，問道：馬主任這件事，屬於民事還是刑事？

何律師搖搖頭，笑道：方圓啊方圓，你可是一個知名的電視法律節目主持人啊。

何律師並不正面回答她。

——我的法律知識又不是用來對付我老公的。方圓汩汩而下的淚水已浸濕了她貼在臉頰上的頭髮，乍看上去好像是她的頭髮在流淚：早知這樣，我為什麼要主持這個法律節目？……

方圓轉過身去，撩開濕濕的頭髮，雙手捂住了臉。想當初，在法律進修班畢業的時候，我們全班同學還搞了個宣誓儀式，我們發誓，我們對天發誓，任何時候、任何情況下，都不要放棄我們的理想，我們的追求，都要堅持真理，維護法律的公正和尊嚴……可是想不到，我無論如何不敢相信，馬主任他——他平時也是一直這麼教育我的……我一直很崇拜他，一直為他感到驕傲……

淚水從方圓雙手的指縫裏汩汩流出來，何律師從側面看過去，又像是她的手指在不停地流淚。

16

轉眼到了農曆的臘月二十二。

這天，按麻將城的風俗，居民們家家在蒸包子準備過年。滿城都飄揚著豆沙、雪菜、牛肉餡的香氣。

方圓對周圍的這一切卻是不聞不問。

她全部的心思，都用在打聽天長公路案件的大道消息及小道消息上了。

這天下午方圓聽到的消息說，在清晨6點鐘的時候，徐伍的老婆王某王會計被偵察員堵在家裏，帶到了檢察院。

人們說，這回進去真的要蒸包子了。

方圓不明白他們說的「蒸包子」是怎麼回事，但聽上去不像什麼好待遇。

方圓的一顆心沒處放，就一個勁地打何律師的手機。何律師回電很謹慎，說：我想跟馬主任當面談一談。

何律師帶來的情況果然不妙：

一、徐伍的公司其實是個夫妻老婆店，下面連一個建築隊都沒有，他將天長路一百多萬的工程轉包給了他人，從中收取了十萬元的「轉讓費」；

二、徐伍公司帳目混亂，白條特多，最大的一張白條數額竟達三十萬；

三、徐伍公司用假名單偽造工資單，徐伍的老婆王會計已交待，其中的假名就有馬主任、徐科長等……

——這個小徐，這個小徐，簡直是亂搞嘛！馬主任頭上都出汗了：他怎麼能用我的名義領什麼工資呢？簡直是亂搞嘛！……

——你到底拿沒拿過他們的錢？方圓反覆問他這句話。

這個嘛，還不容易，馬主任看上去很鎮定：他們可以去查工資單上簽名的筆跡嘛！

——我沒問你簽名，我問你有沒有拿過他們工資？方圓堅持問。

呵，這種事我還是頭一回聽說。我是那種貪小便宜的人嗎？不過，馬主任擦擦頭上的汗，要是他們硬要這麼說呢？何律師你說，我該怎麼辦？

何律師說，我覺得最重要的是那張30萬的白條，不知馬主任對

此是否知情？

馬主任笑了，這怎麼可能呢？他們公司怎麼做帳我怎麼曉得？

方圓說，這次被重點審查的四個包工頭怎麼跟你的關係都特別好？

馬主任說，這些人就像蒼蠅，趕都趕不走，我有什麼辦法。

方圓說，可是蒼蠅不叮無縫雞蛋……

話音未落──啪！方圓臉上清脆地挨了一下。

馬主任失去了一個正處級幹部的雍容大度，眼睛瞪得要凸出來：

──你怎麼能這樣跟你老公說話？我不知跟你說過多少遍了，發過多少誓了，說一千道一萬，我姓馬的沒有拿他們一分錢！這是一個最基本的事實嘛！

方圓當時就捂著臉，衝出了家門。

……

17

又過了兩天。即是臘月二十四。總之是離過年越來越近了。

這天，小城居民按風俗家家在打掃衛生（這裏主要是指家門以內，至於門外的垃圾他們暫時還不想管那麼多）。

這天早晨，又有幾個人被「請」進了檢察院。其中包括那個徐溫徐科長（算起來，他短短三個星期已經是「二進宮」了）。

上面說過的四大工頭，只有毛工頭和錢經理兩個漏網了（據說是到什麼地方出差去了）。除此之外，還有幾位公僕接到這樣的通知：外出需報請檢察院批准。建委的馬主任即是其中之一。

人們說，今天檢察院跑出來打掃衛生了。

馬主任接到那樣一個通知以後，在家自然是坐立不安。

馬主任一遍遍打他方圓的手機。方圓也就一遍遍打何律師的

手機。

　　直到中午11點，何律師才回了個電話，說他正忙著，正為這件事忙著，一有進展馬上會和他們聯繫的。

　　然後就像斷了線的風箏——沒影了。

　　……

18

　　如果說，何飛與方圓的故事到此結束的話，就不會發生後來那麼多驚心動魄的事情了。他們之間可能還是很好的朋友，很好的合作夥伴，而不會發展成情人和夫妻，也就不會成為一對冤家對頭。

　　一句話——就算方圓兩年後死得不明不白，何飛也不會成為一個犯罪嫌疑人吧？

　　然而俗話是怎麼說的？「緣分天註定；上天自有安排……」俗話還說：「冤家路窄，不是冤家不聚頭……」

19

　　星期天的《法律與諮詢》成了方圓一個人的獨台戲。

　　在講析湯某偷取父親存摺是否構成盜竊罪的案例時，她好幾次將「盜竊」二字說成了「行賄」。

　　大家說，這是方圓播音史上最慘痛的一小時。

　　而且這次節目並沒有開通聽眾熱線。實際上方圓自己也一直在想，今後她還有勇氣開通這條熱線嗎？……

20

　　何律師的出現對馬家來說幾乎成了一個壞兆頭。

這天晚上已經很晚了，何律師突然連呼方圓三四次，將她約到很偏僻的一家咖啡屋裏，而且還事先包了一個小包廂。

何律師幾乎是一口氣說完了他要說的話就急急走了。

「我先走，你等會兒再走。」何律師這樣說。

何律師看上去完全失去了他往日一貫的大將風度。

在此之前，在那個小包廂裏，何律師說話聲音很小，說得很快，但吐字還比較清晰。

他說——

我有很重要的情況現在我只能見你不能見馬主任，馬主任一直沒有對我們說真話弄得現在的情況很被動，裏面的徐科長已經交待是他提走了白條上的三十萬，兩年來姓毛的工頭一共給了他們一百七十六萬他們已經花了三十萬，後來毛工頭自報的工程造價被上面核減了五十多萬，姓毛的感到吃虧了就威脅他們，馬主任害怕了就和徐家兄弟商量退還姓毛的五十萬……

——等等等等，方圓一臉糊塗，你是說——我家，他，馬主任，收了人家一百七十六萬？而且花掉了三十萬？……這怎麼可能呢？

噓——何律師做了個間諜片裏特有的手勢，你聽我說，我說的都是我認為的事實，徐科長承認由他開車到南京、常州、無錫、揚州等地的銀行去存、取這些錢，都有事實可查，注意我現在不是找你來核實這些事實而是告訴你這些事實，當然我這樣做是很冒險的所以我只能告訴你而不能直接告訴馬主任，現在檢察院領導正在請示市領導要求傳訊馬主任，所以——

（何律師又做了個間諜片上常見的動作，他打開包廂門朝兩邊望了望，這才壓低聲音說——）

現在唯一的辦法就是告訴馬主任進去之後什麼都不要承認，全都推到徐家兄弟身上……

　　——為什麼？

　　何律師無奈地搖搖頭，一口飲盡杯中的咖啡，然後目視方圓，意味深長的說：

　　方圓啊，幸虧你還是學法律的高材生，你是真不知道還是假不知道，犯這麼大的天文數字是要掉腦袋的。記住，不要說我告訴了你這些消息，也不要對任何人講我們到過這兒，我得趕快走了請原諒我不能送你你自己多保重……

　　這一切事後讓方圓回想起來，就像是她看過的某部電影的某個場面，人物是江姐與甫志高。

　　何律師急匆匆走了之後，小包廂裏就剩下了方圓一個人。

　　不久一個學生模樣的吧台小姐軟軟地走了進來，誠惶誠恐地遞給她一個精緻的日記本：

　　您是電視臺的主持人方圓吧？對不起打擾您了，您能給我簽個名嗎？

　　……

21

　　方圓回到家的時候，家裏還亮堂堂的，幾乎所有的電燈都開著。

　　這種情況是比較少見的。馬主任習慣上總是隨時關燈，能開 8 W 的小臺燈就不開 40 W 的日光燈，總是把家裏搞得黑乎乎的。這種寒冷的天氣，空調也捨不得開。洗臉總是倒一口口熱水，灌熱水袋只灌三分之一，而且到你洗腳的時候他必定要再三提醒你別忘了用他熱水袋裏的溫水洗腳……

　　馬主任還有一個最大的嗜好是往儲蓄所存錢，有五十湊一百，有八百湊一千，平時方圓總是譏笑他說，給你一萬元錢你都不曉得怎麼花……

方圓怎麼也想不通，馬主任怎麼會要人家那麼多錢，他要那麼多錢幹什麼？那三十萬又花到哪兒去了？……

方圓進門以後被門裏的燈光刺得眯起了眼睛。

馬主任外地的哥哥嫂嫂姐姐姐夫不知什麼時候都到了（本來也應該到了，他們說好了來麻將城過年的，今天都臘月二十七了）。

聽見門響，他們一起從房間裏跑了出來，見是方圓，眾人明顯鬆了口氣。

方圓你回來了？他們齊聲朗誦道。

方圓眯縫著眼睛，低頭站在門口沒吱聲兒。

方圓你聽到什麼新的消息沒有？馬主任的姐姐走過來問她。

方圓看了馬姐一眼，發現她的眼圈紅紅的，有些發腫。而嫂子的眼圈上除了美麗的藍影和長長的假睫毛便看不出別的什麼。

方圓很想看看自己的眼睛是什麼樣子，於是她朝屋裏走了幾步，站到了一面鏡子跟前。

她驚訝地發現：自己的眼睛腫得比馬姐還厲害！

在鏡子裏，方圓還看見馬姐站在她身後用手帕不停地擦著眼淚，輕輕抽泣著。

房間的床上、地上，東一包西一包地放著些包裹和皮箱，看樣子他們正在家裏整理東西。

方圓忽然間有些明白了，他們已經知道了什麼，至少已經有所準備了——而明亮的燈光和眾多的人數可以起到壯膽的作用。

方圓，何律師到底跟你說了什麼啊？馬姐在身後哭著問。

方圓鼻子一酸就哭了起來，說，你們都知道了還問什麼？

她將手裏的包一擲就跌進了自己的小房間。

馬姐和嫂子跟在她後面：方圓你怎麼了，你聽到了什麼，你快說呀？……

　　方圓哭道，你們盯著我問做什麼？我又沒做什麼壞事。你們為什麼不去問他，你們去問問他不就全清楚了嗎？他什麼時候對我們說過實話？——方圓痛哭起來——他一句實話也沒有跟我們說——他騙了我，他欺騙了我們，你們知道嗎？……

　　他沒有騙你，他沒有騙你，嫂子和馬姐爭著說，馬主任他真的沒有拿姓毛的一分錢，他全都退給他了，一分不少地退給他了！馬主任他生怕說不清楚，他讓小徐退錢的時候還悄悄錄了音，不信我們放給你聽……

　　馬姐拿來了一隻撲克那麼大小的微型答錄機，硬是將耳機塞進了方圓的耳朵，於是方圓就清晰地聽見了裏面的聲音——

　　前面是馬主任教小徐怎樣使用答錄機的對話，後面是小徐和毛工頭的對話……

　　——看來這是真的了，一百七十六萬哪！這是真的！……

　　方圓雙手緊緊抱著頭，好像那兒就要裂開了。

　　——馬主任他瘋了嗎？他要這麼多錢幹什麼？他還花掉了人家三十萬！你們去問問他，這筆錢他花到哪裡去了？……

　　嫂子和馬姐一下子都愣住了。她們隨即跑到大房間去問馬主任：

　　——真的嗎？你真的花掉了人家30萬？

　　馬主任不吭聲。

　　馬姐瘋了似地揪住他的衣服，像搖一隻藥瓶似的搖晃著他：你說啊，你把這麼多錢花到哪塊去了？……

　　馬主任緊閉著眼睛，像睡著了一樣。

　　方圓能想像出他進了檢察院會是個什麼樣兒。

　　她問過孫小平「蒸包子」是怎麼回事？當時孫小平很幽默地告訴她：嫌疑人進了檢察院，檢察官不打你不罵你，就用一隻大燈泡日夜照著你，輪番地和你談心；他明明想到上海，卻先繞到海南，再繞到重慶，再繞到石家莊，跟你繞上個三天三夜，看你的漏洞出不出來？

要是他不說話呢？方圓故作天真地問。

孫小平很幽默地笑了：你一天不說話、兩天不說話當然可以，除非你永遠不想睡覺。

不過這會兒，馬主任沒堅持這麼長的時間，他還是說話了。

馬主任很決斷地說，三十萬的事你們別問了，我是不會說的。

總之一句話，我還清了姓毛的，現在我不欠他一分錢。馬主任又堅決地補充了一句。

馬姐一屁股坐到地上：事到如今，死到臨頭了，你還保人家呢，人家說不定早把你賣了！他們上頭不批准，檢察院就敢來抓你了？……

嫂子走上去拉起馬姐：你們小聲點。……別哭了好不好。

姐夫也說，事情已經這樣了，哭又沒有用，還是想想辦法吧。

馬哥說，上面的人現在還不能說，這是規矩，不說還有希望，說了肯定是死路一條！……

22

馬主任是在清晨6點鐘被人帶走的。

當時方圓不在家。

當時方圓正睡在何飛何律師的床上。

家裏人也弄不清她是什麼時候離開的。馬家這天夜裏燈火通明一宵沒睡。他們搞不清也無心搞清方圓悄然離家的原因。

其實原因很簡單——

她不願親眼目睹老公被捕這一幕。

當時方圓一時間無處可去，只是在冬夜的街巷裏孤魂似的踽踽獨行。

　　人行道上的積雪還未全部融化，不時露出一片片不規則的白色。方圓就故意往這些白色上踩，幾腳一踩，白色就變成黑色了。

　　她的一雙高跟皮靴不久就踩得濕漉漉、泥乎乎的。

　　不知為什麼，這樣做使方圓感到多少有幾分解氣。

　　她的內心隱隱有一種衝動——也像這樣狠狠把自己弄髒了才好。至少也應該找誰去痛痛快快地大哭一場。

　　而以前她從來沒有過這種念頭，她一直把自己和家人的平安看得比生命還重要。

　　——去找誰呢？

　　這時候方圓猛然發覺：自己事到臨頭竟找不到一個合適的朋友。

　　她陸續想了幾個人，又陸續將他們否定了。

　　是啊，她的幾個男友，抓的抓了，逃的逃了，躲的躲了，似乎只有鄭明那兒可以一去了。

23

　　鄭明是教育學院的一個宣傳科長，一個精明能幹的小夥子。他們是法律進修班的同學。自從他認識方圓以後，就一直在追求她。還發誓說要等她一輩子。

　　這天夜裏，方圓在寒風中走了很長的路。這期間有輛面的從她身邊開過並放慢了速度，但方圓沒有向它招手。方圓彷彿故意要懲罰自己，她一直步行到麻將城南郊山坡上的教育學院。

　　方圓不知道自己到底走了多長時間，一個小時，抑或一個半小時？她說不準。也沒有看時間。對她來說，時間已經失去了意義。

　　她就這麼機械地走著。郊區的一段路沒有路燈，周圍漆黑一團。聽說元旦前後那裏出過好幾起搶劫、強姦案。放在以前，即使坐出租，方圓也是不敢一個人坐到這裏來的。

遠遠地，方圓發現鄭明那間單人宿舍居然還亮堂堂的大放其光。

這種深夜裏一家獨放的燈光給予方圓一種莫名的不安感。剛才她就是從這種燈光裡逃了出來。

她知道鄭明平時在電錶上做了手腳，用電向來大手大腳，宿舍裏電熱器電飯煲電炒鍋幾乎武裝到了牙齒——可也不至於凌晨一點半還開著燈睡覺啊？……

剛一敲門，方圓就後悔自己不該來了。因為她聽見裏面有女人的聲音。

方圓剛想掉頭溜掉，門卻一下子打開了——鄭明還沒有睡覺。

屋裏有個女孩背身站在床前，方圓看不見她的臉，無法欣賞她的美貌，但從身段上看並不怎麼樣，是屬於苗壯的那種。

他們好像也在連夜整理東西——準確地說，是在佈置傢俱。

鄭明對方圓的突然造訪顯然深感吃驚。

鄭明很罕見地把嘴張得很大卻發不出任何聲音。

他對方圓介紹說，那個女孩是他的表妹，他卻沒有向他的表妹介紹方圓。

方圓說，鄭明同學，什麼時候喝你的喜酒？

這時候的鄭明有點恢復過來了，說，她真是我的表妹，真的，我上次本想告訴你的，可你的心情不太好，真的，我可以對你發誓……

方圓笑了，告訴我，你對你的表妹發過什麼誓沒有？

這時候鄭明的臉才有些紅了。你，你變了……鄭明囁嚅著。

方圓站到屋當中，環視了一圈，大聲說，不錯啊，鄭明，房子弄得很漂亮，傢俱也弄得很漂亮，鄭明你真能幹啊！對了，我差點忘了說，你還會偷電，真了不起，咯咯……

方圓像隻剛生了蛋的母雞似的笑了起來。

　　方圓隨手在嶄新的酒櫃裏拿出一瓶嶄新的紅葡萄酒：

　　鄭明同學，我現在就想喝你的喜酒，真的，我等不及了，我現在就想喝酒，我來就是為了這個，真的，我不騙你，我也可以對天發誓，咯咯咯咯……

　　方圓說著隨即自斟自飲起來。

　　方圓喝完了一大杯，一邊倒酒一邊說：

　　——鄭明同學，你不想喝一杯嗎？

　　……

24

　　方圓到達何飛何律師那兒已經是下半夜三點半了。

　　一小時前，何律師打了方圓的手機，他說放心不下她……他還告訴她，他在市中心的「中南海」開了個房間，2014，就是「愛你要死」，他一直睡不著，因為他放心不下她……

　　方圓在手機裏唱歌似地說：我現在教育學院，你來接我，你快來接我吧！……

　　方圓是被何飛抱進2014的。

　　方圓已經管不了這些了。她的頭暈得如此厲害，她覺得渾身都讓酒精給點燃了，渾身已經燃成了一團火焰，一團藍幽幽的火焰……

　　——何飛，你怎麼知道，我深夜兩點、還開機，沒睡覺，還會接你的電話，還會答應來？……你不問我為什麼來嗎？……

　　方圓倒在床上，唱歌似地說，難道你不想問，我為什麼這個時候，上你這兒來？……

　　何飛此刻已激動得渾身顫抖，且手足無措，表面的那一點幽默感早已灰飛煙滅了。

　　此刻的方圓滿面通紅，頭髮散亂，看上去像個重病高燒的孩子，說話也像是高燒狀態下發出的譫語。

　　方圓說，何飛，你知道我為什麼來嗎？就因為你告訴我，你開了個房間，2014，就是「愛你要死」——你說過，說你願意為我做任何事，那麼我問你，你真的願意為我去死嗎？

　　何飛看著她，呆呆地點點頭。

　　好像此刻的何飛除了點頭什麼也不會做了。

　　方圓對此似乎很滿意。方圓說，好吧，我知道，你不是一直想得到我嗎？你不是說過，只要得到我死也值嗎？那麼好，今天你就可以履行你的誓言了，你聽見了嗎？何飛，你要不要再發一回誓？對天再發一回誓？咯咯咯咯……

　　講到這裏，故事在時間上產生了某種巧合：

　　這天凌晨六時許，馬主任被檢察官帶出家門的當兒，何飛也在微弱的晨光中悄悄起床且穿戴整齊——

　　在最後吻了一下赤身裸體熟睡在被窩裏的方圓之後，何飛打開房間朝南的鋁合金窗，輕輕地從那裏跳了下去……

25

　　2002年的春節方圓小姐過得相當糟糕，這是可想而知的事情。

　　幸好她的崇拜者何飛何律師沒有摔死，否則她的心情將會更糟。

　　何飛從二樓的陽臺上縱身跳下，直接壓塌了一樓花棚的兩塊琉璃瓦。何飛摔得頭破血流，現象煞是嚇人，但幸運的是他只摔斷了一根腿骨。

　　但這已經足夠感動一個不幸臨頭的女人了。

　　事實上，當時方圓被樓下鄰居的叫喊聲驚醒後，就像一個妻子那樣抱著昏迷的丈夫失聲痛哭。

　　方圓小姐在匆忙和慌亂中光光的上身只草草地套了一件羊毛衫……

　　電視臺破例放了方圓半個月的休假。

　　在以往的幾年裏，所有的春節加起來，方圓小姐也沒有休息過一天。她的節目總是能保持那麼高的收視率。

　　而2002年的這個春節方圓幾乎是在醫院裏度過的。事實上這正合她的心意。

　　這個春節方圓實在不想見任何人。如果人家問起她的老公，她該怎麼說？如果人家沒問起她的老公，她又該怎麼說？

　　——都不好說。

　　所以，往日逢年過節大出風頭的方圓小姐今年春節特別想回避人群，這就如同初夜後的少女總有一段時間羞於見人——彷彿每個人投來的眼光都有看透她的那種含義。

　　利用這段時間，方圓和病床上的何飛認真談起他們的愛情——甚至非你不娶非爾不嫁的話題——雖然他們各自還有著各自的婚姻和家庭。

　　方圓覺得自己別無選擇。

　　何況方圓也不想再做什麼選擇。

　　再說這年頭，肯為心愛的人跳樓的男子並不多。

　　有人說何飛是趁人之危，有人說何飛是借酒撒瘋，有人說何飛是假戲真做……但方圓並不這樣認為。

　　她私下裏是這樣認為的：如果說何飛是死裏逃生的話，那麼她方圓自己——則已經又死過一回了……

2 夜夜難眠今又難眠

男人婚前不可能搞懂女人，
男人婚後就更搞不懂女人。

26

　　2月12日這天晚上，冷靜在情人路的夏威夷咖啡屋擺了兩桌酒，一是慶祝何飛案初戰告捷（案件被發回檢察機關重審），二是犒勞手下的兄弟們——鼓勵他們牢牢抓住情人節的商機，發揚不顧疲勞、連續作戰、接連打幾仗的作風。

　　但最後只到了一桌人。還有一桌人據說正奮戰在情人節的第一線，執行著他們的盯梢調查任務。

　　電臺、電視臺和晚報都派來了記者，牛皮糖似地粘著冷靜不放，要求採訪他們事務所的「情人節情侶忠誠調查大行動。」電視臺還要求明天跟著調查員現場跟蹤、拍攝採訪。

　　事務所與本地媒體的關係一直很好。媒體為事務所提高了知名度，事務所給媒體提高了收視率。

　　相互利用。或者說：互贏。

　　回想起來，方圓是與他們事務所合作最早的「媒體」之一。

　　方圓先是電視臺的播音員、主持人和記者。兩年前，她的老公「馬主任」出事入獄後，方圓和他離了婚。方圓本人也因「不宜出鏡」，從電視臺被調到了電臺。但他們之間合作得更密切了——最後，何飛與方圓竟然合作成了一家子。

　　直到今年初，方圓本人出事後，電臺的一個叫豐美的女人接替了方圓的工作——與他們事務所繼續合作。

　　這場官司的雙方都是熟人、朋友，這大概是律師最尷尬的事情了。

　　這也是冷靜在法庭上想得最多的問題。

　　好在有一方已經死了。

　　人死不能復生。

　　而活著的人，作為倖存者，還要繼續活下去，繼續「倖存」著。

唉，世界上的事情有時就這麼簡單。就這麼無奈。

27

因電臺女記者豐美的要求，冷靜在聽雨軒小包間裏單獨接受她的採訪。

冷靜正想借機調查一下她死去的那個同事、朋友——方圓的一些新情況。

豐美似乎也更對方圓的案子感興趣。

「非常抱歉，今天我只能給你半個小時。」冷靜既是習慣上的擺譜，也是說的實情。因為小華此刻已到了他家裏，等著向他報告「重大案情」呢。

然而，他和豐美一談就是兩個半小時。

如果不是冷靜的老婆費騰三番五次打手機來干預，他們可能還會再談上兩個半小時。

——因為豐美談的情況太重要了。

兩年前，方圓在電視臺因主持《法律與諮詢》直播節目大紅大紫時，豐美正是她最密切的助手——導播。她們也是很要好朋友，據說，她們之間幾乎「無話不說」。

28

這天晚上，冷靜開車趕到家時，得知等他的小華已經走掉了。

老婆費騰隔著房門告訴他：小華那個五歲的兒子在家裏哭著要媽媽，媽媽不回來，他就不睡覺。小泄將他關在小房間裏不聞不問，只顧自己上網打遊戲。孩子的嗓子都哭啞了。

幸好我們沒有孩子。冷靜聽了以後，暗想。心裏不由得掠過一陣竊喜，像討了多大便宜似的。

　　——有個老婆，就夠我受的了。唉……冷靜又想。

　　因小時候害小兒麻痺症，冷靜的一條腿落下了輕微殘疾，走路有點兒一高一低，說白了就是一個字——瘸。因為這，他一直找不到對象。

　　也是因為這，冷靜發奮讀書，硬是從一個高中生通過自考取得了律師資格。

　　於是有好心人通過好心人幫他牽線搭橋，認識了一個叫費騰的老姑娘。

　　當時他們都「三十而立」了。

　　俗話說「男人三十一枝花，女人三十豆腐渣」，但冷靜覺得自己沒有資格嫌棄人家——因為費騰身體長得比他齊全，性格比他內向，工作比他好（在圖書館），她的爸爸（是個局長）也比他的爸爸強，女方她不嫌棄自己就算不錯了。再說她爸爸承諾了，要幫他開辦一家律師事務所——這是冷靜夢寐以求的事啊！男人這輩子不就想幹一番事業嗎？……

　　——以上就是冷靜當初決定和費騰結婚的理由。

　　多年以後，幾乎所有認識冷靜的人都對他的婚姻感到莫名其妙。他們想不通：一個以精明、冷靜著稱的律師怎麼會娶這樣一個老婆？

　　既不年輕，又不漂亮。

　　既沒有才，也沒有錢。

　　因為患有先天性心臟病，不能生孩子。

　　因為患有日益嚴重的心理疾病，不得不辭掉了工作。

　　那你在家裏做好後勤工作、做一個合格的家庭婦女也成啊，可偏偏是又饞又懶，什麼事都不做，連褲頭都要丈夫幫她洗。

　　退一萬步說，就算你是一個廢人，老老實實在家待著，由丈夫

養著你、服侍你，也成啊，可這女人偏偏不是一盞省油的燈，三天兩頭在家無事生非，胡攪蠻纏，就是俗話說的，一哭二鬧三上吊，每個月都要送到醫院去搶救好幾回……

　　也許是同病相憐的緣故，平時冷靜與何飛私下裏玩得不錯。有一次酒喝高了，何飛曾當面問過他──

　　「老闆啊，一個男人找一個老婆，總要為點什麼，總要有點理由吧？那你是為什麼？拜託你能告訴我一條理由嗎？」

　　「找罪受。」冷靜笑眯眯地說。

　　「這是什麼理由？」

　　「一個男人只有歷盡磨難，才能成大器。」冷靜仍舊笑眯眯地說。

　　「我可受不了。」何飛說著，咕咚咕咚又灌了一杯啤酒。「我要是你啊，早就把她解決了。」

　　「你怎麼解決？」冷靜不動聲色地。

　　「總之是合法地解決唄。」關鍵時刻，何飛總是像泥鰍似的，狡猾地一溜而過。

　　冷靜身上的手機忽然響了起來。

　　「冷律師啊，我是小華。你到家了？」

　　「嗯。」

　　「我跟你說啊，費騰的病越來越嚴重了，你要趕緊把她送到醫院裏去看啊！」

　　「哦。」

　　「今天晚上我在她那兒，陪她說說話，她塞給我一大把錢，要我去幫她買一把槍，你說嚇人不嚇人啊？她還說啊，萬一她有個三長兩短，兇手肯定是你，叫我幫她報案、報仇，你說怕人不怕人啊？」

　　「哦，我知道了。」

　　「不是知道的事啊，你要趕緊把她送到醫院裏去看病啊！」

「好的。謝謝。明天我們再聯繫。再見。」

小華和費騰曾是同事，她也是費騰目前唯一的朋友。除了小華，費騰誰也不相信，好像所有的人都想謀害她。

特別是最近，在聽說了方圓的案件後，費騰的這種疑心病犯得更厲害了，一看見冷靜回家就躲到房間裏不出來——生怕他將她扛起來，從陽臺上扔下去。

凌晨2點多了，小房間裏的冷靜還沒有睡著。

他打開臺燈，從床頭櫃抽屜裏找出安眠藥片，仔細檢查一番後，小心地吞下兩片。他喝的水都是從飲水機上現放的。杯子都被反覆地沖洗過。他明知費騰只是疑心病，並沒有害人之心，但他還是不知不覺地受她影響，處處小心設防。睡覺的時候，他同樣要將門窗關死。現在他最擔心的是廚房裏的煤氣，那是關不住也鎖不了的，萬一她發起病來……

床頭的對講電話猛地響起來，嚇了他一跳。

——「喂，我忘了拿痰盂了。」對面房間裏的老婆在電話裏說。

「好的，我這就幫你拿。」

冷靜重新披衣起床，一溜小跑到衛生間，先撒了泡尿，用水沖了，然後拿著痰盂，送到老婆的房間門口，再回到小房間的床上，拿起無繩電話，按下「對講」按鈕：

「喂，痰盂放到你房間門口了。」

一切都進行得非常熟練，甚至非常默契。

當然也非常滑稽。荒唐。

冷靜悄悄將房門打開一條縫，觀察著對面房間的動靜。

對面的房門悄悄地、一點一點地打開了，開了一條縫，一線慘白的燈光泄了出來，從門縫裏伸出一隻白白的手，偷也似地將門口的痰盂拿了進去，隨即門也「砰」地一聲關上了，接著是很響的上保險的聲音……

一隻受驚的老鼠。

記得一個醫生朋友曾經說過，精神病人的直覺往往很准——他們甚至能直接探查到你的潛意識。

——難道我的潛意識裏，真有殺她的企圖？冷靜驚駭地想。

冷靜輕輕地關上門。再輕輕地關上保險。

「這事得解決一下了，不能再拖了。」重新在床上躺下後，冷靜這麼想。

本來他想再拖一拖的。因為他那位退休的局長岳父兩個月前身患重病住進醫院，沒幾天活了。等他死了以後，這事解決起來會容易一些吧。

正常的解決方法有這麼兩條——冷靜躺在床上反來覆去的想：

一是分居或者離婚。但費騰一直不同意，她家裏人也不同意。理由是他不能拋棄一個病人。

二是將她送到精神病院去治療。但費騰一直不同意，她家裏人也不同意。費騰的理由是她沒有精神病。她家人的理由是他不能這樣虐待一個病人。

其實，自從結婚的那天起，他和她就一直這樣「分居」著。他們從來沒有睡在一張床上。說不定，她到現在還是一個處女？……

其實，自從結婚的那天起，這裏就成了精神病院。他眼看著病人的病情在一天天地惡化。

為此，冷靜還專門結交了一個精神病醫院的醫生朋友。他多次將醫生帶到家裏來，暗中為她診病，開藥。可她的警惕性很高，從來不吃醫生開的這些藥。他曾經試圖偷偷給她換過藥瓶，但當天就給她識破了，大鬧一場不算，她這方面的警惕性反而更高了。

可以這麼說，能想的辦法都想過了。

那麼，還有其他的解決方法嗎？

　　對了，明天就去問問對門的鄰居，看他願不願意將房子賣給我，或者租給我。哪怕價格高一點。這樣，表面上擴大了居住面積，實際上一人住一套，互不干擾，又談不上分居⋯⋯

　　冷靜這樣想著，為自己找到了這個「擦邊球」而感到欣慰。

　　他覺得自己終於可以睡上一會兒了。

3
夜夜惡夢今又惡夢

情人總是會背叛、會分手的，
只不過變成夫妻後會慢一點兒。

29

　　冷靜夾在很多人中間，擠擠攘攘的，向火車站出口處緩慢移動。

　　冷靜伸長脖頸朝前看，朝前看，終於看見了出口，他還看見，出口處站著好幾排穿制服的人，穿著那種有肩章的制服，看上去像是員警，又不像是員警。

　　現在穿制服的人很多，何況，員警已經換過好幾次制服了，說是要和國際接軌。他們是員警麼？如果是員警，那麼，這麼多員警堵到這裏來幹什麼？冷靜緊張地想。

　　——抓逃犯？查票？……冷靜下意識地開始掏口袋。

　　掏來掏去，冷靜在身上掏出來很多亂七八糟的東西。就是沒看見有車票。

　　眼看離出口處越來越近了。

　　冷靜心慌了。

　　冷靜的心越來越慌。

　　冷靜渾身直冒汗。

　　他的兩隻手一直在身上，在身上四處，摸來摸去，不停地摸來摸去，把翻過無數遍的口袋，再翻上一遍，再翻上一遍，再翻上一遍……

　　冷靜發現自己兩手空空。是的，兩手空空。

　　——上火車時什麼也沒有帶麼，比方帶個包什麼的？他想不起來了。真的，他想不起來了。一點也想不起來了。

　　那麼，出門的時候呢？有沒有帶包？有沒有帶什麼東西？他也想不起來了。真是的，一點也想不起來了。

　　但他還是在拼命想。想……

　　想著想著，再看看手上，哎，不知什麼時候，手上抓著一張紙呢！細看，上面還寫著××車次，到達××站，××市，什麼的，似乎就是一張火車票。

──就是一張火車票啊。不然，為什麼會有車次，到達站，××市，什麼的。

──火車票什麼時候改成這個樣子了？他暗自琢磨。這年頭，什麼都改來改去的，變來變去的，亂了，真的亂了。

冷靜把手裏的那張紙交給出口處的員警，心裏撲撲亂跳。

那個員警對那張紙看也不看，只說，身份證，身份證，把身份證拿出來！

旁邊的員警也在不停地說，身份證，身份證，大家把身份證拿出來！……

──身份證？

冷靜愣住了，他不知道自己身上有沒有帶這玩藝兒，他真的不知道。好像沒有這個印象，沒有這個印象啊。

平時在家裏，他也很少用那個身份證，很少用的。甚至，連身份證放在什麼地方，他都搞不清楚，怎麼會湊巧放在身上呢？

是啊，怎麼會呢？冷靜的腦子這麼轉著，手卻在下意識地掏口袋。

他的兩隻手，一直在身上，在四處，摸來摸去，不停地摸來摸去，把翻過無數遍的口袋，再翻上一遍，再翻上一遍，再翻上一遍。

就這樣掏來掏去，冷靜從身上掏出來很多亂七八糟的東西，甚至掏出來許多張車票，汽車票，火車票，中巴票，計程車票，就是沒有身份證。

後面及四周的人相互推著，揉著，嚷著，一直推著，揉著，嚷著。

員警用胳膊把冷靜往旁邊排了排，把他排到了一邊。就像從車票上撕下一截子票根，然後隨手一扔。

員警看也不看他，又去查下一個了。

冷靜身邊也有著黑壓壓的一大堆人。就像許多張堆積在一起的票根。

　　四周都有欄杆，攔著，人們在欄杆裏亂擠亂拱的，像豬圈裏圈著的一圈豬。

　　人們都埋著頭，在包裏，在身上，摸著，掏著。還有人忙著往嘴裏吞著什麼東西。

　　外面不時有人，像票根似的，被扔進來，扔進來……

　　冷靜心慌了。

　　冷靜的心一直懸著，懸在空中，一直是這樣的。

　　冷靜渾身又開始冒汗。他的兩隻手一直在身上，四處，摸來摸去，不停地，摸來摸去，把翻過無數遍的口袋再翻上一遍，再翻上一遍……

　　他發現自己兩手空空，是的，兩手空空，什麼東西也沒抓著。

　　——上火車時，有沒有帶個包什麼的？他想不起來了。想不起來了。

　　——出門的時候呢？有沒有帶包？他也想不起來了。也想不起來了。他真的是，一點也想不起來了。

　　他只記得，平時在家，他也很少用那個什麼身份證的，連身份證放在哪裡，放在什麼地方，他都搞不清楚，都說不上來。怎麼會湊巧放在身上呢？

　　這麼想著，他的兩隻手還是不由自主，在身上，四處摸來摸去，不停地，摸來摸去，把翻過無數遍的口袋再翻上一遍，再翻上一遍……

　　冷靜只記得，自己是到S市來看戲的，看完戲還要坐火車回家，又不在外面住宿什麼的，好像壓根就沒想到帶什麼身份證。

30

　　冷靜夾在很多人中間，人們相互擁擠著，推攘著，不由自主地移動著腳步，向前，向後，向左，向右，移來移去的。

進門的一剎那，冷靜被人狠狠擠了一下，肋骨差點擠斷了幾根。

奇怪的是，冷靜並不感到疼，只是胸口憋著氣，悶得很，透不過氣來。

門裏面，又是一個亂哄哄的地方。有點像醫院裏打吊針的輸液室。又有點像小汽車站裏的候車室。只是比那更擠，更亂。

沒人告訴他這是什麼地方，來這裏幹什麼？

好像也沒有人問，這是什麼地方，來這裏幹什麼？

⋯⋯

好像這裏就是他們的目的地。什麼都不用問的。

冷靜問身邊的一個胖男人，這是什麼地方。

胖男人鬼鬼祟祟地告訴他，這是火車站的臨時收容所。要查問，登記，還要檢查東西。

輪到冷靜了。

對方坐著，他站著。

對方問了他幾句話。他答了他幾句話。

他不知道對方問了他一些什麼。他也不知道自己答了一些什麼。反正對方問什麼冷靜就答什麼，答對了也無法證明，答錯了也無法證明。一切都在渾渾噩噩地進行。

——你的東西呢？對方問。

什麼東西？

——包啊箱子什麼的。

沒有，好像沒帶什麼東西。

——那你到S市來幹什麼？

看戲。

——看戲？看什麼戲？

沼澤，好像是沼澤。

——什麼棗子？是紅棗，還是黑棗？

我也不清楚，冷靜說，可能是戲名，也可能是戲院的名。

　　那個胖男人在後面緊挨著冷靜。

　　冷靜見那個胖男人慢慢打開了他手上的那只黑提包，像電影裏的慢動作。

　　圖窮匕見——那包裏赫然露出來一大捆一大捆的鈔票。

　　胖男人的兩隻手懸在上面護住鈔票，嘴裏不停地解釋說，他是計程車司機，在S市買了一輛車，今天帶錢來提貨的，急急忙忙的，只想到要帶錢，帶錢，錢要放好，別給小偷偷了，就記得這個，就惦記這個了，卻忘了帶身份證。

　　胖男人說，本以為，提了車就開回來，又不住宿什麼的，就沒想到帶身份證。

　　胖男人說，以前我經常到S市來，出火車站也沒查身份……

　　人一批批地被帶進來，登記後，又一批批被帶出去。

　　有點像垃圾中轉站。

　　又輪到冷靜了。

　　一批人，被人押著，趕進了一輛公共汽車。

　　好像往被櫥裏塞棉花胎，滿得不能再滿，塞的不能再塞。

　　也像往卡車上裝垃圾，滿的不能再滿，尖的不能再尖。就是這樣子。車一邊開著，頂上的垃圾一邊灑灑拉拉往下掉。沿路都是。

　　然後，這輛公共汽車就開起來了。

　　奇怪的是，這破車開起來倒沒有聲音，不搖也不晃。不搖也不晃，車上的垃圾就不會灑灑拉拉地掉下來。

　　透過人縫，冷靜看見車窗外的景物在悄悄往後倒退，所以他懷疑，車已經開了吧？

31

　　車停了。

　　下車。

　　一批人，被人押著，趕進了一個門。

　　又到了一個亂哄哄的地方。

　　這裏有點像學校，進了院子，裏面是一間間的教室，教室裏面，黑壓壓的，全是人（？）。

　　沒人告訴他這是什麼地方，來這裏幹什麼。

　　好像也沒有人問，這是什麼地方，來這裏幹什麼。

　　好像這裏就是他們的目的地。什麼都用不著問的。

　　冷靜又問身邊的那個胖男人，這是什麼地方。

　　胖男人鬼鬼祟祟地告訴他，這是Ｓ市的第×收容所。要查問，要登記，還要檢查。有人來保，才能出去。

　　胖男人的箱子已經被收容了，此刻和他一樣，兩手空空。

　　這裏，所有的人都和冷靜一樣了，兩手空空。

　　還是一個個地審問。

　　終於輪到冷靜了。

　　對方問了他幾句話，他答了幾句。

　　他不知道對方問了他一些什麼，他也不知道自己答了一些什麼。一切都在渾渾噩噩地進行。

　　——你到Ｓ市來幹什麼？

　　看戲。

　　——看戲？看什麼戲？

　　沼澤。

　　——什麼？

　　沼澤，沼，就是沼澤的沼，也是沼氣的沼。

　　冷靜一邊說著，一邊用筆在紙上寫這個字，可他老是寫錯，一會兒寫成了詔，一會兒寫成了澡，後來又寫成了澤——澤，就是沼澤的澤，對了，也是毛澤東的澤……

　　冷靜順手寫了毛澤東三個字，這次一揮而就，一個字也沒有寫錯。

——沼澤是什麼東西？對方問。

我也不清楚，冷靜說，可能是戲名，也可能是戲院的名。

32

然後，冷靜被人趕進了一間黑房子。

是的，黑房子，黑咕隆冬的。

滿屋子的人，擠擠攘攘的。

說它像教室，可沒有課桌課椅。但有很臭的氣味，滿屋的臭氣，撲鼻而來，倒像進了公共廁所。是的，擠擠攘攘的公共廁所。

人們一團一團地圍坐在地上，在打紙牌。

人們抽著煙，打紙牌，或者光抽著煙，在一邊看別人打紙牌，俗稱看斜頭。

打的人津津有味，看的人也津津有味。

旁邊有人拉冷靜的袖子，邀他打紙牌，冷靜惶惑地搖了搖頭，說，抱歉，我不會打。

這年頭還有不會打牌的，那人忿忿然地，傻鱉啊。

冷靜問，你，你們，哪兒來的牌？

自帶的唄，對方說，這年頭，出門在外，都這樣，隨身帶副牌，隨時玩起來。對方說，幸好我帶了牌出來，不然的話，到了這鬼地方，沒有牌玩，還不把人憋死啊。

對方問冷靜，你是怎麼進來的？

怎麼，進來，的？和你，一樣，就，這樣，進來了。冷靜回答說。

冷靜又問他，你也沒帶身份證？

我有身份證，也有打工證，就是暫住證沒帶在身上，我跟他們說了，他們不聽，我有暫住證，丟家裏了，你看，今天我剛換了件衣服……

門口一陣亂響。又塞進一堆人來。

裏面頓時像擁擠的火車車廂了。

冷靜在火車上就聽人說，不坐火車，不知道中國人有多賤。假如這傢伙進了收容所，就不會這麼說了。冷靜想。

不多會兒，門口又是一陣亂響，又塞進一堆人來。

同時，有個打著赤膊的黑大漢探進一身黑油油的肥肉，大聲呦喝：

——喂喂，有自保的吧？吃住都有，可以跟家裏打電話！——喂喂，有自保的吧？吃住都有，可以跟家裏打電話！……

這樣連續喊了幾遍，裏面有十幾個人疑疑惑惑地走了過去，跟著黑胖子出了門。

冷靜也在這群人裏面。

冷靜想拉那個胖子難友一起去，但胖子不去，說不會有什麼好事，小心上人家的套兒。

胖子還說，我已經打了電話回去，叫我老婆送身份證來，保我出去。我在這裏打打牌，一宵很快就過去了。

冷靜問胖子什麼時候打的電話，胖胖拍拍自己的黑皮小提包：我帶著手機呢。

33

一群人跟著黑大漢來到院子裏，來到一間小平頂房下面。

天已經黑了，周圍有幾顆昏暗的燈光。

戲院的戲大概已經開演了吧，冷靜想。

平頂房上面有人放下一根粗繩子，黑大漢推著、托著人往上面爬：快，快，快爬。

冷靜是最後一個上去的。黑大漢在下面托著，上面有人拉著拽著，冷靜感到胳膊都被拽斷了。

　　應該說，最後一個上去的是黑大漢，爬到一半，只聽空的一聲，黑大漢像一大袋麵粉，實實在在地拍在水泥地上。

　　圍牆外面停著輛中巴車。

　　他們這群人，攏雞似地被攏上車，門尚未關上，車倏地一下就衝了出去。

　　奇怪的是，這破車沒有聲音，不搖也不晃，只看見兩邊的景物在悄悄往後倒退。

　　不久，車停了下來，一群人攏雞似地被攏下車。接著又被攏進一戶農家的院子。

　　黑暗中，只聽見當地人在用哇哩哇啦的鳥語在說話。冷靜一句也聽不懂。

　　不久，這一群人被分成了三四份，被當地人分批帶了出去。

　　冷靜和另三個男人還是被那個黑大漢領著，上了院門口的一輛馬自達。

　　這破車開起來也沒有聲音，不搖也不晃，只是看不見兩邊的景物在悄悄往後倒退。

34

　　下了車，又到了一戶人家。也就是黑大漢家。

　　一群人被攏雞似的，攏進了屋。

　　黑大漢卻不進屋，也不說話，他雙手交叉在胸前，站在院門那兒，守著院門，黑黢黢的，像尊鐵羅漢。

　　說話的是個中年婦女。（黑大漢的女人？）

　　她讓大夥兒坐下，還給他們茶喝，說，大家辛苦了，受累了，我看大家都是好人，就做個好事，冒著風險，把大家都保出來，說你們都是我家的親戚，不然的話，在收容所那鬼地方，可遭大罪呢，比大牢還不如呢。為了保你們出來，每個人都代你們交了八百

元錢的保費，我們全是做好事，不賺你們的錢，你們只要把八百元錢還給我們，就可以走了，但有一條，出去千萬別做壞事，你們做了壞事，我們就跟著倒楣了。

人群裏有人問，交了保費，幹嘛還要爬屋頂爬院牆？

女人說，這都不知道啊，從正門出來，就不是這個價了，還不是為你們省錢啊。

又有人問，你們既然不賺錢，保我們做什麼？

女人說，這都不知道啊，不是為了積德嘛，多積德，多行善，來世才能投好胎，享大福，你們要是真有良心，出去以後，今後有了能力，再來感謝我們也不遲，說不定，我們還能交個朋友呢，現在，身上有錢的，拿出來就可以走了，不想走的，也可以免費住一宵；身上沒這麼多錢的，可以打電話給你家裏人，叫他們帶錢來領人，就行了，我家裏有電話，也是免費提供的⋯⋯

冷靜一邊聽，一邊下意識地開始掏口袋。

掏來掏去，掏出來很多亂七八糟的東西，堆了一桌子。

女人在一邊幫著撿，說快了快了，再有一百元就夠了。

於是冷靜又掏。他發現身上有個地方有一個秘密口袋，從裏面又掏出了很多東西，像變魔術一樣，越掏越多，有美元，有日元，有歐元，有港幣，還有冥幣，一大堆，花花綠綠的，攤在桌上，風一吹，又紛紛飄到地上⋯⋯

冷靜忙彎腰去撿。女人笑嘻嘻地貼過來，說，你歇著你歇著，我來撿吧⋯⋯

女人很自然地貼著冷靜，問了他幾句話。冷靜回答了幾句。他不知道對方問了他一些什麼，他也不知道自己答了一些什麼。一切都在渾渾噩噩地進行。

——你的東西呢？女人問。

什麼東西？

——包啊箱子什麼的。

沒有，可能，沒帶吧。

——那你到S市來幹什麼？

看戲。

——看戲？什麼戲？

沼澤。

——什麼？

沼澤，沼澤的沼，也是沼氣的沼，澤，是沼澤的澤，對了，也是毛澤東的澤。

——沼澤，那是什麼東西？

我也不清楚，冷靜說，可能是戲名，也可能是戲院的名。

你現在準備怎麼辦？女人問冷靜。

我？冷靜想了想，我還是準備去看戲，冷靜說，我到S市來，就是專門來看戲的。幾點了，還來得及嗎？

女人看看手上的手錶，說，9點不到，戲還沒散，還來得及，打個的去，晚上車開得快，用不了半小時，就到了，要不我開車送你去吧？

冷靜注意看了看身邊的女人，發現這個女人好像變了，不是剛才那個滿臉橫肉的中年婦女了，變得年輕了，漂亮了，兩眼水汪汪的，像個小姐。

到哪裡？女人一邊開車，一邊問。

到，戲院吧，冷靜說。

到哪個戲院，女人問。

這個，不清楚，冷靜為難地，有沒有叫沼澤的戲院？

嘻嘻，沒聽說過。女人扭了扭身體，並媚了他一眼。

在什麼路？路名知道吧？女人又問。

冷靜搖搖頭。

什麼區？區名知道吧？

冷靜想了想，依舊搖了搖頭。

這就難辦了，女人說著把車停了下來，我們到哪裡去呢？

冷靜想了想，說，有辦法了，我可以打電話給我老婆，她比我早幾天來S市，就是她叫我來看戲的，現在她可能正坐在戲院裏呢，冷靜說，我打電話問她，就知道地址了。

真是個好辦法，你怎麼不早說呢？女人說著，笑嘻嘻的，遞過來一隻小巧的手機。

那手機很小，冷靜從沒見過這麼小的手機，它只有火柴盒那麼大，上面的數字鍵小得像螞蟻，密密麻麻的，他粗大的手指按下去，似乎一下子按下了好幾個鍵，加上車上的光線又比較暗，他將手機貼近了臉，吃力地在上面按著，按著，加上老婆的手機號碼那麼長，十幾位數，按來按去，把自己都按糊塗了。

他先是改用指尖按，但指尖還是太大；然後他又改用指甲，但指甲在上面滑來滑去的，按沒按下去，沒有數；後來，他又從身上掏出來一支筆，拿筆桿兒去按鍵，但筆桿兒依然在上面滑來滑去，有沒有按下去，仍然沒有把握。

女人在旁邊看了，一直在笑，渾身一顫一顫的，說，我來幫你按吧，你報號碼，我來幫你按。

冷靜就依她的話，把老婆的手機號碼報給了她。

女人很熟練地按了一遍，把手機放在耳邊聽聽，說，怎麼是空號。

於是又按了一遍，聽了聽，說，還是空號。

你號碼有沒有記錯？女人問他。

不會吧，冷靜遲疑地說，不過，也有可能，這個號碼位數這麼多，平時我很少打的。

冷靜想了想，忽然說，有辦法了，我帶著通訊錄的，通訊錄一般情況下我都帶在身上的，我來找一找。

冷靜一邊說，一邊下意識地開始掏口袋。

掏來掏去，掏出來很多亂七八糟的東西，堆了一堆。

女人在一邊幫著撿，撿出一個火柴盒大小的小本本，問他：是不是這個？

冷靜看了看，說，是吧，好像是這個。

冷靜把本本翻開來，找到一個名字，名字後面跟著一長串數字，忙一個一個地報給她。

報到大半時，他停住了，因為這裏的數字出現了塗改，有個數字，分不清它是 3，是 6，還是 8；還有個數字，分不清它是 7，還是 1。

女人將小本本拿過去，貼近眼睛，辨別了半天，同樣也沒有辨別清楚。

那就都試試吧。女人說著，就埋頭不停地按鍵，按鍵，冷靜也就不停地報數字。

就這樣，一遍遍地。一遍又一遍。有時是冷靜報錯了，有時是女人按錯了，只好從頭再來。就這樣，一遍遍地，不知按了多少遍。但一次也沒有接通過。

冷靜的眼睛都看花了，頭上，身上，開始不停地出汗。

後來還是女人發現，冷靜報的這個號碼有十二位數。

——正常的手機號碼應該只有十一位數啊。女人說。

是啊，冷靜也不停地搔頭，怎麼會多出一位呢？……

最後，還是冷靜主動放棄了打電話的努力。

再說，時間也不早了。女人看了看表，已快十點半了。這會兒，戲也該演的差不多了，再趕過去，似乎是沒有意義的。

35

冷靜決定回去。回家去。

他要求女人把他直接送到火車站。女人順從地笑了笑，重新啟動了車子，呼呼地開起來。越開越快。

　　讓冷靜感到奇怪的是，這車開起來沒有聲音，不搖也不晃，只是有點頭暈。他看見兩邊的景物在悄悄地，飛快地往後倒退……

　　終於到火車站了。

　　冷靜手裏捏著一張車票，夾在很多人中間，擠擠攘攘的，向火車站進口處慢慢移動。

　　冷靜伸長脖頸朝前看，看著，看著，終於看見了進口處。

　　他還看見，進口處站著好幾排穿制服的人，穿著那種有肩章的制服，看上去像是員警，又不太像是員警。現在穿制服的人很多，何況，員警已經換過好幾次制服了，說是要和國際接軌。

　　——這麼多員警堵在這裏，來幹什麼？冷靜緊張地想，抓逃犯？查票？冷靜下意識地捏緊了手上的車票。

　　冷靜不停地看著自己手上，好像生怕那張車票飛了一樣。

　　他看見自己手上抓著一張紙，一張紙，上面寫著××車次，到達站，S市……

　　——這是一張火車票嗎？

　　這就是一張火車票啊。不然，為什麼會有車次，到達站，S市，什麼的。

　　——怎麼還是S市呢？我這是回去了，回家了，應該是到達Z市啊，怎麼還是S市呢？……

　　冷靜把手裏的那張紙交給出口處的員警，心裏撲撲亂跳。

　　那個員警對那張紙看也不看，只說，身份證，身份證，把身份證拿出來！

　　旁邊的員警也在不停地說，身份證，身份證，大家把身份證拿出來！……

　　——身份證？

　　冷靜愣住了，這次，他記得自己身上沒有帶這玩藝兒。

　　平時在家裏，他也很少用那個身份證，很少用的。甚至，連身份證放在什麼地方，他都搞不清楚，怎麼又要這玩藝兒呢？

　　冷靜的腦子這麼轉著，手卻在下意識地掏口袋。他的兩隻手，一直在身上，在身上四處，摸來摸去，不停地摸來摸去，把翻過無數遍的口袋，再翻上一遍，再翻上一遍，再翻上一遍。

　　這樣掏來掏去，冷靜從身上掏出來很多亂七八糟的東西，甚至掏出來許多張車票，汽車票，火車票，中巴票，計程車票，就是沒有身份證。

　　後面及四周的人相互推著，搡著，嚷著……大夥兒一直推著，搡著，嚷著……

　　員警用胳膊把冷靜往旁邊排了排，把他排到了一邊。就像從車票上撕下一截子票根，然後隨手一扔。

　　員警看也不看他，又去查下一個了。

　　……

4 防偷、防狼、防女人

最美的時裝其實就是女人的裸體，
同理，女人本身就是一件最好的殺人武器。

36

2月13日，被稱為情人節的「除夕」。

上午10點多鐘，在「一泉」公園附近，身藏小型DV機的小泄轉來轉去，好不容易找到了老胡的麵包車——往裏鑽的時候，小泄的頭被門框撞了一下，帽子撞掉了，露出長長的頭髮。

車上的老胡笑著對他說：「小泄啊，幹偷拍這行，打扮越普通、越沒有特徵越好，什麼長頭髮，棒球帽，像個導演，太惹眼了。」

小泄聽老胡說自己像個導演，神情立刻得意起來。

小泄原來在電視臺工作，和方圓、豐美都是同事。有一次值夜班，小泄出了惡性事故，被電視臺解聘了。現在的小泄常常跟在冷靜後面，拍一些稀奇古怪的新聞短片，賣給電視臺的「零距離」節目。每片能賣到二百元左右。最多的一次賣了五百元。

老胡正在辦理的是一單「查二奶」的委託。也就是張女士發現她老公的住處「兩隻牙刷頭濕漉漉的」那單。老胡和他的搭檔小劉姑娘從昨天下午起就開始跟蹤了。

——「那個，目標呢？」小泄上車後，貓在他們身後，懵懂地問道。他彎著腰，頭探向駕駛室，舉著攝像機的手不停地抖呀抖的。

「那傢伙剛才買飲料去了。」老胡看見小泄手抖呀抖的就忍不住要笑——他一直懷疑，這樣拍出來的畫面能清晰嗎？

——「那個，有、有眉目嗎？」小泄又問。

「我看有，大大的有。」老胡笑道。「剛才那傢伙從家裏出門的時候，一邊慢慢開車，一邊在後視鏡中頻頻觀察自家的樓門口——他怕他老婆跟蹤他呢！哪曉得被我們一直跟到了公園門口！哈哈。」

——「那，他、他的車呢？」小泄不僅手會發抖，嘴也結巴。

「那裏。看見沒有，藍色的，賓士600。」老胡指點著說。

「我估計他約了他的小情人在公園門口這裏會面。」

這時小劉姑娘向老胡嘀咕了一句家鄉土話，逗得老胡呵呵直笑。

小泄問他笑什麼？老胡說這是秘密，天機不可洩漏。說罷，老胡和小劉姑娘又一齊笑起來。

老胡據說在部隊幹過幾年偵察兵，很善於發現這方面的一些蛛絲馬跡。他的搭檔小劉姑娘則是老胡從家鄉帶出來的，辦案的時候他們都講生僻的家鄉土話。老胡說，美國的高級情報人員都用印第安語之類的進行對話，這樣既能在危險的情況下及時傳遞資訊，別人又難以破譯。

小劉姑娘剛才說的那句話是：「師傅你還說他像導演呢，我看他像個十足的神經病。」

不知為什麼，小劉姑娘一向看不慣這個小泄，對他總沒有好臉色。

老胡也用家鄉話衝小劉姑娘說了一句：「他是老闆的朋友，給點面子羅。」

37

冷靜在醫院裏接到一個奇怪的電話，對方稱自己是保安公司的，又說自己是一個私人偵探，總之他有重要的情報要賣給冷靜。

——「人命關天，信不信由你！」這個神秘的傢伙再三強調。

冷靜沉吟片刻，不得不和他定了一個大概的見面時間。

「你貴姓？」冷靜問。

「叫我老黑就行了。」對方說罷就關了手機。

冷靜是臨時被岳父的兩個兒子招到醫院來的，說老頭子不行了，要他趕緊來見最後一面，商量一下後事。

這樣的「最後一面」，冷靜已經見過好幾次了。

兩個月前，老頭子被查出嚴重的心臟病和糖尿病。這種病很不好說，說死就死，說活也能拖上個十年八載的。

精神病院的那個醫生朋友告訴冷靜，老頭子的這種情況屬於縱欲過度、精力嚴重透支，身體免疫力嚴重下降。

開始冷靜還不相信精神病醫生的話，以為他是拿人開心。岳母去世後，老頭子續弦不假，可畢竟七十多歲的人了，還哪來的那麼多精力和「性趣」？

精神病醫生連連搖頭發笑：No，No，老夫猛發少年狂，老屋子失火——沒救啊！

直到後來，老頭子住院後，他的兩個兒子突然襲擊，跑到老子家檢查他的財物，存摺、字畫等寶貝一個沒見，倒是翻出了不少外用、內服的壯陽藥。

精神病醫生得知這一情況後非常得意，衝冷靜說了一句莫名其妙的話：「最美的時裝其實就是女人的裸體，同樣，女人本身就是一件最好的殺人武器。」

38

「注意，目標回來了。」老胡舉著一隻小望遠鏡，小聲提醒說。

只見一個穿立領黑色風衣的中年男子手裏拎著一隻購物袋，左顧右盼地走到那輛藍色的賓士轎車旁，打開車門，鑽了進去。

小劉姑娘及時舉起一隻小型長焦相機，嚓嚓按了幾下快門。

小泄手忙腳亂地將攝像機伸出車窗去拍，被眼疾手快的小劉姑娘一把拽了回來：「你想壞我們的湯啊？只要羊卵子不要羊性命了？」

說話間，一位穿吊帶裙的年輕女郎翩翩地走近那輛「賓士」，打開車門，鑽了進去。小劉姑娘眼疾手快，衝著美女嚓嚓又連按了幾下快門。

小泄反應過來，慌忙舉起他的攝像機，只拍到了「賓士」揚塵而去的車屁股。

小泄抱怨老胡小劉沒有提醒他。

小劉姑娘臭他說：「那誰提醒我了？」

小泄又要求小劉向他提供一張剛才的照片。

小劉又臭他說：「行啊，原價二百五十元一張，你就打個二五折吧。」

39

冷靜趕到病房，發現病床上的老頭子並沒有「不行」，而是精神「不錯」——能認出人，能聽懂人話，能用眨眼來和人交流：眨一下眼表示「行，是，同意」，眨兩下則表示「不行，不是，不同意」。

他的大兒子當著他的面大大咧咧地說：「行什麼呀，老頭子這是迴光返照！」

冷靜看見床上的老頭子眨了兩下眼。

五十歲的費大哥又說了：「皮醫生已經好幾天不來了，連裝個樣子都沒有耐心裝了，恨不得老頭子早一點死，她好得全部遺產。」

床上的老頭子沒眨眼。

他們的繼母姓皮，職業是個體醫生，今年也是五十歲。他們一直稱她為「皮醫生」。據說她的前夫就是讓她給治死的。在嫁給老頭子之前，她在某縣某鎮開著一家個體診所；嫁給老頭子之後，她把個體診所搬到了這個城市的某條小巷裏。

四十七歲的小兒子說：「現在趁老頭子神志還清醒，要不要立個遺囑，將財產分一下。不然的話，等老頭子眼睛一閉，她皮醫生成了當然的第一繼承人，我們就死定了。」

冷靜看見老頭子的眼角滴下幾滴濁淚。

　　他們兄弟兩個，現在一個是下崗工人，另一個也是下崗工人。小兒子下崗前是汽車司機，現在幫人家個體老闆跑跑運輸，勉強混口飯吃。大兒子下崗前是企業的工會幹事，只會喝茶看報，現在就只能每個月領一百二十元錢的「低保」救濟金了。

　　老頭子的遺產，自然就成了他們的「救命稻草」。

40

　　麵包車跟著前面的賓士，開開停停。兩車儘量保持較遠的距離。

　　目標先進了一家超市。

　　又去了一家銀行。

　　為避免對方的懷疑，老胡決定換車。在一個僻靜處，老胡將一輛輕便摩托從麵包車後部拖了出來——小劉姑娘當即騎上去，若即若離地跟在賓士的後面。

　　不多久，小劉姑娘打手機報告老胡說，目標雙雙進了一家酒店。

41

　　冷靜將那個自稱叫「老黑」的人約到辦公室來見面。

　　開始老黑不同意，提出要在一個中性的公共場所見面。經過一番討價還價，最後老黑還是答應來了。

　　冷靜的辦公室裏有自動錄音、攝像等設備，對方據說也是個行家，不可能不懂。

　　老黑並不黑，相反，長著一張蒼白的臉。個頭、模樣都有點像小泄。神態也有點神經兮兮的。

　　老黑進來以後，慢吞吞地關上門，然後一言不發地從皮夾克插袋裏往外掏什麼東西。

　　冷靜表面不動聲色，右腳掌已暗暗放在桌下的一隻按鈕上。它

類似於高級轎車內的那種保護裝置，能在瞬間彈出一隻氣囊隔開外物，並同時釋放出催淚瓦斯，讓房間裏所有的人失去戰鬥力。

老黑掏出來的是一盤錄音磁帶。

冷靜也一言不發地將磁帶拿過來，插到桌上的答錄機裏。

冷靜馬上聽出了裏面老婆費騰的聲音。大意是問對方能不能賣給她一支「防狼噴霧器」。對方問她買它幹什麼？她竟然說老公想殺死她，她要自衛。對方要價3千元，她竟一口答應下來。

「就這些？」冷靜問。

「就這些。」老黑答。

「哪天的？」

「情報嘛，貴在神速。」老黑答。「剛搞到就打手機報告你了。」

「你什麼意思？」冷靜將錄音帶退出來，欲還給對方。

老黑卻不接：「賣給你了。」

冷靜頓了一下，目視對方：「要多少？」

「你看著辦。」

冷靜又頓了一下，然後從左胸兜裏掏出一疊人民幣，看也不看，扔到桌上。

老黑伸手抓過，數也沒數，就一聲不吭地站了起來。

「客人」走後，冷靜將那盤錄音帶重新聽了一遍。

（其實這盤帶子在播放的同時，已經被自動複錄了。）

結合昨天夜裏小華向他報告的情況，冷靜的判斷是這樣的：他的老婆費騰很可能今天上午光臨了老黑的保安器材商店，並花3千元錢買走了一支「防狼噴霧器」，也叫「噴霧手槍」。老黑認出了她，於是決定趁機再敲她老公一筆。

這種「防狼噴霧器」，也叫「噴霧手槍」，雖然是國家嚴禁買賣的，但在麻將城，暗中隨身攜帶它的人很多，包括那些政府高

官，商場老闆，富婆二奶，白領佳麗，甚至那些三陪女郎，流氓地痞……名義上它是供女性自衛用的：它能在瞬間噴出霧狀氣體，讓襲擊者瞬間麻醉，失去攻擊能力。所以開始的時候，它的外形很像一隻普通的香水瓶，名曰「防狼噴霧器」。後來有的外形做成了手槍狀，就叫「防狼噴霧手槍」，簡稱「噴霧手槍」。由於很多犯罪分子將它當成了作案工具，警方才對此越來越緊張起來，點名明令禁止。就像他們對付「搖頭丸」一樣。

冷靜的汽車裏也藏有一支這樣的武器。不過它的外形很像一部手機，隱蔽性很強。聽說還有外形做成簽字筆的，隱蔽性就更強了。冷靜從來不將這玩藝兒帶回家。只有在外出辦理特別危險的案子時，他才會將它隨身攜帶。

現在，他的老婆也有了這樣一支武器。冷靜想。不管它是一隻「香水瓶」，還是一支「簽字筆」——假如這樣的武器掌握在一個精神不正常的人手上，後果真的是不堪設想。

而且，她買它的目的明明白白：就是為了對付老公的。

總之，不管這事是真是假，冷靜反正是不敢回家了。

或者說，這給他不回家提供了一個有利的藉口。

42

老胡從酒店裏走出來，與守在門口的小劉姑娘嘀咕了一陣。小泄在旁邊一句聽不懂。

老胡關照小泄和小劉一起留在原地，等著看好戲，拍好戲。

老胡回到麵包車上，打了委託人張女士的手機，將她的老公與一「吊帶裙」小姐開房的時間、地點、房間號一一通知了她，並建議她打「110」報警。

過了大約十分鐘左右，老胡從麵包車上看到張女士與「110」警車先後到了酒店門口。滿頭大汗、滿面通紅的張女士主動上前與

員警嘀咕了幾句，然後就跟在員警後面沖了進去。

守候在酒店門口的小劉、小泄自然是偷偷的一陣猛拍。

小泄趁亂還一直跟了進去「捉姦」。

小劉姑娘卻及時退了出來。老胡幫她將摩托車奮力抬上麵包車後部，他們又趕著做下一單「CASE」去了。

小泄混在「捉姦」的人群中，當賓館的房門打開時，他成功偷拍到「吊帶裙」正在裏面穿吊帶裙的鏡頭，隨後他就被員警擋在了門外。

43

午飯後，去澡堂泡一把澡，然後躲到一家賓館的房間裏，關掉手機，好好地睡一覺。這幾乎成了冷靜雷打不動的習慣。

否則，他早就堅持不到今天了。

今天他藏身的賓館叫荷花池。

下午醒來，冷靜一開手機，螢幕上照例排了一大排「未接來電」、「新短信」。

其中有三分之一是小華打來、發來的。

還有三分之一是老婆費騰打來、發來的。——情人節了，更要查查崗了。

他決定一個不回。

隨手又將手機關了。

放在以前他可不敢。否則的話，老婆不跟他鬧個你死我活才怪呢！

現在，他無所謂了。一切聽天由命吧！他想。狗急了還跳牆，兔子急了還咬人呢！

晚上再換個賓館。他又想。最好遠一點兒，讓她找不到。

2月13日。不是情人節，勝似情人節。

冷靜知道，今天冷靜法律事務所的業務有多忙。所有的人都恨不能將自己撕成兩半兒使。

自己手上也有很多重要的案子要辦。

晚上七點半還要出席電視臺的《法律與諮詢》直播，討論什麼「捉姦舉證」合不合法、該不該提倡的問題。這個選題還是冷靜幫助策劃的——每年的情人節期間，情人之間幽會成風，夫妻之間則「捉姦成風」，正是熱門話題。

這樣的黃金時間，這樣的黃金節目，任何人只要上一次，就足以成為麻將城的名人。

但今天，不知為什麼，冷靜對這一切突然失去了興趣。

除了感覺「累」，就是感覺——「無聊」，「無趣」。

也許，是該到揚州找活寶好好放鬆一下了。冷靜這樣有氣無力地想著，在被窩裏翻了個身，又迷糊過去了。

44

冷靜法律事務所裏，律師老張正在接待一位中年婦女。

老張：「你丈夫有沒有留下臨終遺言？」

中年婦女抽泣：「什麼……鹽？」

老張：「就是他臨死前說的話，這些話可能對你有用，所以無論如何請你仔細地回憶一下。」

中年婦女點點頭，陷入沉思，突然拍了一下腦門，一臉興奮：「對了，我想起來了，他臨死之前的確說過話！他說：『別嚇唬我了，你那把噴霧手槍連一隻蟑螂都對付不了！』這就是他說的最後一句話。」

45

〈麻將城「私人調查」爆猛料：「盯梢」離不開女搭檔〉

昨晚，服務於麻將城「冷靜律師事務所」的首席調查員老胡首次向記者透露他的成功秘密：在他長期的「盯梢」生涯中，一位與他長期合作的、被稱之為「電眼」的女搭檔小劉姑娘功不可沒。

「比如，在一些大廈外側的透明升降電梯裏──即便該電梯正處於三十米高空的疾速下降途中，她也能一眼認出『目標』就在電梯裏……」

老胡向記者講述著這位被稱作「小劉姑娘」的女搭檔辦案時的情形。他對她的評價是質樸而富有感染力：「貌不驚人，能量很大」。

據說，在多次辦案過程中，小劉姑娘在一群人中分辨出「目標」的速度極快，而且極少失誤，連很多專業的辦案人員對她都評價極高。

「這種女搭檔絕不能漂亮起眼，否則很難開展工作」。老胡說。

老胡的體會是，幹他們這行決不能少了女搭檔。因為陌生男人「盯梢」常常會引人懷疑，女的則不容易被察覺。

──《麻將城晚報》

46

冷靜法律事務所裏，律師老黃在接待一位中年男人。

老黃：「你給我的那份離婚協議書上，有一處弄錯了。」

中年男人：「哪一處？」

老黃：「撫養費這條，你是這樣寫的：假如離婚以後，你老婆獨身，你每年付給她六千元撫養費；假如她再嫁，你每年卻要付給她一萬元。」

中年男人：「沒錯，是這樣。」

老黃：「為什麼她重新嫁人了，你卻要多付給她撫養費呢？」

中年男人：「哦，我是想，娶她的那個男人太可憐了，我應該要給他一點補償。」

47

〈女秘書成了「禍水」？老闆娘「謀殺」合法？〉

據有關資料顯示，近幾年各級法院審結的離婚案件中，因為女秘書充當第三者導致的離婚占了一定的比例。

杭州有一對夫妻原是大學同學，結婚十多年一直過得很平靜。後來丈夫經商當上了老闆，雇了個年輕的女人。太太以為夫妻這麼多年了，感情這麼深，而且還有孩子，丈夫不會對她變心的。

然而僅僅過了幾個月，她的老闆丈夫就和女秘書睡到了一起。她等來的是丈夫的一紙離婚書。最後，她向丈夫抄起了剪刀，把花心男人的生殖器給剪了下來……

我市也發生過女秘書插足引發的家庭悲劇。太太把女秘書用硫酸給毀容被判刑進了監獄，丈夫因為鬧得滿城風雨，總經理的職務也給撤了。這個男人堅決要求離婚，並拋棄了一切財產。出人意料的是，他最後竟然娶了那位被毀容、已經變得奇醜無比的女秘書……

他這一舉動還在社會上引起了一場關於責任和良心之類的大討論。不管怎樣，由此能看出女秘書在這個老闆心中佔據著的位置。

——《麻將城晚報》

48

而此刻，冷靜的岳父費老頭正奄奄一息地躺在病床上，他的兩個兒子和兩個公證人神情嚴肅地圍在他的病床旁邊。

老頭子聲音很微弱，但很清楚：「我要把我的、全部財產，建立一個、基金，資助那些、獨身的、老年人……」

兩個兒子對望了一眼。大兒子：「老頭神志不清了吧？說胡話呢？」

小兒子：「今天不算，哪天等他神志清楚了再公證吧！」

老頭：「我從來沒有、像今天、這麼、清楚。」

……

49

晚上7點鐘，冷靜還是驅車趕到了電視臺。

主持人：觀眾朋友們大家好，歡迎收看麻將城電視臺的《法律與諮詢》直播節目。我是心雨。

我國的新婚姻法增加了一條「離婚過錯賠償原則」，尤受世人關注。人們普遍認為，增加這條原則有利於一夫一妻制不受破壞和進一步規範人們的婚姻行為，從而促進社會的安定。

可誰曾料想，新婚姻法的「過錯賠償」、「舉證」，在司法實踐中卻頻頻遭遇了尷尬。

讓我們先隨著畫面來看這樣一件案例：

　　前不久，浙江某市法院不公開審理了一樁離婚案，女方當堂出示了證明男方與其她女性同居的照片及詳細資料，請求法庭根據新婚姻法第46條第2款之規定：「有配偶者與他人同居導致離婚的，無過錯方可以要求損害賠償。」所以，她請求判令男方賠償她醫藥費、精神損失費共計十五萬餘元。

　　男方律師卻對這些證據的真實性予以否認，他說這些照片是女方與其親友強行脫其衣物拍的，不能作為有效證據。女方則辯稱她是砸破丈夫與情婦房門後拍下的這些「捉姦」照，而不是像男方所說的是強迫拍攝的……

　　原被告各執一詞，難倒了庭審的法官們：這樣的「捉姦舉證」能不能予以採信呢？

　　由於法官們對這種「舉證」是否合法有些拿不準，只好宣佈休庭擇日再審。

　　現在，就請我們節目的嘉賓──麻將城「冷靜律師事務所」的冷靜律師來談談他的看法。

　　冷靜：新婚姻法增加了「離婚過錯賠償原則」，規定了無過錯方有權請求賠償，但同時也規定了要求無過錯方必須出示確切證據。

　　問題就出在這裏。法律規定了無過錯方必須舉證才能請求賠償，那麼，無過錯方如何去取證，用什麼手段，從何種渠道取來的證據才合法有效呢？

　　從法律角度來看，「捉姦舉證」是非法的，不宜提倡的。

　　主持人：但反對「捉姦舉證」，證據又從哪裡來呢？這個問題是不是成了法學界爭議的焦點？

　　冷靜：是的。人們討論得最多的、最擔心的還是「捉姦舉證」這一問題，如果一旦它被視為有效證據，被法庭認可採信，將會帶來一種什麼樣的社會後果？

　　如剛才我們從畫面上看到的這起案例，其中的「捉姦舉證」就引起了一些法律界人士的擔憂，他們認為，如果法庭採信了女方的

「捉姦舉證」，很可能會導致社會上的「捉姦」成風，反而會影響家庭婚姻和社會的安定。

　　我個人認為，「過錯舉證」不能採取「以惡還惡」和「以毒攻毒」的方式取證，這樣會導致夫妻矛盾的進一步惡化，使得一些本來有望和好的夫妻也會因此徹底反目。法庭若採信「捉姦舉證」，無異於在鼓勵「捉姦」，鼓勵「以惡還惡」和「以毒攻毒」……

　　下節目後，導播悄悄告訴冷靜說，剛才直播時，一個自稱是他妻子的女人多次打電話進來，一會兒說要參與節目，一會兒說要找冷靜，要揭露這個偽君子──這些電話都被他掐掉了。

　　──「真是你愛人啊？」導播好奇地問，「我覺得她的情緒很不對，你趕緊先回家看看吧，別出什麼事情。」

　　「謝謝」。冷靜只說了兩個字。

50

　　打開車門之前，冷靜習慣性地觀察了一下四周。

　　上車後，在打火預熱的間隙，他又習慣性地掏出手機看了看。上面又堆了一大堆「未接來電」和「新短信」。

　　其中有三分之一是小華打來、發來的。

　　還有三分之一是老婆費騰打來、發來的。

　　──這些女人，她們究竟想幹什麼？冷靜邊關手機邊想：一個是十幾年占住茅坑不拉屎，也不許別人拉屎；一個是自己屁股上有一大堆屎不去擦，卻熱衷於擦別人屁股上的屎……

　　冷靜一邊開車，一邊還想著小華屁股上的「屎」：

　　去年的五一勞動節，全國人民在鬧「非典」，小泄卻在家裏發神經，操起一張小凳子，將小華砸得滿臉是血，把她的鼻樑都打斷

了。當時，正在醫院看急診的小華也顧不得臉面了，哭哭啼啼打電話向他控訴小泄，說小泄在家裏經常發神經，經常打她，要求冷靜給她做主。

這次打仗的原因很簡單：小泄整天在電腦上看黃片，時間長，聲音大，小華提了幾次抗議，讓他把房門關起來看，別影響小孩子。小泄就是不聽。小華替他關上房門，小泄就打開房門，如此重複幾次，小泄終於發作了，隨手操起一張小凳子劈頭蓋臉地將老婆暴打了一頓……

從此，小華就纏上了冷靜，三天兩頭向他哭訴她的不幸遭遇，動不動就說她想自殺，死了算了。冷靜在對她表示同情的同時，也有一點想不通：當初你為什麼不把眼睛瞪瞪大呢？明知道小泄住過精神病院，有精神病史，你還跟他結婚？……

冷靜每次從小華身上又聯想到自己：當初也有人警告過他，說費騰那個老姑娘脾氣古怪，可能以前精神上受過什麼刺激，要他三思而後行。結果，冷靜在三思之後，也就「行」了。

冷靜駕駛著銀灰色的保羅，在夜色中慢慢滑行。

他不想那麼快回到賓館。而且，到底是回賓館？還是回家？或是另找一家偏遠的賓館？他似乎還沒有拿定主意。

心亂如麻。

——都是費騰發的那些短信攪的：

「情人節在哪鬼混呢？」

「你再不回家，你就永遠沒有這個家了！」

「你再不理我，你就永遠別想理我了！」……

——這常常是她的「自殺宣言」。

——只有他冷靜讀得懂。

沒有比夫妻之間更加默契的了——他們往往更加瞭解對方的弱點和軟肋，更加瞭解對方的短處和痛處，所以，一旦向對方下手，

往往也是最為致命的。

　　她真有可能想不開，服下一瓶安眠藥，冷靜想，也有可能心臟病急性發作，一命嗚呼——以前曾多次出現過這種情況，幸好被及時搶救了過來。

51

　　那個穿白風衣的少女不知從哪兒竄出來的，而且一竄就竄到了冷靜的車前，幸虧他本能地一踩刹車，否則少女就不可能還站在這兒大喊大叫、拍他的擋風玻璃了。

　　冷靜將車窗開了一條縫。

　　——「……求求你老闆，救救我老闆，有流氓追我，能讓我上車嗎？老闆，求求你了！他們要抓我回去做三陪……」

　　冷靜剛將車門打開一條縫，少女就像一條魚似的游了進來。

　　然後，她除了喘息就是哭泣，累得好像一句話都說不出來了。

　　冷靜從後視鏡裏看看車後，似乎並沒有什麼可疑車輛跟蹤。他又將車速減慢下來。

　　這是一條橫穿麻將城中心的主要馬路，由南向北，直通到長江邊。

　　經過市中心的時候，冷靜注意到廣場正面立著的那個大螢幕鐳射彩電上，電視二台正在重播他剛才做嘉賓的節目，圖像一閃一閃的。

　　麻將城不大，繁華市區只有三公里方圓。CD裏的韓紅剛唱了幾句「青藏高原」，車已開到了長江邊。

　　雖然是夜晚，冷靜還是能感到撲面而來的黑暗的空曠，令人有豁然開朗之感。即使隔著車窗玻璃，也能感到撲面而來的江風帶來的那種清新和涼爽。

　　江邊的馬路近年經過一番擴建翻新，做成了一條江邊風光帶，名曰「珍珠項鏈」，號稱是「麻將城的外灘」。美中不足的是今天沒有打燈光，沿江的建築黑咕隆冬的，看不出什麼名堂。

　　於是重新返回到市中心。冷靜將車停在燈火輝煌的城市客廳廣場，頭也不回地說：「小姐，現在你沒有危險了。」

　　「謝謝」。小姐回答了兩個字。

　　然後又沒有動靜了。

　　冷靜將頭側過一點，說：「小姐，現在你沒有危險了，你可以下車了。」

　　沒有動靜。

　　冷靜回過頭，發現少女正愣愣地看著他。「需要我跟你的家人聯繫一下嗎？」他又問了一句。

　　「我的家人遠在湖南，」少女說，「我是被男朋友騙到這裏來的，他說給我找工作，其實是讓我去酒吧做三陪，我不幹，他就打我，強迫我，還搜走了我所有的東西，剛才我好不容易逃了出來……」

　　說著說著，少女又嗚嗚地哭泣起來。

　　冷靜不再說話，重新啟車前行。

　　直到了荷花池賓館，進了房間，打開燈，冷靜才將這個不速之客看清楚：真是一個少見的美女呢！

　　長長的頭髮凌亂在那張白皙的臉上，小小的胸脯還在驚惶地起伏不定。

　　特別是她那雙艾怨動人的眼睛，清純得像在水裏剛剛洗過一樣。

　　楚楚動人。

　　她縮著身子，站在那裏，似乎不知道該怎麼辦。

　　冷靜讓她先喝了杯水，然後讓她去衛生間洗個熱水澡。她順從

地進去了。

少頃，從裏面傳來沙沙的淋水聲，門下方的百葉窗裏也有熱氣裊裊而出……

冷靜用賓館的鉛筆、便箋寫了一張便條，在上面壓上幾張人民幣、以及賓館房間的房卡，然後拎著自己的東西，快步走出了房間。

5

「自殺宣言」與「蒙汗藥」

沒有比夫妻之間更加默契的了——
他們一旦向對方下手，往往也是最為致命的。

52

冷靜將車一直開到南郊風景區山腳下的一家賓館。

開了個標準間。

先痛痛快快沖了個淋浴。然後穿著睡衣睡褲，躺在床上，喝啤酒，看電視。

床頭的電話一直響個不停。冷靜知道，那是小姐們的騷擾電話。他一直沒有理睬。後來乾脆將電話線拔了。

手機也一直關著，不想打開。

他就是想——徹底地——安靜一下。

因為——似乎——總有一個不祥的預兆在纏著自己。

夜晚10點鐘以後的電視，都是些港臺片，要不就是又臭又長的國產連續劇，無法吸引他的注意力。

冷靜捏著遙控器調來調去，好不容易調到一個足球比賽的畫面，再將聲音設成靜音。

激烈的運動，無聲的畫面，這倒有些意思了。

螢幕上方顯示的時間一跳一跳的，正向午夜11點靠攏……

——在這情人節的前夜，就在此刻，世界上有多少男男女女正在接吻，交媾，打架，或者謀殺……？

冷靜發現自己又走神了。

要說以前，冷靜曾經是有些喜歡方圓的。只不過他從來沒有表露過。

要說現在，他好像有些喜歡豐美。

如果將方圓比喻成一朵白玫瑰，那麼，豐美就是一隻黑牡丹。

——打個電話給她，開個玩笑。冷靜突發奇想。

手機通了。卻沒有人接。

可能打在震動上了。冷靜捉摸。可能她正在電臺主持「午夜悄悄話」直播節目？

幸好賓館裏就有收音機。

電視螢幕上的足球不知什麼時候改成了拳擊，只見一白一黑兩個壯漢無聲地衝到一起，同時揮拳給對方一陣猛擊。

打開收音機，調准頻道——令冷靜驚奇的是：他從廣播裏聽見了小華那種熟悉的打電話的口音——

「……到了下半夜三點多鍾的時候，那男的又摸進來了，還是蒙著面，帶著刀，他把刀戳在女的心口上，把她強姦了。這次，女的按照派出所的指示，沒有反抗，也沒有發出一點聲音，直到那男的泄了精，女的才按照事先約好的暗號，大聲咳嗽了幾下……」

「外面的員警聽到咳嗽聲，開始還不相信是女的受強姦了，以為她感冒了，就問了她一聲：你沒事吧？那女的急了，喊起來：快！快來抓！……」

——「抓到沒有？」（豐美的聲音。）

小華的電話聲：「沒有！沒有哇！那男的見勢不妙，衣服也沒穿，就光著身子，從房間的後門跑了出去！……」

豐美：「員警追了嗎？」

小華的電話聲：「追了，追了哇！四個員警打著電筒在周圍搜了半天，直到天亮，也沒有抓著那個強姦犯。」

豐美：「這件事和你的哥哥又有什麼關係呢？」

小華的電話聲：「你聽我說，後來員警在村上抽了百十號男人的血樣，拿去做DNA試驗，與強姦犯留下的精液對照，結果，我哥哥陳小波被對照進去了，被員警抓去了！」

豐美：「他承認沒有？」

小華的電話聲：「他在裏面吃不消拷問，第三天就承認了！——我哥哥實在是冤枉啊！……」

　　豐美：「你怎麼知道他冤枉呢？」

　　小華的電話聲：「因為，他，他這方面，不行的，為這個，他都離過三次婚了，三個老婆都跑掉了！……」

　　聽到這裏，冷靜忍不住笑了出來。

　　她哥哥陳小波離三次婚的事，冷靜再清楚不過了。每次鬧離婚，都是找他來辦理的。

　　記得小波的第一個老婆很年輕，但不漂亮。當時冷靜問她離婚的理由，她憤然地說：「老公對我不忠！」冷靜問她：「你有證據嗎？」她說：「我當然有證據，因為他根本就不是我孩子的父親！」

　　第二個老婆很漂亮，但不年輕了。她離婚的理由與前面的那個大同小異：「我老公有外遇。」冷靜問她有證據嗎？她說：「我當然有證據，大家都說，我生下來的小孩子不像他，一點都不像。」冷靜啼笑皆非：「那是你的問題呀！」女人：「怎麼會是我的問題？你問他，我給他吃了那麼多偉哥，他還是沒讓我生下一個像他的孩子，你說他的勁都使到什麼地方去了？」

　　第三個老婆既不年輕也不漂亮，但聽說很有錢。她是個開小旅館的，同時還喜歡在外面亂開房間，算是業餘愛好吧。去年，就在情人節的這天，小波摸到了她亂開的房間裏，逮了個現行，兩人出了賓館直接就鬧到冷靜法律事務所裏來了。

53

　　子夜越來越近，中國的「西方情人節」進入了以秒為單位的倒計時。

　　電視螢幕上的拳擊不知什麼時候改成了高爾夫。

　　收音機裏的豐美也向聽眾道了再見。

　　冷靜立刻撥打她的手機。一遍。兩遍。第三遍時，終於有人接了。

　　「喂？」小心翼翼的，試探性的語氣。很可愛。

　　——「豐美你好，情人節快樂！」冷靜單刀直入。

　　「哦，是你呀，」豐美的聲音聽上去很愉快，「這麼晚了，有什麼事嗎？小心讓旁邊的小情人聽見吃醋啊？」

　　「我旁邊的小情人？哦，是啊，她正鬧著想見你呢，你肯不肯賞光？」冷靜的語調也愉快起來。

　　「見我？見我做什麼？」

　　「你是名人嘛，電臺著名的美女主持人，知道有多少人對你垂涎欲滴呀？」

　　「別拿我開心了，」豐美開心地笑著，「真有小情人呀？還是找我有事呀？」

　　「都有都有，你沒事的話，我這就開車來接你？」冷靜邊說邊往房間外面走。

　　「你真來啊？」

　　「當然是真的。難道你跟我玩得都是假的啊？不會吧？」

　　「你現在哪裡啊？」

　　「南郊賓館。」

　　「要死了，真在外面開房啊？頂風作案，不怕老婆撕你的皮？」

　　「這麼說，你是不是怕老公撕你的皮啊？」

　　「去你的，越說越恐怖了。」

　　「本來就恐怖嘛，不說就更恐怖了。」

　　冷靜已經下到停車場，向自己那輛銀灰色的保羅走去。

　　「你在電視臺大門口等我，我開車五分鐘就到。」冷靜掏出車鑰匙，潑剌剌地響。

　　「真來啊？別別……你幹什麼啊？都過12點了，有什麼急事嗎？」豐美的語氣慌張起來。

　　「緊張了吧？露餡了吧？不敢了吧？葉公好龍了吧？」冷靜遲疑地停住了腳步。

　　「什麼葉（ye）公好龍？葉（she）公好龍好不好？」

　　「少來咬文嚼字啊，你承認了就好，反正你就是那個意思。」

　　「什麼意思啊？」豐美的語氣有些緊張：「都過12點了，你有什麼急事嗎？」

　　「沒事就不能找你了？就不能在一起聊聊天、玩玩了？」冷靜故作輕鬆道。「要說有事，情人節就是最大的事，最好的理由嘛！」

　　「對不起，現在我是真的有事，馬上我要去公安局，採訪一個被拐賣的婦女，她剛被員警解救回來……」豐美換了很正經的語氣。

　　「這麼晚了還去啊？明天還過不過了？」冷靜開玩笑說。

　　「唉，沒辦法，大家都在搶新聞，明天再去，就不是新聞了，唉，對不起啊！」

　　「那我可以等，等你採訪完了，我們再約會。」冷靜決定死皮賴臉。

　　「嘻嘻，你神經啊，非得今天夜裏啊？明天不過了？」

　　「你不是說嘛，大家都在搶新聞，情人節也是新聞啊，明天就被別人搶去了，我就沒有新聞了。」

　　「嘻嘻，還律師呢，神經病……不過有個條件，我可不去你的賓館啊，我可不是那種隨便的女人啊。」

　　「我的車已經出來了，你在電視臺門口等一下，我送你去公安局。」

　　冷靜迅速地打開車門，鑽了進去。

54

冷靜那輛銀灰色保羅在電視臺門口劃了一個漂亮的弧線。

豐美上車後，直到公安局門口，一路上冷靜都沒有說一句話。像個沉默是金的保鑣。

還是豐美主動開口問了他一句：「這麼晚了，你真的還要等我嗎？」

「誰說我要等你？」冷靜走過去為她打開車門：「我要陪你一起去採訪。」

「真的？那我太高興了。如果碰到什麼法律問題，我還可以當場請教你。」豐美有些喜形於色。

「別高興得太早。」冷靜說。「何飛方圓的案子，我還有許多問題要問你呢！」

55

被拐的那名婦女已經窩在公安局的休息室裏睡著了。一副蓬頭垢面的樣子。

豐美不死心，還想上去叫醒她，採訪她。公安的同志勸她說，她已經瘋了，叫醒了也說不出什麼。不如看一下我們解救時拍的錄影。

接下來，冷靜和豐美便在錄影裏看到了可怕的一幕——

在一間低矮的豬圈裏，一個蓬頭垢面的瘋女人腳上套著一條鐵鏈，鐵鏈的另一頭鎖在一隻大石頭磨盤上，豬圈的角落裏堆著一堆乾草，就是瘋女人睡覺的地方，也是兩個男人發洩的場所。因為這個瘋女人是村上的兩個男人合資買來的，據說花了三千八百元錢。既然是合資買的，也就兩人合用著。當然買來的時候女人並不瘋，至少瘋得沒這麼屬害。其中一個男人居然說：

「她瘋歸瘋，那個挺好使的。」另一個男人則問：「你們把她救了去，我們使什麼？」

豐美看得滿面通紅，不知是燥的還是氣的。

「那兩個男人呢？關在哪？我能不能採訪一下？」豐美問道。

公安的同志說，那兩個男人，還沒有抓他們。

——「為什麼？讓他們跑了？」豐美瞪大了眼睛。

「這種家庭暴力，夫妻糾紛，上級沒有指示，我們也不好隨便抓。」公安的同志解釋說。

——「什麼家庭？什麼夫妻？」豐美激動地喊起來：「她不是被拐賣的婦女嗎？這不是犯罪嗎？」

「我們也知道是犯罪，」公安同志平靜地解釋說，「但這是披著合法外衣的犯罪。他們有結婚證，情況就複雜了……」

——「結婚證？結婚證算什麼？不就是一張紙嗎？」豐美還在激動地喊：「這張紙他來得合法嗎？而且是兩個男人共一個女人，有這樣的結婚證嗎？……」

倒是冷靜一直保持著冷靜，他輕輕拉了拉豐美的衣袖，示意她也冷靜一點。

「結婚證上肯定是寫的其中一個男人的名字，至於另一個男人，從法律角度上講，通常只能算是通姦。」冷靜這樣分析說。

「通姦？」豐美還是怒目圓睜：「為什麼不定他強姦罪呢？兩個男人都應該定他強姦罪，因為這個女人是個精神病患者，和精神病患者發生關係，不是應該以強姦罪論處嗎？」

「是的，理論上是這樣的，」冷靜依然慢條斯理：「但實際情況很複雜，需要調查取證，我相信公安部門是不會冤枉一個好人，也不會放過一個壞人的。」

「是的，我們會儘快調查取證。」旁邊的員警也附和道：「請相信，我們決不會冤枉一個好人，也不會放過一個壞人。」

豐美的情緒這才漸漸緩和下來。

56

公安局大門口附近開有兩家茶社，一家叫「緣來是你」，一家叫「情流感。」

「你選吧。」冷靜把決定權交給了豐美。

豐美說：「名字都不錯，都很有創意。」

「你的意思是兩家都去？」冷靜笑問。

「好呀，一人去一家。」豐美也笑道。

「我還以為一家各坐兩小時呢。」

「那還不坐到天亮？」豐美看了看手機說，「快一點半了。」

「情人節嘛，坐到天亮又何妨？」

「美的你。」

「那就依你，每家各坐一小時吧。」冷靜說。

和豐美在一起，冷靜感覺自己總是妙語連珠。

「什麼就依我？我說什麼了？」豐美笑得搖搖晃晃的。

這時她手袋裏的手機響了。豐美說了聲對不起，走開幾步去接手機。

冷靜隱約聽見她說：……在公安局……採訪……他們的電話？……剛結束……在大門口……打車……

「對不起，我不能陪你了，我要回去了。」豐美一臉的歉意。

「怎麼，老公查崗了？」冷靜開玩笑地說，「查得真及時，他有特異功能嗎？」

「對不起，家裏有點事，……今天，真是抱歉，下次有機會，再加倍補償吧……」

──「補償？還加倍？」冷靜做出一臉的好奇：「你準備怎樣補償我呢？」

豐美倏地紅了臉，說：「你打算讓我怎樣補償呢？」

「你既然讓我決定，我要好好的想想。嗯，今天是情人節，

下次不管怎樣補償，總要和情人有關吧？」冷靜打開車門，笑眯眯的，做了個請的手勢。

「謝謝，我還是打的回去。」說罷豐美伸手攔住了一輛出租。

冷靜愣了一下，但很快就「想通」了。他走過去，交給司機一張「老人頭」：「不用找了，只要求你安全將這位女士送到家。」

「冷律師，你太，太客氣了⋯⋯」

豐美站在車門口，神態有點局促不安。冷靜趁勢親了一下她的臉頰，作為情人節的告別。豐美躲閃不及，頓時羞得滿臉緋紅。

57

情人節之夜，冷靜開著車在麻將城的馬路上亂逛。

不愧是情人節之夜——儘管深夜2點多了，路邊、江邊、運河邊，公園、酒吧、茶樓、計程車裏，不時能見到男男女女成雙成對的身影。

進入運河路，冷靜將車速放得很慢，並放下車窗玻璃，幾乎將半個身子都探出了窗外。

所謂運河，就是古運河舊道，由北向南橫穿麻將城，因為淤塞的緣故，早已不通商船了。新運河開在城外十幾公里的地方，可以走很多很大的船。春天兩岸油菜花盛開的季節，乘遊船遊新運河，是很愜意的事情。

即使在深夜，你也能感受到古運河的秀麗多姿。近幾年，市區的這段古運河也做成了風光帶，兩邊花木成行，綠草成茵，不時有亭台雕塑點綴。到了春天，百花齊放，楊柳拂水，色彩很是豔麗。遺憾的是春天河裏的水很少，也很髒，甚至散發著陣陣臭味，所以古運河上的新遊船很少有人坐，據說新遊船還是園林系統的下崗工人集資開發的生意，虧大了。

冷靜重新打開手機——正如他預料的那樣，滿眼都是老婆費騰的威脅：

「你再不回家，你就永遠沒有這個家了！」
「你再不理我，你就永遠別想理我了！」……？

——這常常是她的「自殺宣言」。
——只有他冷靜讀得懂。
沒有比夫妻之間更加默契的了——他們往往更加瞭解對方的弱點和軟肋，更加瞭解對方的短處和痛處，所以，一旦向對方下手，往往也是最為致命的。
冷靜深深地歎了口氣，然後慢慢地將這些短信一條一條地刪除了。
——在這個情人節之夜，冷靜無論如何都冷靜不下來。因為他知道，有些可怕的事，也許已經發生了。
他的車已經繞著麻將城逛了好幾圈。連他自己也發覺了：他的車劃過的軌跡，總是離他家的位置很遠。
是在故意躲避什麼嗎？

不知何時，他的車再次開到了荷花池賓館門口。他再次想起了那個楚楚動人的白衣少女：
長長的頭髮凌亂在那張白皙的臉上，小小的胸脯驚惶地起伏不定……
特別是她那雙哀怨動人的眼睛，清純得像在水裏剛剛洗過一樣……
他還看出她是一個美麗的迷幻少女殺手！……
這樣的案例他就經歷過好幾起。
所以他剛才選擇了逃跑。

現在，他突然決定返回去，來個突然襲擊。他要和她玩玩。

這遊戲挺刺激的，不是嗎？

現在，他覺得，似乎唯有驚險、刺激，甚至恐怖，才能壓抑住他驚疑不安的內心。

58

賓館大廳內，總台那位美麗的值班小姐認得他這位常客。她總是沖他這位電視臺的嘉賓發出討好的微笑。

「對不起，能幫我開一下門嗎？」冷靜微笑道，「我出來時將鑰匙忘房間裏了。」

「沒關係，很樂意為您效勞。」小姐眼睛裏閃過一絲亮光。「要我陪您去開門嗎？」她滿臉期待地問。

「謝謝，還是請保安陪我去吧。」冷靜說。

冷靜是這樣想的：有個保安陪著，總要安全一些。誰知道房間裏現在是個什麼情況？她的同夥來沒來？……

不管怎麼說，這個小小的謎底馬上就要揭曉了！……

冷靜內心漾起了一陣莫名的衝動。

保安打開門後，冷靜不動聲色地檢查了一下房間，發現只有少女一個人，便向保安說了一聲謝謝，並塞給他一張「老人頭」。保安誠惶誠恐地收下，千恩萬謝地離開了。

小姑娘睡得真香，這麼大動靜居然都沒有醒。

冷靜藏好手提包，進衛生間方便、沖洗一番出來，看見床上的少女還在酣睡，圓臉紅撲撲的，像一隻熟透的蘋果。

為了不嚇著她，冷靜打開電視櫃上的DVD機，選了一張風光音樂碟片播放起來，並漸漸加大了音量。

小姑娘終於在韓紅高亢激昂的《青藏高原》歌聲中睜開了眼

睛，首先映入她眼簾的是白雪皚皚的群山，金碧輝煌的布達拉宮。然後一轉臉，她看見了坐在旁邊沙發上的冷靜。她並沒有表現出多大的吃驚，只是發出一個淡淡的微笑：

「你怎麼又回來了？」

「回來殺你。」

小姑娘笑了：「殺我？你捨得殺我嗎？」

「你就這麼自信？」

「當然啦，」少女撒嬌地媚了他一眼：「男人愛我還愛不過來呢，怎麼捨得殺我呢？」

「你真的一點都不害怕嗎？」

「怕什麼？」姑娘說。「殺人總要有理由、有動機吧？我又沒有錢，人家殺我做什麼？除非他是個瘋子。」

——「我就是瘋子！」

說罷，冷靜作勢張牙舞爪地朝她睡的被子上撲過去，小姑娘嘻嘻笑著，將頭蒙進被窩，與他躲起了貓貓。

冷靜將手伸進被窩去捉她，一摸，手上光滑溜溜的——她渾身居然一絲不掛！……

韓紅在一旁正激情高歌：

「是誰帶來，遠古的呼喚？……
是誰留下，千年的期盼？……
難道說，還有，無言的歌？……
還是那久久不能忘懷的——眷戀？……」

「男人都這麼壞，我還以為你是個好人呢。」小姑娘嬌喘著說。

聽說這話，冷靜便將手拿了出來，並坐回到沙發上。

小姑娘卻又連連道歉：「我不是這個意思，我，我喜歡你，跟你開玩笑呢，跟你調情呢，嘻嘻……」

　　小姑娘說著，一把掀開了身上的被子，將光潔的身體完全裸露在冷靜的目光下面。

　　「我看見，一座座山，一座座山川……
　　一座座山川……相連……
　　哎啦嗦……這就是青藏高原……」

　　「什麼時候給我吃蒙汗藥？」冷靜調小了音量，突然問道。
　　「什麼蒙汗藥？」小姑娘的臉倏地紅了，一拉被子，又將自己的裸體蓋上了。
　　「別裝了，我早知道了，你的藥就放在小包裏，我都看到了。」冷靜熟練地玩起律師虛張聲勢的伎倆，詐她。
　　不料一詐就靈。
　　只見小姑娘沉默了一下，垂下眼簾，幽幽地說：「你放心，我是不會害你的。」
　　「為什麼？」
　　「因為你是好人。」
　　冷靜笑了：「剛才你還說我是個壞男人呢！」
　　「那是人家跟你調情呢！」小姑娘急急地分辯道：「女人的話你要反過來聽呢，女人當面說你壞，其實是說你好呢！」
　　「可你剛才還當面說：你是好人。」
　　小姑娘臉上都急出汗來了：「這也是真話呢！」
　　「那你到底哪一句是假話呢？」
　　小姑娘急得快要哭了：「人家把心都掏給你了，信不信由你。」
　　冷靜連忙笑著安慰她：「我逗你玩呢。」
　　小姑娘立刻又破涕為笑了。
　　冷靜走過去，情不自禁地俯下身，在她紅紅的臉蛋上親了一口。「你真可愛。」他說。

　　小姑娘順勢一拉，將他拉進了被窩：「進來吧，外面挺冷的。」

　　然後又連珠炮似的發問：「你怎麼又回來了？你紙條上不是說不來了嗎？『好自為之』是什麼意思？你怎麼知道我是做『仙女跳』的？……」

　　「你知道我是幹什麼的嗎？」冷靜唬她：「我是員警。」

　　「不像，嘻嘻，別唬我了，你不像個員警。」

　　「那我像什麼？」

　　「像個老師，嘻嘻，很像我以前的一個初中老師。」

　　「怎麼，他是你的初戀情人？」

　　「初戀算不上，最多算暗戀吧，嘻嘻……」小姑娘說著，像只小貓似的爬到他的身上來了。

　　冷靜憑手感，覺得她的乳峰結實而堅挺，像圓錐似的突然尖出來那麼一團，而不是通常的那種碗盤狀。

　　這個發現有點出乎冷靜的預料。因為她給他最初的印象是這樣的：

　　長長的頭髮凌亂在那張白皙的臉上，小小的胸脯驚惶地起伏不定……特別是她那雙艾怨動人的眼睛，清純得像在水裏剛剛洗過一樣……

　　現在他懂了，什麼叫做深藏不露。小姑娘看上去給人身材苗條、腰肢纖細，皮膚白淨、細細小小的感覺，她的五官是那種小眉小眼小鼻子小嘴，比較標準的吳越少女的臉型。冷靜沒想到在這樣小巧表像之下，卻長有這樣一對橫空出世的乳峰。這確實讓人感到有點驚奇。

　　一股濃郁的浴後少女的特有的髮香和體香團團纏繞包圍了他，此刻他懷裏輕輕擁著的，似乎是一抱玫瑰，或者是一捧茉莉。

　　好久沒聞到女人的這種香味了。冷靜心裏感歎著：女人香，女人香，女人如果不香了，對男人來說，大概也就沒有什麼吸引力

了。女人就像花一樣，花期一過，就凋謝了，也就香不起來了，以後只有靠著人造香氣來維持了。包括眼前的她，也會有這麼一天的，冷靜不無惆悵地想。不過現在她是香的，是自然香，還屬於綠色環保產品，這就夠了。

真香啊，你……他俯在她胸前，喃喃歎息。

「你叫什麼啊？」他突然想起來問。

「隨你叫我什麼……」小姑娘呻吟著。

「你那麼白，那麼香，我就叫你白又香吧。」冷靜喃喃著。

當小姑娘鑽進被窩扯下他的內褲後，冷靜忽然感覺到了一種莫名其妙的緊張。

是的，你猜對了，當一個人面對一個幾乎是陌生的「美女殺手」，他的心理不可能沒有負擔。雖然他明知這個「殺手」很溫柔，對他並沒有危險。

借著客廳透進來的那片昏暗的燈光，他抓緊時間仔細打量著她，他擔心過了今夜，她的那些部位他可能就永遠看不到了。

朦朧中，他覺得她的私處出乎意料地美——當然這是比較而言的——與他接觸過的幾個小姐相比，她的私處白得可愛，該黑的也黑得可愛，黑白格外分明；更有一雙玉腿圓潤而細長，一點不遜於藝術體操運動員。這些，在她穿著衣服的時候，一點都看不出來。包括她那手感極佳的圓錐型的胸部。平時她們巧妙地藏在衣服裏，雲遮霧罩著，不顯山不露水的，真不易發現。由此看來，一個男人僅僅從臉蛋和外貌上判斷一個女人的美麗，那是很不夠的，很誤導的，可能連她們本人也不太清楚，她們身上究竟藏著什麼樣的寶物，多麼的妙不可言……

中國女人，虧就虧在把自己藏得太深了，冷靜不無感歎地想，就像深山裏的野花，幽玄妖豔，卻自生自滅……

冷靜甚至還想到了一句古人的名詩：「二十四橋仍在，波心蕩，冷月無聲，念橋邊紅芍，年年知為誰生？」……

59

冷靜一夜翻來覆去，睡得很不踏實。他覺得自己好像睡著了一會兒，又好像沒有睡著。

翌日早晨，當他第N次睜開酸脹的眼睛，看見床頭鐘已指向了8點。接著看見了另一張床上睡得正香的小白姑娘。

他繼而想起今天是2月14日——此刻正是情人節的早晨。

朦朧中，冷靜被自己枕下的手機震動醒了。

他先看了看上面的時間，已近上午10點鐘了。

再看來電顯示：是費騰的大哥費健的號碼。

同枕共眠的「白又香」姑娘也醒了，眼睛眯了眯，又閉上了。只將耳朵支楞著。她聽見枕邊的冷靜說：

「啊？……什麼時候？……好，我就來。」語氣很沉重的樣子。

「沒出什麼事吧？」她應酬式地問了一句。

「哦。」冷靜淡淡地說。「我丈人死了。」

「啊？」小姑娘睜大了眼睛。「真的？」

「這次應該是真的吧。」

「你真逗。」小姑娘忽然笑了起來，同時將整個身體偎貼在他的身體上。

「你這樣，讓我怎麼起得來啊？」

「不讓你起來，就不讓你起來，……」小姑娘說著，一隻手像魚一樣滑膩地遊到了他的下身。

但她發現：那裏很平靜。

「年輕真好。」冷靜嘴裏咕嚕了一句。

「你放鬆，別想這回事兒，等一會兒，它自然就會有反應了。」小姑娘說。

「仙女跳」終於露出了她放蕩少女的本性。

冷靜骨子裏喜歡這樣的放蕩。

他贊成一個女人在客廳裏做貴婦，在廚房裏做主婦，在床上做蕩婦。如果天下的女人都能做到這樣，那麼，天下的男人就都有福了。可惜絕大多數女人都做反了：她們成了客廳裏的蕩婦，廚房裏的貴婦，床上的主婦。

冷靜的思想一走神，身體一放鬆，下面果然漸漸有了起色。

……

關鍵時刻，冷靜枕頭下面的手機又震動了。

如果放在以往，冷靜不會去理睬它。人生真正的快樂有幾回呢？……可今天不一樣，他的預感告訴他：不理是不行的。

正在被窩裏忙活的「白又香」聽見外面的冷靜在接手機：

「啊？……什麼時候？……我？我正在路上呢。……好，我就來，馬上就到。」語氣很沉重的樣子。

「沒出什麼事吧？」她將頭鑽出被窩，俏皮地問了一句。

「哦。」冷靜淡淡地說。「我老婆死了。」

「啊？」小姑娘睜大了眼睛。「真的？」

「這次應該是真的吧。」

「你真逗。」小姑娘研究性地看著他，忽然沒心沒肺地笑了起來。

……

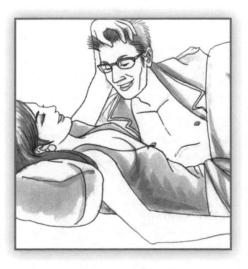

6
好馬不吃回頭草

男人第一次結婚是為性慾,第二次才是為愛情。
女人第一次結婚是為愛情,第二次是為了金錢。

60

冷靜身在火葬場，腦子裏還在想著何飛的案子。

說真的，對方圓的墜樓身亡，到底是自殺還是他殺，他心裏並沒有底。

他只是從一個辯護律師的角度——認定：她是自殺，而他的當事人何飛是無罪的。

正如費騰的死，自己是無罪的。

事先，冷靜已經為自己做好了充分的無罪辯護的準備，包括自己不在現場的證據。

好在並沒有人懷疑費騰的自殺。因為大家都知道她的精神不正常，以前多次自殺未遂，這次終於自殺成功了。事情難道不是這樣嗎？

碰巧的是，她是和自己的父親同一天死的。

整理費騰遺物的時候，冷靜發現了費騰的身份證。一看上面的出生年月，冷靜嚇了一跳：原來她比他大五歲！

而當時介紹的時候，只說她比他大一歲。

怪不得自結婚以來，費騰一直藏著她的身份證。在這件事上，她的腦子又特別的清楚。

現在，費騰的幾個哥哥，都將注意力集中到父親的遺產上去了。父親的遺產全部被他的現任合法妻子繼承，而那個繼承了他遺產的女人，姓皮的個體醫生，連火葬場都沒有來一下。

皮醫生據說是病倒了——原因當然是因為過分的悲痛。

真正的原因大家都心照不宣：她怕她那幾個如狼似虎的「繼子」把她給撕碎了。

他們一直稱繼母為「兇手」。一個殺人不見血的高級兇手。

他們不甘心地問冷靜：難道我們對她真的一點辦法都沒有嗎？

　　冷靜曖昧地回答說：「除非能找到她謀殺的證據。否則，就沒有辦法。」

　　正如法律拿他冷靜沒有辦法。

　　甚至包括何飛。

　　沒有比一個搞法律的人更加清楚了：法律，其實是一個多麼蒼白無力的東西！

　　如今中國的法律觀念正一步步與國際接軌──嫌疑人在沒有被判罪之前，應假設他是無罪的。

　　不過，費騰之死給了冷靜很大的啟發：只要證明方圓是個精神不正常者，有自殺的心理傾向，何飛的「有罪」便不攻自破。

　　如此說來，方圓的前夫──昔日的馬主任，倒是一個關鍵的證人。如果他能證明方圓在精神上有問題，那麼……

　　冷靜忽然一拍大腿，把在場的幾個人嚇了一跳：他們以為這位中年喪妻的律師，莫不是精神上受到了某種刺激？……

61

　　冷靜費盡周折，終於找到了正在服刑中的老馬──昔日的馬主任。也就是方圓的前夫。

　　正如冷靜所料，老馬早不在監獄裏服刑了，早就「保外就醫」了──現在隱居在一家以天然溫泉聞名的高驪療養院裏。所以很難找。

　　當初老馬的案子，也是冷靜律師服務所為他辯護的，責任辯護人就是何飛。

　　現在的老馬看上去保養得不錯，一副紅光滿面、心滿意足的樣子。

　　他和冷靜一見如故。提到當年的案子，老馬還耿耿於懷：何飛為他做無罪辯護，結果卻判了個死緩，等於是撿回了一條命。直到

現在，他還背著個「殺人嫌疑犯」的罪名。

「後來我就知道是怎麼回事了。」老馬悻悻地說。

——「怎麼回事？」冷靜趁機套他的話。

「還不是何飛那小子搞得鬼？！」老馬冷笑道。「把我搞死了，他好追方圓。」

「如果是為了這個目的，他也沒必要搞死你啊？」

「你說他們當時是不是串通好的？在關鍵時刻，她居然同意警方去家裏搜查，還主動向警方提供避孕套等證據。」老馬生氣地說。「這不明擺著，他們串通好了，把我往死裏整嗎！」

老馬說的「她」，就是指的方圓。

「不過，坐幾年牢，認請了她，擺脫了她，值！太值了！」老馬直言不諱地說。

冷靜笑笑，奉承地說：「按你的條件，現在完全能再找一個更好的。」

「還找？」老馬樂呵呵地連連擺手。「這輩子，我是不想找老婆了。男人啊，一旦找錯了老婆，就等於被判了無期徒刑！」

冷靜點點頭。對此他深有同感。不過他沒有說什麼。

「我聽說，當時她們電視臺有一個男同事，叫李小平的，比她小好幾歲，也在追她。」不知何故，老馬忽然提起了這件事。

「是孫小平。」冷靜糾正他說。「沒想到這個孫小平還蠻癡情的，他聽說方圓墜樓後，痛不欲生，幾天不吃不喝，最後也跳樓自殺——摔成了植物人，現在正住在醫院裏搶救呢，一天一萬多。」

「真是神經病。」老馬嗤地一笑：「我就搞不懂，她有什麼好？一個害人精，有什麼值得追的？還跳樓呢！嗤！」

聽到這裏，冷靜也撲嗤一聲笑出來：「老馬啊，你這話怎麼說的？當初你不追她，她就跟你結婚了？」

「我追她？哼，我什麼時候追過她？」老馬一臉不屑的表情。

「當年你是怎樣認識方圓的呢？」冷靜閒聊似的問老馬。

老馬想了想，說：「還不是她跑到我們建委來推銷保險，一來二去的，就認識了。」

「對不起，冒昧地問一下：你認識方圓的時候，你的前妻……？」

「哦，當時，我老婆剛去世，快三個月了。」老馬說。

「從你認識方圓，到和她結婚，有多長時間？」

老馬想了想，說：「三個月不到點。」

「當時你瞭解她多少？」

老馬苦笑著搖了搖頭。

「那你為什麼……？」

「是她主動的。」老馬說。「當時我看她的氣質不錯，有一種藝術氣質，形象也可以，一口標準的普通話，聽上去很舒服。當時她在床上也很主動。」

——「當時？」

「是的。當時。」老馬意味深長地看著他。「說句不好聽的話，她一夜就賣了幾百萬。」

——「幾百萬？」冷靜故作驚奇：「此話怎講？」

「沒有幾百萬，幾十萬總有吧？」老馬改口說。「我那套住房就有五十萬了。」

「除此之外，你對她還瞭解多少？」冷靜問。

老馬沉默了一會兒，終於搖了搖頭。

老馬帶著冷靜在療養院裏轉了一圈。

這裏水清山秀，空氣新鮮。冷靜的感覺很好，似乎是順便問起，老馬在這裏的費用標準？

老馬笑道：「以後你想來的話，隨時來，住多少天都行，我請客。」

　　冷靜開玩笑說：「這療養院是你開的啊？」

　　「好歹也是一個股東吧。」老馬說。「去年療養院改制，我也入了一股的。」

　　說著，兩人來到了垂釣中心。老馬跟管理員要了兩根釣竿，兩人坐在湖邊，邊釣魚，邊聊天。

　　湖裏的魚很聽話，很配合，不斷地自動上鉤，且咬住不放。短短的時間，冷靜和老馬各釣了好幾條。

　　老馬讓冷靜將魚帶回家，冷靜笑道：現在我和你一樣，也是光棍一個。

　　說著，將魚又放回了湖裏。

　　老馬卻愣愣地發表了一通感想，他說人和魚差不多，一點誘餌，就能讓他們上鉤，送命。

　　——「但願釣魚的都像你這樣的好心腸，能將我們再次放生。」

　　「不是心腸好，而是魚對我沒用啊。」冷靜笑道。

　　「魚對我沒用……」老馬重複著冷靜的話，若有所思。

　　「對了，你和方圓，你們婚後的感情到底怎麼樣？」冷靜念念不忘他的使命。一有機會，就將話題扯到「有用的」的正題上來。

　　老馬笑了，反問一句：「你和你老婆，你們婚後的感情到底怎麼樣呢？」

　　「哎，我和你的情況不同啊，」冷靜笑道，「你是二婚，成熟男人的第二次選擇啊。有句話怎麼說的，男人第一次結婚是為性慾，第二次才是為愛情。」

　　「那麼女人呢？她們第二次結婚是為什麼？」老馬再次反問道。

　　「哦，還有句話是這樣說的：女人第一次結婚是為愛情，第二次是為了金錢。你同意嗎？」

　　「你先說，你同意嗎？」老馬依然使用他的反問戰術。

　　冷靜哈哈笑著，用手指點著對方說：「你這個傢伙，真狡猾。都說老馬識途，不服不行啊！」

　　「什麼老馬識途，馬失前蹄還差不多。」老馬呵呵笑道。

　　「嘩啦⋯⋯」，「嘩啦⋯⋯」⋯⋯

　　幾乎是同時，兩人又各甩上來一條大魚。

　　老馬笑道：「這些魚太笨了，太容易上鉤了，是吧？遊戲太容易就沒意思了。是吧？」

　　冷靜也笑道：「是啊，它們什麼時候才能像老馬這樣，變成一條狡猾的大魚呢？」

　　「我還狡猾呢？差點就變成紅燒魚了。」

　　兩人將魚重新放回湖裏。

　　「我們不如去溫泉游泳吧？」老馬建議說。

　　「那太好了。」冷靜欣然同意。「游泳為健身之首的運動啊。」

　　游泳一直是冷靜喜歡的活動。他的一條腿有些跛，但在水裏，他便能顯得和正常人一樣了。他甚至能遊得比一般人都要好。

　　療養院內外，到處都豎著「高驪氡鍶溫泉」的廣告——

　　「高驪氡鍶溫泉」位於麻將城西南、高驪山下，泉水源頭在高驪鐵礦井下二百米深處，日湧水量三千噸，水溫恒定在四十九度，水質清澈透明，⋯⋯

　　「高驪溫泉含有三十多種對人體有益元素，其中微量的稀有氡、鍶兩種元素，全國少見。泉水對人體有獨特保健作用，對⋯⋯等疾病，均有特殊療效⋯⋯」

　　冷靜早就聽說過這樣的地方，只是對其一直抱著懷疑態度。現在的虛假廣告太多了。——何況，律師的職業習慣就是「懷疑一切」的。

62

　　兩人先脫光了身體，在衝浪浴室裏沖了一會兒。然後穿上游泳褲，跳進大池去游泳。

　　「啊，坐牢的感覺真好！」冷靜開玩笑地說。

　　「我這是保外就醫，」老馬也開玩笑地糾正他說，「你知道我交了多少保金嗎？」

　　「哦，那應該說：保外就醫的感覺真好！」

　　「錯，應該說，有錢的感覺真好！」

　　「老馬，你悄悄告訴我，老實說，你當建委主任的時候，到底撈了多少？」冷靜笑嘻嘻地問。

　　「我自己可是一分錢沒撈，我可以對天發誓！」老馬一本正經。

　　冷靜哈哈大笑：「我知道，都是徐科長撈的！——對了，我記不清了，最後他被判了多少年？」

　　「早就出來了，」老馬說，「現在是大包工頭了，大款了。」

　　「哦。意料之中，意料之中啊。」冷靜說罷，一個猛子扎到水下去了。

　　少頃，冷靜從水下潛游到老馬背後，神秘兮兮地壓低聲音叫了一聲：「老馬？」

　　泡在水裏閉目養神的老馬嚇了一跳，回過頭說：「你搞什麼鬼啊？」

　　剛才老馬還在想呢：如果不是方圓「背叛」了自己，同意警方去家裏搜查，自己也不會被判得那麼慘。

　　「老馬，我再問你一句話，你悄悄告訴我」，冷靜半開玩笑地：「老實說，你到底有沒有殺那個三陪小姐？」

　　「我幹嘛要殺她？」老馬反問道。「方圓我都沒有殺她，我殺人家小姐幹什麼？」

「可你當時為什麼承認殺人呢？老實說，是不是他們嚴刑拷打你了？」冷靜想繼續套他的話。

「你是搞法律的，你是專家，想考我是不是？」老馬卻時刻警覺著。

「那你為什麼要承認殺人呢？」冷靜故作好奇地問。「你要知道，你差一點就送了命！」

老馬默然片刻，然後幽幽地說了一句：

「你知道什麼是生不如死的滋味嗎？」

冷靜默然片刻，也幽幽地說了一句：「哦，我知道了。」

63

兩人從游泳池出來，回到老馬住的小木屋。

小木屋建在山坡上，上下兩層，頗有點瑤族的風味。不同的是，瑤族木屋的下層用來養生畜，老馬的下層則是花園式的客廳。客廳四周是可移動的玻璃圍牆。在這寒冷的冬季，拉上玻璃門，裏面就成了一個天然的溫室。

冷靜躺在一張吊床上，晃來晃去的。

老馬則躺在一張搖椅上，前後搖晃。

「老馬，我想事情不會這麼簡單吧？」冷靜沒頭沒腦地來了一句。

「你指什麼事情？」

「你和方圓的婚姻生活，僅僅是她出於嫉妒，就和你分床，不讓你碰她？不會這麼簡單吧？」

「一場噩夢，都過去了。」老馬長舒了一口氣。「不提它了。」

「我知道這種回憶很痛苦，可是我們需要你的幫助。這關係到何飛的性命。」冷靜從吊床上下來，坐到了老馬對面，盯著他的眼睛：「你能概括地說一下嗎？」

老馬閉上眼睛：「人都死了。說死人的壞話，不好吧？」

「我就簡單問你幾個問題。」冷靜退而求次。「老馬，你覺得方圓她——精神上，健全嗎？」

老馬睜開眼睛，望著玻璃外面的天空愣神兒。

「我曾懷疑她有精神方面的疾病。我還帶她去看過醫生。醫生認為她確有偏執的傾向。我還為她買過不少心理方面的書籍，希望她能夠換換心態。」老馬緩緩道來。

——「你憑什麼懷疑她有精神方面的疾病呢？」冷靜步步緊逼過去。

「你是過來之人，應該比我清楚。」老馬把皮球又踢了回來。

——「你想過和她離婚嗎？」冷靜只好換了個問法。

「你想過和你老婆離婚嗎？」老馬狡猾地笑道。

「想過。但行不通。」冷靜只有以身作則。「你呢？」

「我？」老馬苦笑了一下。「我提過一次，就再不敢提了。她先是自殺，被搶救過來後，又鬧著要殺我媽、殺我兒子。她跑到我媽家裏，擰開煤氣、潑上汽油，威脅要和他們同歸於盡……」

冷靜聽了，又驚奇又興奮：驚奇的是，他沒想到一個看上去那麼高貴、有教養的名女人，竟會做出這樣的事情？興奮的是，他終於找到了為何飛案辯護的突破口！

雖然這只是老馬的一面之詞。但它對何飛有利，這就夠了。

——「老馬，何飛的案子下次開庭時，你能出庭作證嗎？」冷靜豁地站了起來。

老馬搖了搖頭：「家醜不可外揚啊。」

說罷，老馬閉上眼睛，身體在搖椅上悠悠晃蕩起來：「再說，像我這樣一個囚犯，作證有用嗎？」

「總有參考作用啊！」

老馬搖搖頭：「對不起，我想忘了她，也想讓別人忘了我。」

──「老馬，我再最後問你一個問題：你瞭解方圓過去的經歷嗎？比如她的老家？父母？社會關係？」

老馬微微睜開眼睛，說：「她在我面前，從來不提她的家庭。我問過她一次，她沒好氣地說：我家人都死了。從此我沒再問過她。」

「那我告訴你，方圓的老家在石城，她老爸在坐牢，她老媽是個瘋子。」冷靜邊說邊觀察著老馬的神態。

「你知道了還來問我，什麼意思嘛。」老馬不高興地說。

──「你認為方圓是自殺還是他殺？」冷靜突施冷箭。

「都有可能。」老馬再次閃身躲過。然後就在躺椅上閉目養神，不再開口。

7 又一次栽在女人身上

所有情侶都希望有美好的結局，
所有的愛情卻只有美好的開始。

64

說來好笑：老馬坐牢，最後不是栽在錢上，而是栽在了女人身上。

大家還記得，馬主任第一次被「請」到檢察院，是因為他的經濟問題。但查到後來，馬主任的經濟問題每一件都落實到了徐溫身上。徐溫曾是馬主任的專車司機，後來被提拔為建委工程科長。所有的證據都指向了這位娘娘腔的大齡未婚男青年。馬主任的屁股表面上很乾淨。

不久，徐溫被判了十五年，而馬主任則被解除了雙軌，接著，又被解除了建委主任（不過還保留著「麻將城市土木建築學會會長」、「麻將城市慈善基金會會長」和「騰飛建築承包總公司管委會主任」的職務）。大家還是稱他「馬主任。」

此時的馬主任非彼時的馬主任。因為此時的馬主任再也用不著學雷鋒、裝孫子了。此時的馬主任徹底想開了，也徹底放開了——比如，買豪宅、駕豪車，還玩起了網上聊天和攝影……——大家都說，馬主任像換了一個人。

俗話說，樂極生悲。我們的馬主任「瀟灑」了沒多久，麻煩找上門來了。

這天傍晚，老馬接到市公安局重案大隊的焦大隊長打來的電話，說要請他到局裏去一趟。當時老馬以為還是為以前那件受賄的事情，讓他弄不明白的是：這事不是結案了嗎？怎麼又搞到公安局重案大隊去了？

真是一波未平，一波又起。

65

話說這天傍晚時分，馬路生駕著「寶馬」趕回他的豪宅。

進門後，老馬就直奔樓上的衝浪浴室——正好迎面碰見年輕的

嬌妻從蒸汽浴室裏出來——方圓裸著潔白嫋娜的身體,像隻受驚的白天鵝閃了閃,便躲進了她自己的房間。

——都三十歲的少婦了,還這麼害羞。

想到這裏,馬路生心裏一熱,情不自禁地跟了過去。

方圓拿一條浴巾擋在光裸的身前,滿面緋紅,緊張地看著房門口的丈夫,好像他是一個不懷好意闖進來偷窺的陌生人。

——「今天去健美中心了?」老馬沒話找話地搭訕著,走了進來。

方圓臉上的表情和身體線條一起僵直了:「嗯。剛回來。」

「晚上的賑災演唱會幾點開幕?」老馬明知故問。

「通知上是七點半,估計要到八點。」方圓像秘書似的回答道。

馬路生走過去,掀起她擋在身前的浴巾一角——一下就瞥見了她美人魚般水靈靈的身體,以及那片烏黑的三角區——那裏黑白分明,絲絲入扣,是最讓他著迷的地方。

「別鬧了,我要換衣服呢……」方圓邊躲邊說。

女人一躲一藏,男人反而來了貓捉老鼠的興趣。馬路生上前一步,從背後抱住了她,忍不住低下頭去吻她的香肩。

這時屋內的電話恰到好處地響了起來,正好給了方圓一個擺脫他的藉口:

「快去接電話吧,啊?」

馬路生聞言,興致大減,只好悻悻的走開了。

打電話來的是市公安局重案大隊的焦大隊長,簡稱焦大。他和馬路生是中學的老同學,也是老朋友了。

電話裏,焦大請老馬馬上到局裏來一趟。

老馬聞言有點為難,說晚上有一個重要的賑災動員大會,市長親自主持,電視實況轉播,他作為慈善基金會的會長,要做重要演講。

焦大說：「這事我知道，不會耽誤你的。我這裏破案的事情緊急，佔用你十分鐘時間即可。」

聽焦大這麼說，老馬只好答應去，說半個小時後到。

放下電話，老馬開始以為，還是為以前那件受賄的事情，他弄不明白的是：這事不是結案了嗎？怎麼又搞到公安局重案大隊去了？

後來再一想，才想到了另外一個原因：很有可能，是為他昨天打電話報案的事……

事情又要回溯到昨天傍晚：馬路生在帝豪山莊旁的棋盤山公園跑步鍛煉，不料在樹叢中發現了一具年輕女孩的屍體，當時他大驚失色！但為了保護現場，他沒有聲張，而是趕緊跑步回家，打電話報了案。

很快，刑警便駕車光臨了他的豪宅。馬路生帶他們去了棋盤山公園的案發現場，然後，一個叫騰飛的警官又跟著他回到家，讓他錄了一份詳細的口供——也許叫證詞比較確切吧。前後花去了他兩個多小時的時間。這還不算，今天，他們又打電話來「騷擾」他，要他到公安局跑一趟。

馬路生心裏很有些不快，甚至在內心隱隱升起了一股悔意。

他覺得，那女孩的屍體，並不是他馬路生第一個發現的，也許別人早就看見了，卻不願管閒事，而他老馬卻傻乎乎地報了案——然後員警就沒完沒了地揪住報案者，讓他不得安生。

馬路生本來想不去公安局的，但礙於老同學、老朋友焦大的面子，又不得不去。

好在公安局的重案大隊就在舉辦晚會的音樂廣場對面。順道。

66

晚上7點差10分，馬路生和嬌妻一起出門了。坐的是方圓的那輛藍鳥。

五十五歲的馬路生很喜歡看三十歲的嬌妻駕車時的風姿。他喜歡把這種時刻，看成是自己成功人生的極樂享受。

江濱的音樂廣場上已是燈火輝煌，人山人海。數不清的少男少女們都在為晚上即將亮相的幾個港臺歌星而發狂。

馬路生讓方圓將車直接停在了公安局大院內。下車後，馬路生挽著嬌妻，擠過馬路及廣場上狂歡的人群，先將方圓送進了主席臺旁的貴賓廳，然後再折回頭，向廣場馬路對面的公安局大樓走去。

老馬走進大隊長辦公室時，看見焦大正在裏面擺弄著一台手提攝像機。兩人還輕鬆地開了幾句玩笑。畢竟是老同學、老朋友了。

不久，辦公室裏又進來一名警官，正是上次在他家裏錄證詞的那個騰飛。焦大介紹說，騰飛是某公安大學的研究生，來局裏工作快一年了。「這位是老馬，馬主任，你們已經認識了吧。」焦大對騰飛說。

馬主任禮節性地向騰警官伸出手，對方卻假裝沒有看見。馬主任一時很尷尬，只好將伸出去的手摸到了桌上的一台電腦上，開玩笑地說，這台電腦不會是486吧？也該換個新的了。

——「怎麼？馬主任打算給我們一筆贊助嗎？」騰飛的話音裏帶有明顯的譏諷。

馬主任心裏很不喜歡眼前這個自以為是、驕傲自大的年輕人。這種剛出校門的所謂「高材生」，自以為滿腹經綸，急於立功表現，因而咄咄逼人。他們看什麼人都是犯罪嫌疑，恨不得三分鐘破掉兩個案，真是腦子壞掉了……

只是看在老朋友焦大的面子上，馬主任才沒有發作。

「我們抓緊時間，言歸正傳吧。」

焦大換了一副公事公辦的口吻。

騰警官也坐在桌邊，擺好了一副助手兼記錄員的架勢。

兩人的表情都很嚴峻。

「老馬，昨天傍晚，你發現黎小麗的屍體時，還有別人在場嗎？」

焦大一邊翻看老馬的報案記錄及書面證詞，一邊冷靜地詢問。

「沒有。」老馬說。「當時山上有很多跑步鍛煉的人，但屍體是在山上一處小雜樹林的草叢裏，在正常的山道上無法看見。為了保護現場，當時我沒有聲張，沒有叫別人過來看。怎麼，我做錯了嗎？」

──「既然在正常的山道上無法看見，你又是怎麼發現那個隱藏得很好的屍體的呢？」

旁邊的騰飛騰警官忍不住插進來問道。

他一定以為他的這句問話如同匕首，一下就刺中了對方的要害。

馬主任很討厭騰飛問話時的語氣和神態。因為他的語氣和神態裏充滿了懷疑和敵意，好像自己成了一個嫌疑犯，而不是一個勇於犧牲自己的精力和時間，來幫助警方破案的熱心好市民，好老闆。

「我記得我上次在證詞裏已經說過了，當時我正在山上跑步、溜狗，是狗先發現了那具屍體，又跳又叫的，我感到有些異常，就跑過去看，這才發現那兒躺著一具女孩的屍體。──騰警官，難道這些內容你沒有記錄下來嗎？」

末了，馬主任也忍不住刺了他一句。

──「溜狗？你溜的是誰的狗？」

騰警官依然咄咄逼人。

「我一個鄰居家的狗。怎麼，這個對你們破案很重要嗎？」

不知不覺地，馬主任的語氣裏譏諷的成份也多了起來。

──「到底是誰發現了屍體？狗還是人？」

騰警官還是揪住這個問題不放。

「先是狗，後是人。怎麼，我說得還不夠清楚嗎？」

馬主任已經越來越不耐煩了。

「那狗叫什麼名字？它的主人叫什麼名字？」騰警官依然緊追不捨。

馬主任不以為然地站了起來，居高臨下地看著騰飛：「真有意思，你認為狗叫什麼名字對你的破案很幫助？」

馬主任說罷，隨即將目光投向焦大，彷彿在請求他的支持。

焦大卻不動聲色地說：「這個問題，如果你知道，就請回答，如果你不知道，就回答說不知道。」

馬主任做了一個無奈的手勢，重新坐下來，搖了搖頭，說：「既然你們認為有必要，那我就滿足你們。那狗的名字嘛，我們都叫它警長。狗的主人嘛，是我的一個鄰居，姓何，我們都叫他何胖子，具體他叫什麼名字我一時還真想不起來，等我想起來，一定奉告。」

「謝謝。」焦大還是一副不急不燥、公事公辦的樣子。「你能確定，發現屍體時，你正在溜狗，你正和那只叫警長的狗在一起？」

——「你還要我說多少遍？」馬主任真的有點惱了，呼的一下又站起身來。「這和狗有什麼關係？難道是狗咬死了那個可憐的小姑娘？你們是不是想這樣來結案？嗯？」

馬主任平時向別人發號施令慣了，他什麼時候受過這樣的委屈？不，簡直就是愚弄嘛！

——「你是說，你在跑步、發現屍體、然後回家報案的過程中，那只叫警長的狗，始終和你在一起？」騰飛盯著他，一字一頓地說。

「看，你終於有點開竅了。」馬主任毫不掩飾地刺了他一句。

說罷，馬主任抬起手，看了一眼腕上的勞力士，再抬起眼睛看著桌對面的焦大：

「對不起，焦大，時間快到了，我要去開會了，市長在等我
呢。失陪了。」

——「對不起，你還不能走。我們還沒有完。」焦大說。

「還沒有完？關於狗，你們還有什麼要問的，直接去問它的主
人何胖子好了，幹嘛要揪住我不放？」馬主任不滿地說。

「問題就出在這裏。」焦大依然不緊不慢地說。「據我們調
查，狗的主人、就是你說的何胖子，何躍進，他昨天並不記得你曾
去他家帶狗。其他幾個鄰居也說昨天沒看見你溜狗。你說我該相信
誰呢？」

「不記得？沒看見？你居然相信他們的這些含糊其辭！焦大，
你是不是懷疑我在說謊？」馬主任的臉忽然拉長了。

焦大臉上沒有什麼表情：「你的意思，是鄰居們聯合起來誣陷
你？為什麼？」

馬主任聳了聳肩膀：「我怎麼知道？也許因為我比他們有
錢，房子、車子比他們好，老婆比他們的年輕、漂亮……我的轎車
停在外面，一不留神，就會被人劃上幾道傷痕，你能告訴我是誰幹
的嗎？又是為什麼？」

焦大並不理會他的這一連串發問，說：「我們別扯得太遠，抓
緊時間，談正題。」

——「我們在案發現場並沒有發現狗的腳印。」旁邊的騰飛冷
不丁地來了一句。

馬主任感到他這個問題很可笑：「山上遍地是草和落葉，你怎
麼會找到狗的腳印？」

「那麼，老馬，有誰證明你在溜狗嗎？你別著急，你好好想
想。」焦大打圓場似地說。

馬主任又聳了聳他的肩膀，硬是擠出些許笑容：「看來，只有
狗才能洗清我的罪名了，這事真是荒唐……」

突然，老馬的笑容在臉上僵住了，顯然他是想起了什麼重要的

事情──

「對了，等等，讓我仔細想一想……該死，我想起來了，昨天下午我是在跑步的半路上碰到那條狗的，我一叫它，它就向我跑了過來，然後它就跟著我一起跑步……」

騰飛的眼神裏，充滿了諷刺：「你看，剛才差點就讓你騙過去了！」

馬主任自知理虧，只好忍氣吞聲，虎著臉，不去理睬他。

焦大又發問了：「當時你看到那個小姑娘，就是黎小麗，躺在草叢中，你怎麼知道她死了？」

「我摸了她，」馬主任脫口而出，又立即改口：「不，我只是用手指靠了靠她的鼻孔，發現她沒有氣了……」

──「你還摸了她哪裡？」騰飛有點不懷好意地問。

馬主任這下氣壞了，幾乎從沙發上蹦了起來：「我發現這件事越來越荒唐了！你們明明把我當成了嫌疑犯在這兒審問，是嗎？難道我發現了屍體，我報了案，倒有罪過了？就成了兇手了？也許在我之前，早就有人看見了那具屍體，他們為了避免麻煩而沒有報案，我卻傻乎乎地向你們警方報案！早知道報案會引來這麼多的麻煩，我他媽就不管這件閒事了！」

馬主任克服了多少年的粗口都滑溜出來了。

沉默了幾秒鐘後，焦大再次發問：「老馬啊，你冷靜一下，我們也是公事公辦。我問你：你說你回到家才報案，為什麼要拖那麼長時間，走那麼遠？」

馬主任答道：「當時我在跑步，身上沒有帶手機，附近也沒有電話，難道你希望我大喊大叫，把大家都引過來破壞現場？」

……

67

　　貴賓室裏，「貴賓」們陸陸續續地到了。

　　這些「貴賓」，他們屬於這個城市的上層社會，經常在這類體面的場合碰面，相互都很熟悉。

　　方圓穿著一件深紫色的低胸晚禮服，翩若驚鴻，顯得雍容華貴，光彩照人，成了貴賓室裏一道靚麗的風景。

　　她手裏端著一杯彌猴桃果汁，主動和熟人打著招呼，開一些輕鬆的玩笑。幾乎每個人都會問她同一個問題：「你家先生呢？」或者是：「馬主任呢？」她都會不厭其煩地微笑著回答：「他和我一起來的，剛才有事去了，一會兒就來。」

68

　　公安局大樓裏，問訊還在按部就班地進行著。地點已經從焦大的辦公室轉移到了隔壁的1號監審室。

　　看來問題越問越多了。

　　焦大：「老馬，下面我們要按規定的程式對你進行正式的錄影取證，你反對嗎？你要不要請你的律師到場？」

　　馬主任先是表示驚訝，然後是憤怒：「見你的鬼！我現在不用請律師。我又沒做虧心事，怕什麼？請你快一點，我的時間很寶貴的，你看，離大會開幕的時間不到一刻鐘了，耽誤了開幕，市長會好好獎賞你的。焦大啊焦大，你想升職的話，也不難，只要我向市長說一句就行了，你何必這樣像瘋狗似的亂咬人？現在我就可以向市長打個電話，讓他先表彰你一下！……」

　　馬主任果然踱到一邊，用手機和市長聊了起來。聲音很輕，警官們聽不清他在說些什麼。他們也無權不讓他打電話，只有先忍著。

　　等馬主任的電話打完，焦大也氣得變了臉色。

　　騰飛早已打開了錄影機，將鏡頭對準了馬主任的座位，待他重新坐下來後，騰飛急忙按下了錄影鍵。

　　焦大問話的聲音明顯有些發顫：

　　——「現在是2002年9月19號晚上19點17分；地點，公安局重案大隊1號監審室；問訊人，焦石，騰飛。被問訊人，請報出你的姓名性別年齡職業和住址。」

　　馬主任感到有些可笑：「我看你是瘋了，純粹在浪費時間。」

　　——「被問訊人，請報出你的姓名性別年齡職業和住址。」焦大機械得像一部機器。

　　「好吧，隨你便」。馬主任無可奈何地點了支煙，然後慢吞吞地一一報上：「馬路生，男，55歲，麻將城市慈善會會長，騰飛建築承包總公司管委會主任，住本市帝豪莊園1號別墅。」

　　——「婚姻狀況？」

　　「已婚。」

　　——「配偶的姓名年齡職業住址？」

　　「方圓，三十歲，麻將城市電視臺工作，住址同上。」

　　——「你們結婚多長時間了？」

　　「四年。」

　　——「有沒有孩子？」

　　「沒有。」

　　——「為什麼沒有？」

　　「你管得著嗎？」

　　——「為什麼沒有？請回答。」

　　「我們不想生，行嗎？」

　　——「誰不想生？」

　　「我們，我和我老婆都不想生，你管得著嗎？」老馬覺得自己受到了莫大的污辱，不知不覺粗口也出來了：「你上管天下管地，中間還管人家的生殖器？！」

——「你愛好電腦上網嗎？」焦大換了個問題。

「談不上愛好。偶爾為之吧。」老馬不以為然。

——「你愛好攝影嗎？」

——「可以這麼說吧。」老馬很不耐煩。

……

焦大突然拿出一張女孩的屍體照片對著老馬，問：「她叫黎小麗。你有沒有拍下她的照片？」

馬主任氣得臉色發青：「你這是什麼意思？焦大啊焦大，這麼多年，我待你不薄吧？你這是什麼意思？想陷害我？這對你有什麼好處？」

「我們不過是在例行公事。你只需要回答是或不是，不必發火。」焦大一副公事公辦的樣子。「再問一遍，馬路生，你從來沒有拍過黎小麗的照片嗎？」

馬主任搖了搖頭。

「好吧，我們還是從昨天、你報案這件事說起。」

焦大端起茶杯，喝了口茶，繼續問道：「昨天下午，警方接到你的報案，騰飛警官趕到你家時，發現你正穿著睡衣，是這樣嗎？」

馬主任：「我跑步回家後，沖了個澡。」

焦大：「據騰飛警官說，他趕到你家裏時，你妻子並不知道你報案的事？」

馬主任：「可能吧。當時她在臥室裏。我沒有驚動她。」

焦大：「你不是在臥室裏打的報警電話嗎？」

馬主任：「是的。我是在我的臥室裏打的電話。」

焦大：「你們夫妻平時都分房睡的嗎？」

馬主任：「這有什麼奇怪？西方有錢人家、有條件的夫妻，都分房睡，這是文明的表現懂嘛你？」

馬主任說著說著又激動起來。

對方卻不動聲色地在等他說下去。言多必失嘛。

——「分房睡怎麼了？不管你們怎麼猜測，我一直都對老婆很好的，我的夢想就是和她一起生兒育女，過一輩子幸福的生活。」

——「可你剛才還說，你不想生孩子。」焦大逮著了一個小漏洞。

——「不是我，是她！」

這句話一出口，馬主任就後悔了。可為時已晚，收不回來了。

——「你妻子為什麼不願意和你生孩子？」焦大乘機追擊。

馬主任不由得拍案而起：「這和案件有何相干？你們無權打聽我的隱私！」

……

「那好，我們先來談一下十天前的那件三陪女謀殺案。」

焦大輕輕地將馬主任重新按回到椅子上，並拍了拍他的肩膀。

……

69

7點半，市長準時進入了貴賓室。

市長被一群人簇擁著。

市長和藹可親地和大家打著招呼。

市長慢慢地朝方圓的座位走過來。

方圓站起身，舉了舉手裏的高腳酒杯，向市長微笑致意。

市長走過來和她握手，並開了句玩笑：「哇塞！原來真正的明星躲在這兒呢！如果你肯上臺唱一首歌的話，我敢保證，有人願意出一百萬。」

市長身旁的宣傳部長笑道：「那馬主任肯定會出二百萬，開他個人的音樂欣賞會，哈哈。」

周圍的人都樂了。

市長趁機放低聲音悄悄說了一句：「老馬剛才和我通了手機，放心，他一會兒就來。」

「謝謝。」方圓莞爾一笑。

她發現四周有無數目光在火辣辣地注視著她。男人的，也有女人的。

方圓知道自己是今天貴賓室裏最為年輕、漂亮的女人。當然，有很多的小姐、小蜜們比她年輕得多，漂亮得多，但她們無法出席這樣正規、體面的場合。這就是美女和美女的區別啊……

70

「大約十天前，也就是9月10號教師節這天夜裏，在港口江濱公園的一片草叢裏，一個叫葉莉青的三陪女被強暴勒殺，她還不滿17歲。我們在她口袋裏發現了你馬路生的名片……」

公安局監審室內，焦大一邊說著，一邊向馬主任出示了幾張死者的照片，並注意觀察他的反應。

老馬這才恍然大悟：原來自己成了殺人嫌疑犯！

「名片能說明什麼？」老馬滿不在乎地說。「在麻將城，我發出去的名片就有幾千張。」

「9月10號，也就是在港口案發的當天夜裏，當地的巡警在附近發現了一輛寶馬轎車，經查，正是你老馬的專用車，你對這事有什麼解釋？」騰飛也目光炯炯地盯著他。

馬主任早就準備好了似的：「那天晚上我確實到過港口，我去看望一個我資助的女大學生，是港口那邊航運學院的。我請她和幾個同學吃了一頓飯。」

——「那個女生叫什麼？」

「她叫李思。」

騰飛問清了李思的有關情況，立刻去辦公室打電話核查去了。

──「吃完飯，你又去了哪兒？」焦大又問。

「我，我開車回家。」馬主任突然有些結巴：「開到半路，我發現自己醉了，不行了，怕出危險，就停下車，坐在江邊的一張椅子上，打了個盹。」

「哦，再後來呢？」焦大嘲笑地問道。

「再後來，感覺還是不行，我就打計程車回家了。」馬主任看著手上的煙頭說。

──「你有沒有去逛休閒一條街？嗯？……你有沒有到某個浴都去泡個澡，再找個小姐服務一下？嗯？……」焦大的語氣明顯尖刻起來。

奇怪的是，這次馬主任並沒有發火，只是睨了他一眼：「這和案子有關係嗎？」

──「你有沒有找小姐？你只需回答有或是沒有。」焦大諄諄善誘地。

「沒有。」馬主任明顯底氣不足。

──「可根據我們在港口休閒一條街的調查，有好幾個小姐都指認了你。她們說你是個常客，喜歡戴著墨鏡，但不帶假髮……」

──「我受夠了！」馬主任再次拍案而起：「我的忍耐是有限度的，告訴你，焦大，我不想陪你玩了，我要走了！你一個人去自摸吧！」

馬主任怒氣衝衝地拉開監審室的門，發現騰飛正堵在門口，擋住了他的出路。

──「讓開！放我走！除非你們現在正式拘留我！」馬主任把怒氣又撒到了騰飛身上。

──「馬路生，如果你逼我這麼做，我也沒有辦法。」焦大站起身，冷笑道。「騰飛，向他宣讀權利。」

馬主任大為吃驚，轉過身來滿臉驚愕地看著焦大：「你不開玩

笑？」

「因為你的疑點太多了，而且越來越多，對不起，我不能冒險放走一個嫌疑犯。」

騰飛對著馬主任的後腦勺大聲宣讀著「權利」：「你有權保持沉默……」

馬主任氣得差點吐血：「我有沒有打電話的權利？」

騰飛朗誦似的說：「你可以在我們的監聽之下，向你的律師或家人打電話。」

馬主任只好打了老婆方圓的手機，讓她去找一下市長，接他出來。

71

方圓不知道老公出了什麼事？她只知道，他昨天在山上跑步時發現了一具小姑娘的屍體，並打電話向警方報了案。今天晚上，他去廣場對面的公安局，估計也是為這事。

——但為什麼一進去就出不來了？還要她去找市長，讓市長去接他出來？難道是他殺了那個小姑娘，再向警方報案？他不會愚蠢到這個地步吧？……

如果說老公好色，她是相信的。但說他殺人，尤其是殺小姑娘，她實在難以想像。因為老馬是那麼的喜歡孩子，尤其是那些聰明漂亮的小姑娘。

方圓不動聲色地步出貴賓室，來到外面的陽臺上，直接撥打了市長的手機。

市長聽了，說：「你放心，我這就給他們局長打個電話。」

72

　　監審室裏，馬主任抽完了身上的最後一支煙，手閒得無聊，啪嚓啪嚓地玩弄著那只金光閃閃的德國打火機。

　　老實說，今晚的馬主任第一次感到有些頭疼了。他隱隱覺得：事情真的有些麻煩了，真需要他動動腦筋了。

　　他想與焦大單獨談談。畢竟他們是老同學，也是多年的老朋友。他瞭解他啊。他總不會真的以為這兩起姦殺女孩的兇手就是自己吧？……

　　於是，馬主任掏出一張老人頭，用懇求的語氣對焦大說，能不能請騰警官幫個忙，出去為他買一包「軟中華」？

　　焦大一眼看穿了馬主任的意圖，於是對騰飛使了個眼色，讓他暫時回避一下。

　　騰飛離開後，焦大主動關閉了錄影機，衝馬主任一擺手，說：

　　「老馬啊，現在，這裏只有我們兩個人。你該說幾句真話了吧？」

　　老馬於是擺出一副以情動人、推心置腹的架勢，他先問了焦大近來的生活情況，接著又談起了焦大的兩次不幸的婚姻。（焦大的兩個前妻都是因為不滿意焦大清貧而危險的工作，主動和他拜拜的。）作為交換，老馬也向焦大透露了一點自己婚姻的不幸：他年輕的嬌妻方圓的疑心和嫉妒心特別重，甚至在外面已經有了相好，因為，她已經有一年多不讓他碰她了……

　　——「如果婚姻不幸就一定會讓男人變成兇手，那麼，焦大啊，你早就是雙手沾滿鮮血了，呵呵。」最後馬主任這樣幽默地總結道。

　　焦大也微微一笑：「據統計，在已婚的罪犯中，夫妻不和的占到了77%以上。他們總是不斷的違法犯罪。」

　　兩個人談著談著，語氣又針尖對上了麥芒。誰也不讓誰。

很快，兩人又談崩了。

馬主任威脅要請大批律師來，告他非法拘禁──

「這樣的話，你就徹底完了，焦大！別說升官，我叫你媽的連飯碗都保不住！」

──「那你為什麼不請你的律師來？我也感到奇怪！我想你一定有什麼見不得人的事需要瞞著別人吧？」

馬主任剛要反擊，桌上的電話又響了。

焦大拿起電話。──是市長秘書，他讓焦大立刻出去見市長。

焦大只好出來，讓守在門口的騰飛進去看著馬主任。他再三關照騰飛，不要審問他，看著他就行了。

但年輕氣盛的騰飛哪裡忍得住？

他覺得：此刻，攻克嫌疑人心理防線的時機已經成熟，只要略施小計，引誘、刺激他一下，即可大功告成。

於是，騰飛走進監審室，悄悄打開了錄影機，然後裝著閒聊似地問馬主任：方圓認不認識那個叫李思的女大學生？

「當然認識。」馬主任沒好氣地回答說。「你以為我在瞞著老婆泡妞？」

──「如果我沒有記錯的話，你現在的老婆方圓，也是在上門推銷保險時，被你泡上的吧？」

「你上大學的時候沒有泡上一個妞嗎？你讀研究生的時候也沒泡上一個妞？」馬主任反唇相譏。「當然羅，像你這樣的人，很難有個好妞會看上你的，確實很困難啊。」

騰飛克制著心裏的怒火，表面上不動聲色，想繼續刺激對方：「你和我當然不能相提並論。你泡方圓的時候，她才二十多歲，而你有多老？當時已經60歲了吧？」

馬主任果然被激怒了：「你搞搞清楚！我今年才五十五歲！」

騰飛繼續裝聾作啞，刺激他說：「哦，你五十五歲，她二十歲，你們相差整整35歲！天哪，這麼老的老牛啃那麼嫩的草，你啃

得動嗎？」

馬主任果然氣得臉色發青：「你還研究生？我看你小學生都不如。加減法都不會算。難怪沒有女人看得上你這個白癡！」

騰飛見狀心裏暗暗得意：魚兒終於要上鈎了！

……

73

焦大趕到廣場對面貴賓室的小休息室時，見市長和他們公安局長已經在座了。

室內只有他們三個人。

至始至終，市長沒有說一句話，都是局長說的。

「焦大啊，怎麼回事？馬主任的事，不能放一放再搞啊？」

焦大說：「我也沒想到，他的問題會這麼嚴重，而且越來越嚴重了，我覺得他有重大嫌疑。」

局長不動聲色地看著他：「你該不會已經將他拘留了吧？」

焦大說：「我也是沒辦法。如果現在放他出來，他潛逃了，或者毀滅了證據，對破案將極為不利。」

局長看了一眼市長。市長似乎在一心一意抽著煙，臉上毫無表情。

「這樣吧，」局長用很平靜的語氣命令道：「你馬上將他帶過來，先開會，讓他發表一下演講，然後你再把他帶回去。注意，你們不要穿制服，更不要給他帶手銬。」

74

——「現在你越玩越小了，玩起13歲的女孩子來了。」

監審室裏，騰飛在繼續刺激馬主任。

　　——「小女孩的滋味怎麼樣？嗯？你是怎樣把她們騙上手的？用錢？還是用甜言蜜語？教教我嘛！……」

　　馬主任終於憤然而起，一言不發地拉開門，衝了出去。

　　騰飛先是一愣：他沒想到一個被拘留審問的嫌疑犯竟敢擅自逃跑！隨後他反應過來，追了上去——

　　在樓梯上，他們扭到了一起，然後又一起摔倒在地。

　　馬主任躺在樓梯上直哼哼，身上的名牌西裝腋下被撕開了一個大口子，頭上的假髮也摔脫落了，露出了難看的禿頂——好像一下子就老了20歲。

　　就在這當兒，騰飛身上的手機響了。

　　是焦大。他命令騰飛立刻將老馬帶到廣場主席臺後面的貴賓室來，不要帶手銬，押送人員也不要穿制服。

75

　　廣場上的大鐘已經鳴響了八點。

　　主席臺後的貴賓室裏，市長正等得很不耐煩的時候，老馬終於在門口出現了。

　　——「把你的爪子拿開！」

　　這是馬主任進門後說的第一句話——當然，他是衝著押送他的騰飛說的。聲音很大。一下子吸引了室內很多人的目光。

　　市長見狀趕緊迎了上去，笑臉相對，故作輕鬆，以掩蓋緊張氣氛。

　　馬主任卻一腔怒火難消，也不顧在大庭廣眾之下，一見面就氣哼哼地衝著市長告狀：

　　「他們野蠻執法，毆打報案人，我有證人，我一定要控告他們，我不會甘休的！」

騰飛也針鋒相對：「明明是你想逃跑……！」

他們的爭吵再次引起了在場更多貴賓的注意。

市長強裝笑臉，勸解了幾句，並小聲責令焦大調查此事。

——「開會時間已經過了近半個小時，廣場上的萬名觀眾早已騷動不安了，不能再拖了。我們先開會吧！馬主任開心一點，笑一個嘛。」

說罷，市長便帶頭微笑，並保持這種笑容，走上了貴賓室的講臺。（領掌員及時帶動全場響起了一陣禮貌的掌聲。）

廣場的大螢幕上同步直播著這一切。

廣場的大螢幕上，笑容可掬的市長簡單介紹了最近這場熱帶風暴給沿海地區造成的災害情況，市長熱情感謝今天前來慷慨捐賑的各位貴賓、富豪。

接著，市長特別介紹了慈善協會會長老馬及他的夫人方圓，外面的大螢幕上也久久地播放著方圓那俏麗迷人的特寫鏡頭，引起廣場上萬名觀眾的陣陣驚歎。市長還點名表揚了幾位熱心慈善事業的老總們，特別是老馬、馬會長，近年來他們的慈善捐款累計已超過八百萬人民幣——

「我希望他今天能一舉突破一千萬大關，再帶個好頭！（掌聲。笑聲。）下面我們就有請馬路生會長上臺——你不僅要掏空自己的口袋，還要掏空下面所有貴賓的口袋！」（掌聲。笑聲。）

儘管馬主任再三整理了自己的儀容和表情，但他上臺的腳步還是顯得有些踉蹌。更要命的是，他西裝肩袖處的一道裂縫怎麼也掩蓋不住。誰都看得出來，他的表情在強顏歡笑中透出一股掩飾不住的苦澀。

台下，與方圓坐在一起的楊太太故作天真地問：「咦，你先生頭上的頭髮上哪兒去了？」

　　方圓只能用她曖昧的微笑來代替回答。

　　這一幕，碰巧也進入了直播的鏡頭。

　　誰也沒有注意的是，在貴賓室門外，焦大正惱怒地責怪騰飛，責怪他書生意氣，街亭失守，將事情辦砸了。

　　——「他隨時都能請來一幫全國最知名的律師！如果他反過來控告我們野蠻執法，我們將陷入很大的被動！」焦大壓低聲音，咬牙切齒地說。

　　研究生騰飛還在不知好歹地辨白：「剛才就差一點，我就攻破他的防線了！他百分百有罪！他剛才百分百是畏罪逃跑！……」

　　焦大氣得臉色鐵青，搖了搖頭，說：「這個案子你不要幹了，你先回家去吧，寫個報告，明天交給我！」

　　「……？！」騰飛的嘴巴張得，足可以塞進一隻駝鳥蛋。

　　等馬主任致詞完畢，走下臺後，焦大便上前陪著他——他們一起穿過廣場狂歡的人群，回到公安局大樓。

　　沿路，沒有人注意這個五分鐘前的致詞者，這個剛剛為颱風捐出20萬的富翁。他們的注意力，全被臺上的孟庭葦嗲聲嗲氣的演唱吸引過去了。

　　焦大一邊走，一邊以守為攻地向馬主任道歉，說他剛才已經將騰飛開除出了這個專案組。馬主任聽了這話，激烈的情緒才總算稍稍平穩了一點。

　　然而，當他們走進重案大隊後，卻發現騰飛正在燈光通明的一號監審室裏，和方圓談著什麼——

　　只見騰飛很瀟灑的坐在桌子上，方圓就坐在他對面的一張椅子上，從低領晚禮服裏半裸的一對豐乳在騰飛俯視的目光下正呼之欲出……

　　馬主任不禁有些看呆了。

76

焦大也有些看呆了。

他不明白的是：這個騰飛，剛才不是對他說得很清楚，叫他不要管這個案子了嗎？

旁邊的馬主任回過神來，一把攥住焦大的手臂，低吼道：「你們太無禮，太過分了！」

焦大對此只能作出讓步的姿態，問道：「老馬，你要不要單獨和你的太太說幾句？」

馬主任想了想，然後搖了搖頭。

焦大叫來一名高個子警官，給馬主任介紹說，這位是張甯警官，下面由他接替騰飛的工作。

馬主任的臉色這才稍稍緩和了一些。

焦大走到監審室門口，將騰飛叫了出來。輕聲問他是怎麼回事？

騰飛解釋說，是方圓主動來找他，來瞭解她丈夫的情況。

焦大說，那你也不要插手這件事。

騰飛說我沒有插手，我只是和她隨便聊聊。

這時，房間裏面的方圓看見了焦大，便主動走上前來，急切地問道：

「焦大，你終於出現了，架子好大呀！我想知道這是怎麼回事？你們還要把老馬關多久？」

焦大卻不急不忙：「請等一下，讓我先把門關上。」

方圓柔中帶剛地問：「焦大，我想見一下老馬，你有權批准嗎？要不要我請示你們局長，或者市長？」

焦大則以守為攻：「我很願意幫你們的忙。剛才我就主動問過老馬了，讓他單獨來見你，可是他不願意見你，我也沒有辦法。」

方圓聽說此話，眼神頓時暗淡下去。

馬主任一直站在「玻璃窗」外，死死地盯著裏面的一舉一動。

他知道，這層玻璃是特製的，外面可以看見裏面，裏面卻看不見外面。如果打開聲控開關，從外面還可以監聽裏面的談話。

──「焦大啊，不管怎麼說，你們這樣對待一個無辜的報案人，有點過分吧？」

裏面的方圓一言一行都顯得那麼高貴而性感。

──「焦大啊，你們這麼搞的話，以後誰還敢向你們報案呀？」

「對不起。方圓，我希望他是無辜的，」焦大一邊觀察她的表情，一邊說，「但我不敢保證他是無辜的。不過，方圓，你可以幫助我們儘快將事情弄清楚。」

──「我？我能給你們什麼幫助？」方圓疑惑地問。

焦大想了想，然後直視著對方的眼睛，說：

「先談談你們的婚姻生活怎麼樣？就從你們分房間開始說起。」

方圓對此顯然有些驚訝，臉上很快掠過一絲尷尬。

「他還對你說了什麼？」她儘量平靜地問道。

「一個叫李思的女大學生。你認識嗎？」

方圓慢慢從手袋裏取出一支細細長長的女士香煙，優雅地叼在嘴上。

──「焦大，看見女士抽煙，你不知道為她點火嗎？」

焦大只好拿出自己的破打火機，為她點火。

方圓一直盯著他手上那只一次性的塑膠玩藝兒，露出意味深長的一笑。

「方圓啊，現在請你認真地想一想，十天前，也就是9月10號教師節那天晚上，老馬去看望李思，你知道嗎？他是什麼時候回家的？」

「十天前？教師節？……」方圓費力地回憶著。「好像有點印象，」方圓不覺陷入了深思。

焦大覺得她思考的時候最迷人，她的臉上呈現出一種古典雕塑般的高貴和典雅。

「那天晚上，老馬他一直不在家，也沒有往家裏打電話。到了半夜裏，我被他回家的聲音吵醒了……」

「當時你有沒有看鐘？」

她沉吟了一下：「我記得是，3點半鐘的樣子。」

「你問他幹什麼了嗎？」

方圓解嘲地微微一笑：「我們已有很長時間不問對方這個問題了。」

沉默了一下。

「焦大，那你能不能告訴我，那天夜裏他到底幹了什麼？」

「我們只知道，那天夜裏，在港口江濱公園的一片草叢裏，一個叫葉莉青的女孩被強暴勒殺，她還不滿十七歲……」

焦大說著，向方圓出示了受害女孩的照片，並注意觀察她的反應。

「碰巧的是，在港口案發的當天夜裏，當地的巡警在現場附近發現了老馬的轎車，老馬也承認，那天夜裏他到過港口，但他卻說不清在深夜0點到3點之間，他都幹了些什麼。」

方圓聽了，表面不動聲色，內心卻一下子揪緊了。

「如果你真的想把事情儘快搞清的話，就同意我們去搜查你們的住宅。」焦大步步緊逼，道出他的真正目的。

方圓想了想，然後轉過頭來，看著焦大的眼睛，清清楚楚地說：「不行。」

77

焦大回到自己的辦公室，見馬主任已經坐在裏面了。

這裏也有一面特殊的鏡子，可以監視和監聽隔壁的一號監審室。

焦大招呼張寧警官架起了另一台攝像機，將其對準老馬，擺出一副正式審問的架勢。

焦：「老馬，9月10日那天夜裏，你說你在港口海邊的長椅上睡了一覺？請你說出睡覺的準確時間和地點？」

馬：「抱歉。記不清了。」

焦：「方圓作證說，那天夜裏，你3點半鐘才回到家。」

馬：「抱歉。我記不清了。」

焦：「我再問你一遍：那天夜裏，你有沒有去逛休閒一條街？有沒有去某個浴都泡個澡，再找個小姐服務一下？」

馬：「沒有。」

焦：「可是，根據我們在港口休閒一條街的調查，有好幾個小姐都指認了你。她們說你是個常客，熟客，說你喜歡戴個墨鏡，但不帶假髮。」

馬主任緊張起來，用手指了指監審室裏的方圓：「焦大，你行行好，小聲點行嗎？」

焦大扭頭看了看「玻璃」那面的方圓，轉過頭來盯著馬主任：「她在裏面，現在聽不見我們說話，除非我打開通話器。」

馬主任立刻又緊張起來：「別！求你。」

接著馬主任又很憤怒地責問道：「焦大你為什麼要這樣來挖我的隱私，將我置於死地？我得罪過你嗎？」

焦大的表情也很嚴峻：「老馬我告訴你，你最好能找到證人，證明你那天夜裏在嫖娼，而不是在露天的椅子上睡覺。」

——「就算我嫖娼，這和破案有什麼關係？難道因為一個人嫖娼，他就會再姦殺一個小女孩嗎？……」說著說著，馬主任又激動

起來。

焦：「你搞的那個小姐非常年輕是不是？她還不滿十六歲！」

馬：「就算是真的，又怎麼樣？我搞的那個小姐死了嗎？這和破案有什麼關係？」

焦：「你找了一個最年輕的小姐！她長得並不算漂亮。令人奇怪的是，你為什麼會在那種場所嫖娼？你完全可以在市區的高級賓館裏找高級妓女嘛！——你專門喜歡搞未成年少女是不是？」

馬主任緊張地觀察著「玻璃」那面的方圓，然後懇求地望著他的老朋友焦大：「我什麼都可以告訴你，只是求你別讓她知道，求你了。」

焦大指了指「玻璃」那面的方圓：「現在的她，寧願聽說你那天晚上僅僅是在嫖娼……」

——「當然，我只是嫖娼。」馬主任急切地解釋說。「為什麼？放鬆，懂嗎，只有在那種場合，你才會心情放鬆，才有足夠的刺激，俗話說，妻不如妾，妾不如偷，偷不如偷不著……」

——「所以，你偷過之後，覺得不過癮，又搶了一回？」焦大的臉突然向他直逼過來。

——「少來這一套！」馬主任毫不客氣地推開他：「我喜歡年輕女孩，又怎麼了？男人誰不喜歡年輕的女孩？難道因為這個，就證明我是個兇手？真是笑話！」

——「你應該知道，和未成年少女發生性關係，都要以強姦罪論處。」焦大一字一頓地說。

馬主任聞言低下了頭。他想說：「未成年少女指的是未滿十四周歲，你別想蒙我。」但他沒說出來。

事到如今，這匹老馬才感覺到事情真的有點麻煩了。但不管怎麼說，強姦罪總要比殺人罪輕許多吧？

馬主任再次用低聲下氣的語調對焦大說：「焦大啊，你要相信我，我沒有殺人。那個殺三陪女的罪犯，他總會留下精液什麼的

吧？你們搞個DNA檢驗，不就能還我清白了嗎？」

「謝謝你的提醒。」焦大譏諷地說。「你嫖娼時用安全套吧？……那個殺人罪犯也用了安全套。而且他是從後面上的──也許在高潮的時候，他掐死了那個可憐的女孩，然後，他再給女孩穿上衣服，擺好姿勢，也許還拍了幾張照片……你在港口召的那個雛妓召供說，你也是從後面上她的，而且將她的喉嚨卡得很緊，事前、事後你都拍了照，是不是這樣？」

老馬沉默不語。

──「你如果同意我們去你家搜查這些照片，也許就能把事情搞清。」焦大開導他說。

馬主任發了一會兒呆，然後搖搖頭，說：「不。」

「我可以開搜查證。」焦大威脅說。

馬主任卻故意岔開話題：「我嫖娼，當然不光彩。我不在城裏搞，也是怕熟人多，怕傳到我太太耳朵裏。我嫖娼，只能證明我很寂寞，而不能證明我殺人，對吧。我雖然五十五歲了，可我還是個男人，還有男人的生理需要，是不是？」

馬主任的口氣明顯軟了下來。

「我嫖娼，是啊，我承認，可這又說明什麼呢？只能說明我太太逼我分床，不能給我正常的性生活，而不能說明我殺人啊！……」

焦大乘機插入：「你太太逼你分床，總是有原因的吧？」

「原因？哼，原因就是她神經過敏，她嫉妒多疑，也許她還看上了別的男人──不管她信不信，反正我從來沒有跟那個李思上過床！」

……

78

焦大撇開馬主任，重新進入隔壁的監審室。

室內的燈光很亮，亮得刺眼。（要不然就是燈光下的這個女人太靚了，讓他不敢直視。）

「下面，我們一起來幫馬主任分析分析原因好嗎？」

焦大站在門口，身體倚在門上，故意把話說得含糊不清——也就是：讓你誤解了卻抓不住把柄。這是經驗，當然也是水平。

「他說他性苦悶。在家裏，你拒絕盡夫妻義務，是這樣的嗎？」

「他到是對你掏心掏肺的。」方圓一直用她高貴的微笑掩飾著內心的尷尬和羞恥不安：「還有比這個更重要，更隱私的，他沒有告訴你吧？」

「你是指那個女大學生李思？……你是因為這個，才和他分床睡的？這事有多長時間了？」

「大概有一年了吧。」方圓重新點燃了一支煙，靜靜地吸了一口。「其實我也挺喜歡李思的。我常和老馬一起開車去看她，帶她和她的同學們吃飯。有一次，老馬大概喝多了，那是在海灘上，我偶爾看見他們，很親密地拉手，他情不自禁地親了她一下，她咯咯笑著躲開了。但我憑一個女人的直覺，一個過來之人的直覺，他們沒有那種關係，是不可能的……」

焦大默默地聽著，希望她講得越多越好。言多必失。這是規律。

方圓卻靜靜地吸起了煙，不再說話。她似乎陷入了往事的回憶之中……

——「方圓，我再問你一遍：老馬他不同意我們搜查你們的住宅。你同意嗎？」焦大覺得時機已到，索性打開天窗說亮話：「其實我們完全可以開搜查證的，但那樣，就會將你家搜得一團糟。你仔細權衡一下吧。」

方圓還是沉默不語。

——「你一定也想早點弄清事實吧？你肯定不願意跟一個危險的殺人狂同居一室吧？」焦大在竭力說服她。

　　——「你認為他是個殺人狂？」方圓睜大了眼睛。

　　——「早點查清楚，對大家都有利，你說呢？」焦大狡猾地躲過了這一箭。

　　焦大本來決心要開搜查證的，但那樣做，麻煩肯定不會少。因為老馬還是市人大代表，還是市政協常委，沒有市委領導的批准，不能隨便動他。如果方圓同意警方搜查，那是再好不過了。——更重要的是，這樣可以從心理上徹底擊潰老馬的防線。

　　方圓轉過頭去，連吸了好幾口煙。

　　看得出來，她的心情很矛盾，很複雜。

　　終於，她重新轉過頭來，掐滅了煙頭，低著眼簾輕輕地說了一句：

　　「請不要搞得太亂了，拜託。」

　　焦大聞言，精神為之一振。……

　　焦大快步走出監審室，大聲指揮起來：

　　「張寧，你帶一個搜查小組，送馬主任的太太回家。她同意我們搜查她的住宅。別忘了請她在表格上簽字。」

　　「放心吧隊長。」張寧也響亮地回答。

　　焦大故意大聲命令，就是為了讓馬主任聽見，從心理上打擊他。

　　果然，馬主任的神態，情緒，立刻就萎縮了不少。

　　方圓走出監審室時，老馬從辦公室裏看見了她。

　　方圓在門口停留了一下，她也看見了辦公室裏的老馬。

　　雙方對視了大約三秒鐘，但誰也沒有說話。

　　然後，方圓就跟在張寧警官的後面走掉了。

　　張寧將方圓送上警車，一抬頭，卻發現騰飛不知什麼時候已經坐在前面駕駛室的副座上。

張寧站在車窗外面，問了他一句：

「焦大知道嗎？」

騰飛卻答非所問：「你有意見？」

張寧就不好再說什麼了。

雖然他從內心不喜歡這個雄心勃勃、自以為是的傢伙，但畢竟，他們是同事。說不定，他們得在一起打一輩子交道呢。

79

辦公室裏的焦大決心趁熱打鐵——趁現在嫌疑人心情沮喪、心神不定之時，來個一舉突破。

焦大重新調好攝像機，讓馬主任坐在規定的位置上，給他臉上打上強烈的燈光，自己則坐在他對面，故意靠著他很近，拿目光逼視著他：

「老馬啊，這下你該交交心了吧？總該說點實話了吧？你我都是聰明人，不要再浪費時間了，不要搞得大家太疲勞了好不好。」

馬主任卻一臉的無奈：「我都說了，我和李思，根本沒有發生什麼故事。不錯，我喜歡她，給她照過不少照片，但不代表我會和她發生肉體關係。也許方圓對我厭倦了，找上一個藉口，不讓我碰她。我老牛啃嫩草，我容易嗎？夫妻之間，貌合神離的原因有很多，比如不忠，金錢，疾病，猜疑，尤其是厭倦。焦大，你不是離過兩次婚嗎？這方面你就是專家。」

焦大忍住火：「既然如此，那你為什麼不和她離婚？」

馬主任及時反唇相譏：「真有意思，我沒有離婚也成了罪證？你是不是想讓我跟你一樣，離上兩次婚，才能成為奉公守法的好公民？」

——「去你媽的！」焦大忍不住捏緊了拳頭。

　　「哈哈，你也開罵了？裝逼裝不下去了吧？」馬主任顯得很開心，他笑著，指了指他前面的攝像機監視屏——原來，焦大的腦袋也探進來了。

　　焦大不得不忍氣吞聲，將頭縮了回去。他的任務是激怒對方，讓對方失去理智，而不是相反。

　　「你這個人嘛，我還不瞭解？你一直是個玩弄年輕女孩的老手！你從小就好這個！尤其是你有了幾個臭錢之後。」焦大決定狠狠地刺激他：「年輕的時候，你一直不結婚，不就是為了方便你玩女人嗎？你用談戀愛的名義，不知玩弄了多少姑娘！我奇怪啊，像你這樣一個富翁，幹嘛要搞得這麼慘？你為什麼不蹬掉現在這個討厭你的三十歲的黃臉婆，重新做一個尋歡作樂、自由自在的單身貴族？嗯？」

　　馬主任的口氣比他更牛逼：「那我來告訴你，啊，第一，方圓她不是黃臉婆，她比你那個二十多的女兒漂亮多了；第二，我愛她。你懂什麼是愛嗎？你當然不懂，因為你一直是個窮鬼。你長這麼大，這麼老了，只接觸過兩個醜陋的黃臉婆，連她們都看不起你，拋棄了你。你還神氣個熊？換別人早跳樓算了。而我就不一樣了，我有幸玩過好幾個美女，所以我懂得什麼叫美，什麼叫愛。而你不懂，所以，你沒有資格跟我討論愛啊婚啊這樣深奧的問題。」

　　焦大也不甘示弱：「好吧，那我們就來討論一下，為什麼你的愛情、你的嬌妻，她不讓你碰呢？弄得你要跑到那條暗娼街，去找十元錢一次的女人來發洩你的獸慾？」

　　馬主任當仁不讓：「恐怕你就是找了十元錢一次的女人，老婆才跟你離婚的吧？」

　　——「去你媽的！」焦大不覺又捏緊了拳頭。

　　——「壞了，你又擋住了我的鏡頭！」馬主任再次得意地笑了。

80

自從進了馬主任的一號別墅，騰飛就暗暗盯上了方圓。他覺得方圓有可能會幫助老公轉移、或者毀掉一些罪證。

但方圓一直躺在她臥室的床上，閉目養神，一動不動。

騰飛等得不耐煩了，便悄悄走進了她的臥室，一聲不吭地站在她的床前，研究性地看著她。說實話，他從來沒有見過氣質和性感結合得如此完美的女孩子。

方圓憑著女性的本能一睜眼，嚇得驚叫了一聲。

騰飛的心臟一陣狂跳，表面卻顯得威嚴鎮定：「帶我去他的暗房。」

「暗房？」

「就是他沖洗照片的房間。」

81

重案大隊的監審室裏，兩個老同學、老冤家還在鬥智鬥勇，各不相讓。

焦：「你這個老不正經的，還有臉談什麼愛情？！你的嬌妻看上的不過是你的財產。我從來就不相信，像她這樣年輕的美人，對你這樣一個糟老頭子能有什麼真正的愛情？我不相信，她就沒有自己的心上人？這麼長時間，她不讓你碰他，她會閑著？你還看不出來嗎？她不讓你碰她，就是在迫使你下決心離婚，她好遠走高飛，過她真正幸福自由的生活。她為什麼會同意我們去搜查你們的家？她巴不得你犯罪，坐牢，被處死，她好獨霸財產！這連傻瓜都看得出來！你他媽連個傻瓜都不如！我當然不知道什麼叫愛情？但我知道這麼一句名言：愛情讓人變成聾子瞎子和傻子！」

焦大的這番話，說得馬主任啞口無言。看來，它真正擊中了馬

主任的要害。

　　監審室的門被推開了。

　　門口站著騰飛。他搜查回來了，交給焦大一迭照片：

　　——「我說過了，他百分百有罪！」

　　焦大一看證據到手，心裏興奮，也不追究騰飛違抗命令、擅自插手本案的錯誤了。

　　焦大來到門外，小聲問：方圓來了沒有？騰飛點點頭。焦大吩咐將方圓帶到辦公室，讓她在「玻璃」外面旁聽他們的審訊。

　　騰飛興奮得臉色通紅。他要求進來參與審訊老馬，焦大也就順水推舟地同意了。

　　焦大將手上的那迭照片甩到馬主任面前：「這是你的嬌妻主動交給我們的證據，你還有什麼話好說？」

　　馬主任一下子就呆掉了。

　　半天，馬主任才訥訥地說：「方圓，她在外面？我要她進來，進來，面對我……我要當面問問她：她真的認為我是一個下流的罪犯？她真的希望我入獄，被槍斃，她好獨佔財產？……」

　　焦大有點幸災樂禍：「你想見她？可她想不想見你呢？我看她再也不想見到你了，你還不明白？」

　　……

　　騰飛給錄影機重新換了一盤空白磁帶，調好之後，宣佈錄影審訊正式開始——

　　焦：「馬路生，這些照片是你拍的嗎？」

　　馬：「女人都是他媽的毒蛇，都該殺！」

　　焦：「我再問一遍：馬路生，我手上的這些照片是你拍的嗎？」

馬：「是。」

焦大出示一張女孩蕩秋千的照片：「老馬，這張照片上的人是誰？」

馬：「……黎，黎小麗。」

焦大又出示一張女孩穿游泳衣的照片：「這張照片上的人是誰？」

馬：「……黎小麗。」

焦大再出示一張女孩裸著上身趴在草地上的照片：「這張照片上的這個人是誰？」

老馬低下頭，看也沒看：「黎小麗。」

焦：「你早就認識黎小麗？」

馬：「是。她就住在帝豪山莊。我平時給她拍過不少照片。」

焦：「是你殺了她？」

馬主任沉默了半晌，最後還是吐出了一個字：「……是。」

在場的所有人，都舒了口氣。

焦大則深深埋下了頭。

他感到疲憊極了。也失望到了極點。儘管他希望儘快破案、立功，但畢竟不希望罪犯真的是老馬。他們畢竟是老同學，也是多年的老朋友。老馬對他，一直很關照的。別的不說，每年都要給他報銷上萬元的餐費發票。現在，一切都完了。

但作為一個員警，身為重案大隊長，他不得不繼續審問下去。

焦大向馬主任出示了港口犯罪現場那個女孩的屍體照片：

——「這個叫葉莉青的女孩也是你殺的嗎？」

馬主任沉默了一會兒，然後吐出了一個同樣的字：「……是。」

由於通話器被事先打開，「玻璃窗」外的方圓耳聞目睹了這一切，此刻她已經失聲痛哭起來。

焦：「馬路生，在9月10號夜晚，你在港口殺死葉莉青，是在

你嫖娼之前還是之後？」

　　馬：「……之後。」

　　焦：「幾點鐘？」

　　馬：「……記不清了。」

　　焦：「經法醫鑑定，案發時間為午夜2點左右。」

　　馬：「你們認為幾點就幾點吧。反正是我幹的。我先強姦她，然後再勒死她。」

　　焦：「你強姦她的時候，有沒有帶安全套？」

　　馬：「……帶了。」

　　焦：「你有沒有射精？」

　　馬：「……射了。」

　　騰：「然後你就殺了她？」

　　馬：「……是的，然後我就殺了她。」

　　……

8 人有病，天知否？

幸福的婚姻都是相似的，
不幸的婚姻也是相似的。

82

　　何飛案被發回檢察院補充偵查後，何飛仍然被關押在看守所。

　　冷靜得到的消息是：檢方很快會再次起訴。

　　幾天來，冷靜都在四處奔波，繼續收集死者方圓生前「精神不正常」的證據。

　　婚後不久，方圓曾偷偷拿走何飛的通訊錄，私下與何飛的朋友、同事通話，查問丈夫的行蹤。甚至連何飛十幾年沒有聯繫的同學也接到過類似的電話。這些需要一一去取證。

　　還有的女同事或者女當事人與何飛接觸，方圓知道了，也會打電話質問，甚至找人家的丈夫理論。冷靜本人就多次接到過方圓的電話，反映丈夫生活作風不好。結果，搞得同事、朋友們都不敢和何飛合作、來往。最讓何飛不能接受的是，方圓不願與公婆來往，也不願何飛自己回老家看望父母。

　　在同事、朋友的眼裏，「二婚」後的何飛變化很大，幾乎變成了一個膽小如鼠的人，他甚至都不敢和其他女人同桌吃飯。

　　這些證詞都不難一一找到。

　　但冷靜總有一個奇怪的感覺，就是——他昔日的部下、現在的當事人何飛，還隱瞞了一些事情。

　　有些事情，尤其是夫妻之間的事情，牽涉到個人的隱私和尊嚴，當事人往往不肯向他和盤托出。

　　——比如，方圓幾次婚姻，為什麼沒有孩子？到底是不能生，還是不想生？在她二十六歲嫁給老馬之前，有沒有過婚史？都有過什麼樣的經歷？

　　——比如，方圓身上的傷痕是怎麼回事？何飛身上的傷痕又是怎麼回事？到底誰虐待誰？還是相互虐待？……

有的時候，人們把個人的隱私和尊嚴看得比生命還重要。

假如換了自己呢？冷靜不禁捫心自問，我會將自己婚姻生活中骯髒、恥辱的一面暴露出來嗎？……

——難怪老馬不肯作證。

——難怪老馬說「生不如死。」

但作為一個辯護律師，他要做的，就是要挖出當事人的全部真相。

冷靜決定再找何飛，挖出更多的線索和證據。

83

費騰的喪事剛結束，小華就又纏上了冷靜——還是為那件陳桂花的強姦案。

冷靜不知是忙糊塗了還是聽糊塗了，他問小華：「那個陳桂花跟你是什麼關係？」

小華愣了半天，說：「陳桂花？沒有，她和我沒有什麼關係。」

「那她的強姦案和你有什麼關係？」

「哎呀，她說是我哥哥強姦了她！——也不是她說的，是員警說的……」小華一著急就亂了方寸。

「員警有證據嗎？」冷靜問。

「他們化驗了他的什麼DNA……」

「這可是很可靠的證據。你哥承認了嗎？」

「可我哥冤枉啊，他根本就沒幹，他是屈打成招啊！」

冷靜拍拍腦袋：「對了，我聽說過，在廣播裏聽說過，我想起來了。案子什麼時候開庭？」

「一個星期以後吧。」

「這事好辦。」冷靜說，「假如你哥哥確實沒幹，確實是屈打成招，只要在法庭上要求重新做DNA鑑定就行了。」

「只要你肯接這個案子，我就放心了。」小華惴惴不安地。「費騰剛，剛出事，就來麻煩你，真不好意思。」

「老朋友了，互相幫忙嘛，應該的。」冷靜話中有話。

在費騰的自殺事件中，傻乎乎的小華不知不覺充當了一個對冷靜十分有利的證人。她把費騰的病症描述得十分詳細，也十分可怕。

她同情費騰，更同情冷靜。就是不知道同情自己。

「互相幫忙？」小華顯然沒聽懂冷靜的意思。「哦，當然，律師費我們照付，冷律師你千萬別客氣，另外你的辛苦費我也不會忘的……」

冷靜笑了一下，岔開話題說：「假如你哥哥真的受了冤枉，事後還可以申請國家賠償。」

「國家賠償？有多少？」小華忽然睜圓了眼睛。

「一兩萬應該沒問題吧。」

「真的？有一兩萬啊，這麼多啊？」小華傻乎乎地歡呼起來。

84

冷靜到拘留所再次約見當事人何飛。

何飛還是一副垂頭喪氣、萎靡不振的樣子。正如俗話說的：三拳頭砸不出一個悶屁。死豬不怕開水燙。

——「方圓身上的傷痕是怎麼回事？」冷靜問他：「你身上的那些傷痕又是怎麼回事？」

「你怎麼知道？」何飛奇怪地問。

「你從來不敢跟我們一起洗澡，總是找藉口躲開，我早就懷疑你了。」

何飛低頭不語。

冷靜於是將老馬的情況介紹了一番。說老馬寧願坐牢，也不願意和方圓在一起過日子。

　　——「老馬認為方圓精神上有嚴重問題，你懷疑過嗎？」冷靜又問。

　　「結婚前，感覺挺好的，真是挺好的，」何飛恍恍惚惚地說，「不然的話，我也不會蹬了老婆去追她……」

　　「抓緊時間！」冷靜趕緊岔開：「就說你和方圓結婚以後的事！」

　　「結婚以後，慢慢地，發現，她對我，看得很緊，而且，疑神疑鬼的……」何飛吞吞吐吐地，「我總以為，是她太在乎我，太愛我，才會這樣。沒想到，後來……」

　　對兩年前何飛的原配老婆出車禍一事，冷靜是一直心存疑慮的。

　　何況——事情關係到一筆近二百萬的鉅款。

　　在中那個彩票特等獎之前，何飛的夫妻關係還算可以。中了那筆198萬的大獎之後，兩人的關係便急劇惡化。何飛的老婆將存摺私藏起來，認為彩票是她買的，這筆錢應該是她的。何飛則認為買彩票的錢是他的，這筆錢理應屬於他。

　　很快，有一天，何飛的老婆突然不見了。何飛到處嚷嚷，說老婆肯定拿著這筆錢跑掉了。老婆不僅拿走了錢，還開走了家裏唯一那輛小轎車。何飛到處登廣告，懸賞一萬元，尋找那輛右車門掉了一大塊漆的黑色舊「普桑。」

　　這事在麻將城鬧了一個多月，風波才漸漸平息下來。何飛也像認倒楣似的，不再到處嚷嚷這件事了。

　　又過了一個多月，何飛的那輛黑色舊「普桑」被一個農民在一個山溝裏發現了。同時發現的，還有駕駛室裏一具高度腐敗的女屍。

　　——暫時只能被解釋為一次車禍。

　　車禍的原因還可以進一步解釋為：駕車人精神緊張，速度太快。

　　至於那筆人人關心的鉅款，卻遲遲沒有下落。

　　也有人懷疑其中另有隱情。

　　冷靜的老婆費騰就是一個代表。她一口認定是何飛害死了自己的老婆，假造了車禍現場。她在家裏大罵何飛，繼而大罵冷靜，進而大罵天下的男人。她對冷靜的警戒之心陡然增加了好幾倍。

　　這樣一來，弄得冷靜心裏也加劇了對何飛的疑慮——因為他知道，費騰是個精神病人，而精神病人的直覺往往是很靈的。

　　直到十個月之後，得知何飛與方圓結婚的消息，冷靜才暗暗將心中的問號改成了感嘆號。他暗自斷定：至少那筆鉅款最後是落在了何飛的手裏——否則的話，昔日的官太太方圓怎麼可能輕易嫁給一個窮光蛋呢？

　　或許，也正是這筆鉅款給他們的婚姻埋下了一個不幸的伏筆。

　　新婚之夜，何飛發現方圓的乳房上紋有一把小匕首的圖案，這讓他感到有些詫異。接著，他在她身上發現了好幾處傷疤，其中大部分好像是煙頭燙傷後留下的疤痕。

　　何飛問她這些傷疤是怎麼回事？

　　方圓卻怒氣衝衝地說：「我自己搞的，我樂意，你管得著嗎？！你覺得難看就別看好了！」

　　說罷，方圓又怒氣衝衝地穿上了內衣，然後背朝何飛，和衣而睡。

　　「我不是管你，而是關心你……」何飛小心翼翼地解釋說。

　　「你要是真關心我，就不應該揭我的傷疤！」方圓義正辭嚴。

　　「對不起……」何飛只好主動道歉。

　　方圓仍然背朝著他：「你真的想道歉，就拿出實際行動來。」

　　何飛聽了，就真的拿出實際行動，將手伸進了她的內衣，想撫摸她的乳房，不料被她一巴掌打了回來：「我要你這麼道歉了？我就這麼賤啊？」

　　「那，你想我怎麼道歉？」何飛問。

　　「自己想去吧！」

何飛說到這裏，又突然停住不說了。

「你是不是第二天就給她買了一輛藍鳥轎車？」冷靜主動捅破了問。

「你怎麼知道？」何飛抬了抬眼皮。

「你哪來那麼多錢？」冷靜不理他，繼續往裏捅。

何飛又閉上了眼睛。

「用的是那筆彩票獎金吧？」

何飛毫無反應。

「你是不是擔心，此案調查下去，會將你彩票的事情扯出來？」冷靜壓低了聲音。「那件事已經過去了。我們只管眼前的事。」

何飛索性將頭埋在了桌上的臂彎裏。

「你真想像老馬那樣，被判個死緩嗎？」冷靜將頭伸向對方的耳朵，接近耳語：「她不值得你為她去坐那麼多年的牢。」

「可是，如果將前面的事扯出來，我的小命就真的保不住了。」何飛埋著頭，甕聲甕氣的，終於說了一句實話。

他知道，他肚子裏的那麼點兒彎彎繞，是瞞不過他的老闆的。

何飛的噩夢，正式開始於他婚後的第八天。

何飛說，這天深夜，熟睡中的他突然被方圓搖醒，朦朧中，他剛想問她有什麼事，不料對方抬手就打了他兩個耳光，然後又抓著他的頭髮說：「你把被子全拖走了，這麼冷的天你想要凍死我呀？」

「對不起，我不是故意的……」但方圓根本不聽他的解釋，仍然繼續揪他的頭髮，打他的耳光。

何飛一下子被打懵了，後來回過神，剛要反擊，又忽然想到：她是不是有間歇性精神病？如果真是這樣，跟一個病人較什麼真呢？精神病人殺死人都不犯法，何況打人呢？假如他現在忍不住將

她打一頓，下次她發起病來，拿菜刀砍他，豈不冤死了？！⋯⋯

　　何飛說，那天夜裏他被逐出被窩，在床邊罰跪了一夜。好不容易熬到天亮，他發現自己已經渾身是傷，連脖子上都佈滿了老婆指甲的抓傷。何飛早晨出門時特意穿上了一件高領T恤衫，好把脖子上的傷痕擋住。這事要讓別人知道了，他還有什麼臉面在世面上混？天下還有比「陳世美」遭報應更可笑的事嗎？

　　何飛的「二婚」艱難進入到第二個月時，已經歷了分被、分床、分屋的「三部曲」。

　　從第九天分被開始，何飛就再也沒有碰過方圓的身體。

　　在第九天分被之前，何飛其實也不能算碰過方圓的身體。一方是枯燥乾澀，冷若冰霜，一方是噤若寒蟬，舉而不堅。這樣還怎麼搞？

　　一次沒搞成，第二次方圓就不讓搞了。本來嘛，沒有金剛鑽，何攬瓷器活？何飛也不想搞了。本來嘛，就像吃飯，得有食慾，吃起來才香。

　　何飛說，他斗膽第一次提出離婚，是在他們婚後的第一個春節。

　　事情的導火索是何飛的一個女同學打電話來拜年，方圓從分機裏偷聽到了，當時就大發雷霆。

　　——「哼！早知道你這樣，我還不如嫁給魔鬼。」

　　何飛還想來句幽默：「那不可能。法律規定，近親不准結婚。」

　　方圓聽懂了這句幽默，但她沒有笑，而是咬著牙，命令男人跪在她面前，向她坦白交待自己的罪行。

　　這次何飛沒聽他的，拔腿就走。關門前，他狠狠丟下一句話：

　　「這日子沒法過了，離婚算了！」

　　第二天下午，電視臺的人將電話打到了冷靜律師事務所，找何飛，當時何飛不在辦公室，對方又詢問何飛的手機號。過了片刻，還是那個人，再次打電話進來，說何飛的手機關機，要求找事務所的領導。

提起這件往事，冷靜還記得很清楚。電視臺的這位老兄在電話裏告訴他，方圓今天一天都沒來電視臺上班，她沒有請假，打她的手機也無人接聽，現在她丈夫何飛的手機也打不通，是不是出了什麼事？冷靜建議他打110報警，然後直接去他們的住宅察看。

察看的結果：方圓因服用過量的安眠藥，臥床在家，已深度昏迷。

這事並沒有聲張開來。外人知道的並不多。只是電視臺領導出於安全考慮，先將方圓送到省城學習一個月，然後調離播音崗位，做了一個文字編輯。

85

聽著聽著，冷靜自己走神了。

他想起了自己的老婆費騰。

——為什麼這兩個女人如此相似？

——難道女人都是這樣神經兮兮的嗎？只是程度不同？

他想起有一陣子，他對方圓的印象相當好，甚至有點喜歡她。好比一本精裝封面的書，裏面的內容卻如此乏味、可怕。

——那麼豐美呢？她也是這樣的嗎？

冷靜不敢想下去了。是啊，假如天下的女人都像一盤海鮮，都有保質期，過了保質期就腐敗成這樣，天下的男人還活個什麼勁？誰還敢再和女人結婚呢？……

——「這些女人，既不肯好好過日子，又不肯離婚，她們到底想幹什麼？」冷靜不知不覺問出了聲音。

何飛苦笑了一下，說，「她們有病。折磨別人成了她們生活的樂趣。」

「唉，男人何嘗又不是這樣？」冷靜歎了一聲。

——「人有病，天知否？」何飛呻吟了一聲。

「天也有病，何況人呢？」冷靜說。

何飛目光炯炯地盯著冷靜：「你還記得，我問過你一句話，你的回答絕透了。」

「哦？」

「我問你，老闆啊，一個男人找一個老婆，總要為點什麼，總要有點理由吧？那你是為什麼？拜託你能告訴我一條理由嗎？你笑眯眯地回答我說：找罪受。你還說：一個男人只有歷盡磨難，才能成大器。聽了你這句話，我才又重新回到了方圓的身邊。」

「可你當時是怎麼說的？你說你可受不了。你還說：我要是你啊，早就把她解決了。我問你怎麼解決？你又是怎麼回答我的？」

「我的想法真是太淺薄了。」關鍵時刻，何飛總是像泥鰍似的，狡猾地一溜而過。「原以為，她不在了，我會很輕鬆的，現在我才發現，我找不到活下去的樂趣了。」

冷靜愣愣地看著他。

「最近我一個人總是在想：也許夫妻本來的任務就是相互折磨。也許這就是上帝造人的本意。」何飛說。「本來，上帝將人趕出伊甸園，就是為了懲罰人類。上帝為男人造了女人，就是為了懲罰男人。難道不是嗎？」

冷靜不禁聽得目瞪口呆。

他再一次相信：不幸的婚姻足可以讓男人變成一個哲學家，至少也能變得聰明一些。也許，這就是男人在婚姻中的全部所得。

面對方圓的自殺未果，何飛不知是出於震動還是感動，他又回到了家，回到了現任妻子方圓的身邊。

這之後，方圓倒是不隨便打他了，但她一時歇斯底里發作起來，還是讓何飛感到吃不消。

何飛斷定方圓患有心理疾病。他曾建議兩人一起去看心理醫生。可方圓一聽這話就歇斯底里大發作。他也曾打算強行將她綁到

精神病院去。為此他問過精神康復醫院的一個醫生朋友，醫生有些陰險地笑道：「只要有錢，什麼事都能辦。」但何飛遲遲下不了這個決心。他知道，一旦這樣幹，就等於毀了方圓，也許同時也毀了自己。

過了不久，還是為了一個女當事人的手機號碼，方圓再次發難。

這次她將何飛反鎖在家裏，並扣下了他的身份證、律師證等所有證件。她要求他寫一萬字的檢討書，將這件風流韻事說清楚。

何飛為此只好在家裏裝了幾天病，好騙過單位的同事。他差一點就要變成一隻大鳥，從高高的24層樓上破巢而出。

這份檢討書，不管他怎麼寫，都不能令太太滿意。如實寫吧，太太說他不老實，隱瞞事實，在欺騙她；按她的意思，往亂搞男女關係方面寫吧，太太又深受刺激，大哭大鬧，尋死覓活。何飛知道，除了逃跑，這一關他是無論如何過不去了。

趁一次方圓從外面用鑰匙開門的機會，何飛猛然將門推開，在太太驚恐的尖叫聲中，衝出防盜門，衝下樓梯，一直衝到大街上，結果被兩個巡警攔住，問了半天。何飛由於拿不出任何證件，被當成犯罪嫌疑人被帶到了派出所裏。還是冷靜派人來將他保了出去。

在派出所裏，他再次想到方圓會不會自殺？要不要打電話通知她的單位電視臺，或者至少打個電話給她的好友豐美，讓她來陪陪她？……

正在他胡思亂想之時，身上的手機響了。一看，正是太太的號碼。何飛情不自禁渾身哆嗦起來。他本能地關掉了手機。

不知過了多長時間，他小心地打開手機，看見了方圓的兩句短信留言：

——「你這個流氓，你到底什麼意思？」

——「你敢不回家，我就把你殺老婆的事抖出來！我反正活夠了！」

　　當然，後面這一句，何飛向冷靜複述的時候，做了一些改動：

　　「你敢不回家，我就自殺！我反正活夠了！」

　　這句話，倒像是她和費騰商量好的。

86

　　多年的辦案經驗，讓冷靜成了一台「自動測謊儀」──當事人的哪怕一個微妙的眼神，都逃不過他近乎本能的感覺。

　　他發現，直到目前，何飛仍然沒有百分百對他說真話。

　　他也能猜到何飛在顧慮什麼。

　　冷靜決定和他攤牌：「何飛啊，我們都是幹這行的，你也知道，如果當事人對律師有任何隱瞞，造成的後果會是什麼？」

　　何飛低下眼瞼，沉默了一會兒，說：「有煙嗎？」

　　「你知道我從不抽煙。」冷靜再次回到正題：「據我所知，警方正在重新調查你前妻的死因。他們已經知道你和方圓進行過婚前財產公正。你的財產有一百八十萬。」

　　果然不出所料，何飛聞言臉色一變。不過他克制著，沒有立刻開口。

　　「你還有什麼要對我說的嗎？」冷靜欲擒故縱地站起身來。

　　何飛灰白著臉想了想，低聲說：「方圓有個隨身碟，上面好像記著她的一些事情，被我藏了起來，不知警方有沒有搜去？」他衝著冷靜的耳朵咕了一句，大概是告訴他藏匿的具體地點。

　　「你看了沒有？」

　　「沒有。平時她從不讓我看。我找到後，還沒有來得及看。」

　　冷靜站在那裏，緩緩地點點頭，又緩緩地搖了搖頭。

9 天有病，人知否？

也許夫妻本來的任務就是相互折磨，
也許這就是上帝造亞當夏娃的本意。

87

　　離開何飛，出了看守所，冷靜立刻佈置名探老胡去何飛的住宅樓去找方圓的那個隨身碟。

　　「坐電梯到二十二層，然後走樓道，在二十二、二十三層之間，一個紅色的消防箱裏。注意別讓別人看見。我在辦公室等你。」

　　冷靜內心有點激動。這個隨身碟很可能會揭開方圓精神世界裏一些鮮為人知的謎團。

　　對這個神秘女郎的歷史，所有的人都知之甚少。包括她的單位電視臺，包括警方。

　　——現在大家都想弄清楚：方圓在六年前，也就是來麻將城之前，她都幹過些什麼？

　　如今大家知道得最早的，就是她二十六歲時不知從何方來到這個城市，推銷保險，勾上了建委的馬主任。這之後，就是馬主任通過關係將她安到電視臺跑廣告，因為是鬆散型合同制，電視臺也沒調她的檔案。再後來，就是方圓一步步成了麻將城電視臺的當紅主持人，成了這個城市的一張「名片」，不知有多少男人為其傾倒⋯⋯

　　方圓的這個案子，雖然沒有多少經濟收益，但其影響不可低估。冷靜是這樣想的。何況，當事人何飛還是自己的員工，也是朋友。

　　有句話叫惺惺相惜。因為冷靜發現，自己和何飛的遭遇有很多相似之處。

　　不僅如此，他的老婆方圓和自己的老婆費騰之間，也有那麼多的相似之處。

　　有一點是可以想見的：在嫁給他們之前，她們的精神都受過可怕的刺激！

　　現在她們都死了。而她們的丈夫，卻仍然不知道她們把什麼秘密帶進了骨灰盒裏。

冷靜坐在辦公室等方圓的那個隨身碟。這麼重要的證據，決不能落到控方手裏。何飛不愧是幹律師的，知道證據的重要性。不過，第一次庭審時何飛為什麼沒說呢？他擔心什麼呢？……

事情可以這樣設想：方圓墜樓後，何飛首先想到的就是兩個字：證據。方圓的日記、筆記當然是其中最重要的之一。他不知道她都寫了些什麼，但他知道他必須找到它們，並將它們轉移出現場，將來有機會看看它們，再做決定──如果對自己有利，就交出去；反之就不交。何飛還沒來得及仔細看那些日記，所以他拿不准，這玩藝兒是不是對自己有利？

這一切看上去，又像是預謀好的。

冷靜不禁打了個寒戰。

88

手機響了。一看，是費騰她大哥的號碼。

理，還是不理？

他懶得理他們。可在這節骨眼兒上，他又不得不理。

費大哥報告的還是他們那個醫生繼母的事情。

原來他們在痛失父親遺產之後，一直心有不甘，一直在暗暗調查、監視那個女醫生。

現在調查和監視都有了突破性進展，是採取行動的時候了。所以他們先免費諮詢一下冷靜律師。

調查的結果是：這個女醫生五年內嫁了三個丈夫，他們都很快病死了。

監視的結果是：這個女醫生又勾上了一個新的男人，他們準備將其捉姦在床。一是出她的醜，自己出口氣，二是借機逼她說出事情的真相。

冷靜想了想，說，事關重大，下班後你來我辦公室，我們面談。

　　剛關掉手機，辦公室的門就被敲響了。

　　老胡推門進來，旋即又將門關上。他揚了揚手裏的一隻信封。冷靜馬上意會到信封裏裝的是什麼東西了。

　　自從費騰出事後，冷靜就再沒有回家住過。多數時間都是在辦公室過夜。也許是因為業務太忙的緣故，中午洗澡、午睡的習慣也省略掉了。然而奇怪的是，他感到自己的精神特別好。似乎從來沒有這麼輕鬆過。

　　冷靜心裏很清楚，費大哥不斷糾纏他的真正目的，其實是為了一套房子，即他和費騰原先的那個住所，他再也不想回去的那個家。

　　就像犯人對牢房的那種恐懼。

　　在處理費騰後事的時候，她大哥曾向他提出，既然冷靜暫時不想回家住，他想借這套房子住幾年，理由是老爸沒有留下遺產，他現在住的房子太小、太偏，上下班很不方便，等他再幹幾年，退休了，再搬回去住。

　　冷靜心裏很清楚，他說的借幾年，其實就是永遠佔有。如果不答應他，他肯定會找自己的麻煩。但如果輕易答應他，又會引起他的懷疑，說不定會再次提高價碼敲詐自己。所以冷靜對他說：都是自己人，好商量。

　　這之後，費大哥經常打電話給他，表面上都在說那個皮醫生的事，告訴他在調查，監視她，言下之意他也會調查他冷靜。比如，末了他總要關切地問上一句：「昨天晚上你住××賓館的吧？」「昨天晚上你睡辦公室的吧？」「新房子找好沒有？要不要老哥幫你參謀參謀？」……

　　不一會兒，費大哥應約來到冷靜的律師事務所。冷靜請他在附近的一家「醉仙樓菜館」喝酒。

有好酒，好菜，好煙，外加一個好聽眾，費大哥飄然如神仙。他繪聲繪色地描述了他調查和監視皮醫生的過程，詳細介紹和展望了他的捉姦計畫，逼她說出騙婚謀財的真相，再逼她分出一半的遺產給他們兄弟幾個……

冷靜卻勸他不要這麼幹。因為這是違法的，甚至是犯罪行為。皮醫生稍微有點法律常識，事後一報警，他們就完了。

——「那我們怎麼辦呢？就這樣算了？」

——「等待。」冷靜說。「很多事情只能等待。耐心等待機會。」

很快，話題又轉到那套房子上來。

「那麼，請你先告訴我，你們隱瞞了我多年的故事，」冷靜說，「因為現在人已經死了，你們也沒有必要再隱瞞了。」

這句話戳到了費家的痛處。費家的短處。這也是為什麼費家在費騰自殺後，沒有對冷靜公然發難的原因。

費大哥通紅著臉，猛吸幾口煙，煙氣和酒氣一起噴出：「說來話長。也實在說不出口。我帶來了一樣東西，你自己看吧。」

說著，費大哥費力地從棉襖口袋裏扯出一張皺巴巴的白紙來——

婊子費騰

費騰是管理系××級學生，她看起來像個淑女，但她是一個婊子。我從未見過比她更像婊子的婊子！讓我從頭說起吧。

她是個舞棍，她專門在舞會上賣弄風騷，勾引男人。當然她賣弄風騷的場所不只是舞場，還有馬路上，還有床上！她在舞會上勾引了我，她讓我領她去了紅豐體育場，也不知道她和多少男人在那裏鬼混過！她倒在我的懷裏讓我摸她，讓我吻她，她還用手摸我的雞巴，也不知道她到底摸過多少

雞巴！第一次她就讓我帶她去我的住處，我怎麼能答應呢？後來她塞給我一張紙條，上面是她的地址。她還非要我的電話，我給了她，畢竟她是個女孩子，我不能拒絕。誰能知道她是個婊子！

她給我打電話，讓我買些東西去看她。瞧，她已經開始索要東西了。我只買了些水果，她不太高興了。我只好說我請你吃飯吧。當然這只不過是開始。她讓我請她吃飯，看電影，吃霜淇淋，最貴的霜淇淋！晚上路上只要沒有人，她就讓我吻她，摸她，她總是說她的下面好濕好熱。然後她就會找我要更多的東西。

她讓我給她買花，一個星期三次，擺在她的桌子上，好向人炫耀。她說她身體不好，讓我給她做飯，我給她做過蘿蔔排骨湯，鯽魚湯，皮蛋瘦肉粥……

有一天，她纏著我要去看看我的住處。我知道她想幹什麼。她還能幹什麼，她整天想著讓男人操她！是的，我操了她了，我幹嗎不操她，不操白不操！她在床上真是個浪貨，她叫床叫得我都不好意思。我就知道這回我完了，她會找我要更多的東西。她找我要金項鏈了。這個貪得無厭的女人！

沒過幾天，她又要跟我上床，我經不住她的軟磨硬泡，這回她不僅找我要東西，還要嫁給我！我說，我不能再見你了，我要給你日窮了。

你們想想，她的×千人日萬人操，我會娶她？你們可想而知，她是一個多麼不要臉的女人！

還有，這個管理系的女學生竟然污蔑偉大領袖的妻子，她說××在長征路上懷過六次孕。她就是這樣學黨史嗎？她就學了這樣的黨史嗎？誰都知道長征只有兩年，一個人怎麼可能在兩年內懷六次呢？費騰不僅是一個下流透頂的爛貨，

　　她還是一個多麼陰險的女人啊！

一個受害者

×年×月×日

　　「這是一份傳單，」費大哥解釋說，「當時在大學校園裏撒得到處都是。」

　　冷靜反覆看著那份傳單，久久不語。

　　「撒傳單的男生被開除學籍，判了兩年刑。」費大哥點上一支煙，補充了一句。

　　「那又有什麼用，她也瘋掉了，隨後退了學。」費大哥獨自乾掉一杯白酒後，又補充了一句。

　　在費大哥陸續的補充下，冷靜模模糊糊地聽說了事情的大概──

　　那個外號叫黑胖的男生死皮百賴地追求費騰，幾乎每天跑到女生宿舍來找她。她不理他。他哀求：「我愛你，我要娶你。」他威脅：「我要殺了你。」他作怨婦狀：「我活不下去了。我要死了。」

　　有一次他突然衝進費騰的宿舍，把費騰桌上的書全扔到了窗外。

　　有一次他寄來一張明信片：「在這場戰爭中，你看到的將不僅僅是血跡！」

　　還有一次他站在宿舍門口，手中拿著一把裁紙刀，又推又拉，磨刀霍霍。嚇得費騰不敢去上廁所，只好尿在了腳盆裏。

　　這樣下去是不行的。同宿舍的女友阿朱說：「費騰，這個人腦子壞掉了，乾脆報保衛處吧。」費騰搖搖頭，說：「算了，我不想把這事鬧大。」

　　這件事後來卻鬧得大得嚇死人。

　　黑胖連著在校門口站了三天。很多年之後，還有不少人能夠回憶起這個場景。很多人看見一個又黑又胖的男生背著個包，手上拿

著一疊類似傳單的東西。他的面部表情有點像得了文革後遺症的精神病演說家。他的周圍迅速地聚集了很多人。不知道為什麼，校衛隊的人沒有出面。黑胖揮著拳頭，唾沫飛濺：

「瞧瞧吧，走過路過，不要錯過！瞧瞧我們學校出了一個多麼不要臉的破鞋！管理系出了個下三爛啊！社會主義國家養出了一個婊子！」

他手上的傳單一會兒就被一搶而空。所有的人都像過節一樣，興奮得滿臉放光……

……

聽完費騰這段噩夢般的往事，冷靜像木頭般坐在酒桌旁，一動不動。

末了，冷靜只對費大哥說了一句話：

「你們應該早點告訴我的。」

還有句話他沒有說出來：

「這樣的話，我也許會對她好一些。」

10 我很正常

一個男人想找百分百的女人，成功率為10%；
一個女人想找百分百的男人，成功率為0%。

89

為了取證，冷靜千方百計找到了為方圓看過病的精神病醫生時清。他請求時醫生詳細講述方圓求醫看病的過程，每個細節都不要略過。

而接下來時清講述的一段故事卻讓冷靜感到手足無措——

因為時清醫生認為：方圓表面看上去有些不正常，而實際上，她是很正常的——只是周圍的人異常了，才會覺得她不正常。

90

記得是去年春天，方圓由她的丈夫陪著來專家門診部看病。記得當時方圓一聲不吭地用一張怪異的笑臉盯著他看。

「病情」都由她的丈夫代她說，好像來看病的不是她而是她的丈夫。

——又是女人的媚術，當時時清想，這些自以為漂亮的女人，總是想用妖媚的武器來攻破男人的心理防線，而且屢屢奏效，無往而不勝——可這一套到了我心理醫生這裏，哼……

他心裏冷笑了一下。他想到了班門弄斧這個成語。還有一句俗話叫做：關公面前舞大刀。他可以當場背誦出「女性心理特徵」125條，還可以當場教給她「女人的媚術」48條——如果她願意的話。這些在心理學叢書和心理智慧叢書裏都寫得清清楚楚。

——是誰看病？他冷淡地問。

——你笑什麼？他奇怪地問。

女人笑得更凶了，仍然如癡如醉地盯著他。

也許她真的有毛病？時清想，或許是裝的？那又是為什麼目的呢？想刺激他丈夫？

請你回答我的問題，好嗎。他換了和善的語氣說。這有什麼可

笑的？

女人說：我沒想到專家這麼年輕，這麼漂亮。

……

時清聞言一時無語。他覺得她就是在裝瘋作傻、存心在氣她身邊的丈夫。可她的丈夫當時很冷靜，對她的無理取鬧裝著視而不見。

（冷靜插話：「她丈夫是不是叫何飛？」）

應該是吧。當時我沒問他的名字。時清回答說。

91

以上就是時清和方圓第一次相識的經過。

第二次來醫院時，就剩她一個人了。

你的老公呢？時清問。

我沒讓他來，她熱烈地望著他笑，渾身香氣撲鼻，又補充一句：我不想讓他來了。

……

時清絕對沒告訴她家裏的住址。

要是一個心理醫生隨便將他的住址告訴他病人的話，他的家就該改瘋人分院了。

方圓是怎麼找到他的家的——是暗自跟蹤，還是巧妙打聽？這一直是個謎。問她她也不肯說。

來了幾次之後，她就要時清給她一把鑰匙，被他巧妙回絕了。

方圓是伴隨著春天一起進入他的生活的。

他為什麼沒有嚴屬拒絕這個病人的造訪，這連他自己也說不清楚。漂亮固然是一個因素，但並不是每個漂亮的病人他都照收的。

多年的行醫經驗和長期的醫德教育告訴他：那些心理不正常的病人還是少纏為好，哪怕她漂亮得象妲己。

　　按照《封神演義》的說法，姐己是一個妖怪變的。其實每個人心裏都藏著一個妖怪，當這個妖怪控制不住而占上風時，就該到他的醫療室來了。

　　事實上，到他醫療室來的不乏有漂亮得讓大家不想活的金童玉女，這大概是妖怪也會擇良木而棲吧——用他們的話說就是：美人多作怪。

　　但誰都知道，這種美人是不好粘不好惹的，名美人則更不好惹。這一點作為心理醫生比誰都知道得更清楚。所以長期以來時清給自己訂的一條原則就是：除了在工作時間不得已和「妖怪」接觸外，決不在生活中引妖入室。

　　——但方圓又是怎麼回事呢？可能是時清沒有把她看作病人的緣故吧。

　　「他們說我有神經病，你看我有沒有神經病？嘻嘻嘻。……」

　　他們說的這種病不叫神經病，他一邊開診斷證明一邊糾正她的說法，你們都把精神病叫成神經病，這是一個常識性的錯誤。說完啪地蓋了個藍色的「診斷證明專用章」，他想早點把她打發走。

　　證明上寫的是——

臨床表現：狂言，幻覺，易驚，善笑，好歌樂。
診斷結果：譫妄性心理失常。

　　方圓拿起這張紙，看也沒看，就塞進了她時髦的小提包裏，而她的眼睛卻一秒鐘也沒有離開她的醫生。

　　什麼時候我們到貴妃夜總會去玩？方圓主動向他發出邀請說。
　　好的，有時間我一定去。時清敷衍她說。
　　今天好嗎？她步步深入，今天是週末，你不想輕鬆一下嗎？
　　時清想話說到這個地步，他再謙虛下去就是有毛病了，不正常

了，至少不象個男子漢了。何況，她並不是個真的精神病患者。輕度的譫妄性心理失常幾乎三分之一的人類都有，尤其是青少年，把他們都定義成瘋子顯然是不合適的。這就像水，都有雜質，都有有害成份，但只要控制在一定的比例，不超過一定的限度，這水就是正常的，就可以飲用。

不久，這個叫方圓的姑娘很快就摸清了時清醫生的生活規律：星期幾在醫院，星期幾去醫學院講課，什麼時候在家。

她主動約他去跳舞，去室內泳池游泳，去野外郊遊，瘋玩瘋笑，放浪不拘，他幾乎要診斷她有嚴重T型症的嫌疑，卻也給他緊張、嚴謹的生活吹來了一陣陣活潑的春風……

從心理學角度說，這對雙方，都是一種積極的心理按摩。

92

一個星期三的早晨，時清醫生在自家院子裏做氣功時，忽然聞到了一股悄然而至的那股熟悉的體香——

他回過身，面對著她，微笑著伸出了雙手——

方圓立刻像一隻通人性的貓一樣縱身撲到他的懷裏。

這個星期三的早晨，時清醫生應約出診，要去為一個叫聞敏的病人作檢查。剛才他正一邊做氣功一邊在等車。方圓則藉口采訪要求與他一塊去。

賓士500的起動和剎車都穩重得讓人難以察覺。時清也記不清是第幾次坐了，好奇心已淡得若有若無。但和方圓一起坐還是第一次。

這天早晨她紅著臉對他說：我想你。

他在她眼睛裏讀懂了她的意思。

93

　　聞敏從來不承認自己有病。一個月前他殺了一個人，這個他記得，他從不賴帳，問題是他絲毫沒有犯罪感，還一直不停地說：我為人民立了功，我為人類立了功，我為地球立了功。

　　檢察院只好將他送交精神病院鑑定──是否患有精神病？患有何種精神病？

　　時清便是做這種鑑定的權威人士之一。

　　不言而喻，他每一個細小的判斷都會直接影響到一個人的生死，這就是聞敏的老子為什麼要動用賓士500把他接來送去的原因。這似乎也同時說明了作為罪犯和病人的聞敏為什麼不待在精神病院而能待在家裏享受這種特殊治療。

　　聞敏只在醫院待了一個星期，給人的印象是文質彬彬，象個用腦過度、喜歡鑽牛角尖的哲學家。

　　他逢人便問的第一句話是：你說你值多少錢？然後就根據你的回答給你標價，有的是幾萬美元，有的是幾千美元──你永遠不知道他用的是什麼標準。

　　如果你反過來問他，他也會給自己標價，而且標的出人意料地低：一會兒是幾百美元，一會兒是一千幾百美元，總之從來沒超過兩千美元。

　　按照他的理論，凡是少於七百美元的人都該殺。這樣一來，他自己也時常在這條生死線上作危險的徘徊。

　　好幾次他認定自己已進入了該殺的射程，就一遍遍地要求別人殺掉他──為此他纏著每一個與之照面的醫生、護士和病人不放，嘴裏念念有詞：為民除害，人人有責，為民除害，人人有責……

　　他甚至為很多人開了一份「黑名單」：誰誰誰該重點保護，誰誰誰該殺該除──該殺的人名竟然密密麻麻列了幾大張，加起來足

有一個營的兵力。

他總是指著這份黑名單（像指著一張軍用地圖），說：等我完成了這件光榮的使命，我便死而無憾！

只有在這個時候，人們才意識到這個人是真的瘋了。

聞敏給人以哲學家的印象其實並非錯覺。他本人確實是一家名牌大學哲學專業的研究生，只是「生不逢時」罷了，畢業後回到這個小小的城市竟然沒人要，若不是有個神通廣大的好爸爸把他塞進了市政府的計劃生育委員會，說不定他至今還在街頭流浪。

——該出生的沒有生，不該出生的生了不少，這個世界亂套了，徹底亂套了，怎麼辦？怎麼辦？

……

今天聞敏又換了個話題。

作為哲學家，他每天都要換個深奧的話題的。此刻他站在第七層樓房的一個玻璃窗前，望著街上蟲蟻般擠來擠去的車流和人群，眉頭緊皺，嘴裏念念有詞——

他們一天要吸多少氧氣？排多少廢氣？產多少拉圾？你計算過嗎？這就是人，這就是人幹的好事！你知道一個人一生要吃掉多少糧食？你計算過嗎？整整十列火車！你計算過嗎？——

時清點點頭，說：你說的很對，你計算得很正確，我完全同意。

他說話的語調非常冷靜，聽上去像是從答錄機發出的空洞的聲音。

站在一邊的方圓表情怯怯的，也認真地點點頭，好像在說：我也完全同意。

哲學家更來勁了，他搖動著玻璃窗前新釘的鐵條，說，你們聽說過杞人憂天的故事嗎？我就是杞人。我不是瘋子，我沒瘋，天知道到底是誰瘋了。你們知道杞人是誰嗎？他絕對是一位偉大的哲學家！你們只要抬頭看一看頭頂的天空就知道了，這天難道不該憂

嗎？今天的地球上，每天平均要滅絕一百多種生物，有四百萬人患上各種「天病」，其中有四萬名兒童死於各種「天病」，中國的老虎全部加起來已經不足一百隻了，都快死光了，都快死光了！……

讓病人盡情地發洩了一通之後，時清溫和地命令說：我們還是先做氣功吧。

把治療說成是做氣功，這是時清對待那些不承認自己有病的病人的慣用方法。

關在精神病院的病人時間一長就會相互交流經驗：你只要承認自己有病，醫生才會放你出去。於是有些病人會主動去找醫生，主動承認自己有毛病。

而聞敏被保釋出來到現在已經兩個多星期了，還沒有主動承認過自己有毛病。相反，他總是一口咬定別人有病——凡他認識的人，在他眼裏十有八九都不正常。

時清知道，將這樣的一個殺人犯「放」出來有多危險，但院領導都點了頭，他也沒有必要去硬抗——有毛病的人才不知好歹地去和領導作對呢！何況聞家對他出手也很大方，那只紅紙包抵得上他一年的薪水。

一小時後，做完「氣功」的聞敏安靜地睡著了。

在另一間屋子裏，他們見到了聞敏的父親。時清向他簡要彙報了治療情況，隨後給開了張「藥方」——

一、多讀點好書，多聽好消息（他壞消息聽得太多了）；
二、避免父子接觸（避免刺激他，時清解釋說）。

聞老闆臉上掠過一絲不易察覺的陰影，轉過臉問方圓：這位是——

這位是方圓，電視臺著名節目主持人，也是我的高級客戶。時清不動聲色地介紹。

哦，方，方小姐，失禮，失禮，聞老闆顯得很客氣。

方圓拚命忍住，才沒笑出來。

聞老闆拉開抽屜，從裏面拿出一個紅紙包，雙手推到方圓桌子面前，說，一點小意思，不成禮貌，請收下。

方圓大大地惶惑起來，身體坐得筆直，眼睛盯著時清。

時清說：方小姐，恭敬不如從命了。

94

現在有必要介紹一下時清工作的那個學校和醫院。

那所學校叫麻將城市高等神經專科學校，簡稱「神經高專」；那所醫院叫麻將城市高等神經專科學校附屬醫院，簡稱「神經醫院」。

聽上去，好像是先有學校後有醫院，其實不相干。

很久以來，麻將城的南山一直是一座聞名遐邇的瘋人院，號稱集中了江南四省一市的重要瘋子。久而久之，這裏自然就成了中國重要的瘋人研究中心之一。到了二十世紀八十年代，南山又隆重成立了據說是中國第一家高等神經專科學校——原神經醫院的醫生們大都同時兼任了高校的教師。

南山是一座不高的丘陵，原先是有些風景的，據說還有些隱士到這裏來隱居過，當然這都是過去的事情了。後來這裏成了瘋人院，山下又連續建起了兩個水泥廠，彌漫的煙霧和日夜枯萎的樹木同時成了瘋人（和與瘋人打交道的人）們的專利。

話說星期三這天，整個神經高專橫幅招展，彩旗飄揚。

飄揚的內容很多——

迎接省合格高校檢查團；

迎接省教育衛生檢查團；

麻將城十萬人走上街頭，積極創建文明衛生城；

等等。

其實校長最怕的還是「合格」檢查團，一個月前他就在動員大會上莊嚴宣佈：誰砸我的牌子，我就砸他的飯碗！搞得跟外國資本家似的。

星期三這天，方圓像影子一樣跟著時清，幾乎寸步不離。

八點半鐘他們從聞老闆家出來，賓士衝破層層黃塵一直將他們送到南山，送到神經高專。一路上已到處可見那些上街打掃衛生的人群，他們一邊揮舞掃帚鐵鍬一邊快話地罵娘，把本來就灰塵彌漫的城市掃得更加灰塵彌漫。

95

愛情是怎麼回事？為什麼會一見鍾情？也許你腦子裏浮現的是一幅幅羅曼蒂克的圖景：明媚的春天，藍天白雲，青山綠草，鮮花盛開的田野，水銀瀉地的目光，月光朦朧的夜晚。可是，在現代心理科學家的眼裏，所謂愛情不過是一種短期精神病，歸根結底是大腦中某種化學物質在起作用。

這種化學物質是什麼呢？你可以把它稱之為「愛情分子」，但它的學名叫「苯乙胺」，簡稱PEA。神經化學家們稱它是一種「胺興奮劑」。當我們墜入情網時產生的種種感情，諸如歡欣鼓舞，興奮激動，忘情快樂，心蕩神馳，都是由於「苯乙胺」在起神經化學作用。在現代醫學領域，正如我們知道腎上腺素可以讓人產生恐懼體驗，同樣「苯乙胺」也能讓人產生愛情體驗。

這裏說的愛情，指的是一見鍾情、墜入情網的愛，是那種強烈的、近乎瘋狂的、情不自禁的迷戀，是一種羅曼蒂克的興奮激動，

患者的症狀主要表現為：如癡如醉，頭暈目眩，呼吸急促，興奮失眠，智商下降，神志不清等等。

實際上，大腦中產生的這種「苯乙胺」無論在結構或是效果上與一種叫做「安非他明」的物質很相似。

「安非他明」是一種非法有害的、可以引起短時間幻覺的毒品。仔細研究這種類似於「安非他明」的「苯乙胺」的結構，可以看出它有某種自我限制的功能，也就是說，它只能在短時期有效。因此，它引起的迷戀只能是一時的而非延續的，所以會表現出一種短期精神病的症狀。

再從神經化學的理論上看，這種短期精神病還會進一步向鴉片式麻醉頭腦過渡。當患者相互依戀、誰也離不開誰時，便是大腦中分泌的某種類似麻醉劑的物質在起作用。這種物質可以使人上癮，就好像天天打嗎啡一樣。所以從臨床的角度上看，即是一種精神不正常……

方圓坐在教室後面的一隻空座位上，睜圓了好奇的眼睛聽時清老師在講臺上侃侃而談，她聽得好像比任何一個學生都要專注。

而課堂上的學生好像都被她的存在吸引了過去——尤其是男生，不時向她飄來顫微微的目光。

方圓暈暈乎乎聽了一節課，除了那些陌生的醫學名詞，她聽懂的似乎只有一句話：愛情是一種病，一種短期精神病。這是她萬萬沒有料到的。

——怪不得大學生有學問呵，原來他們學的都是這些怪東西。她想。

96

星期三下午，是整個神經系統（學校＋醫院）政治學習的時間。

時清按規定要趕到學校的八系去開會。

神經八系是一個很正經的系，尤其在政治學習的問題上。其他系經常打出「今天自學」或「今天學習延期」的牌子，而八系不會。年輕的新提拔不久的系主任連假都不允許你請，用他的話說，七天打掃一次衛生是絕對必要的。

所以當時清氣喘吁吁往四樓上趕時，其他系的同事都望著他笑：又打掃衛生了？

時清也笑：打掃衛生，打掃衛生。

……

按時清的理解，打掃衛生的結果總是越打掃越亂，正如你想抹桌子，看見桌子裏頭放筆筒、臺燈的地方也很髒，拿起筆筒來抹，發現筆筒裏的灰塵更多，於是又去洗筆筒，但接著從筆筒裏爬出個蟑螂來，嚇你一大跳，你下決心消滅它，可它爬到了碗櫥底下，怎麼也找不到，你搬開碗櫥，發現碗櫥底下的牆根早裂了一條縫，縫裏豈止是一個蟑螂，什麼噁心的蟲都有，於是進一步撬牆根、挖牆角，直到整座房子轟隆一聲塌下來為止……

果然，今天下午八系的神經又被打掃亂了——

系裏一個心理進修班的學生（除一個團支書外）全體罷課，抗議學校為他們選修了太多的政治課。

這可是一件了不得的事情，尤其在春天這個敏感的季節。

年輕的系主任親自出馬去解決這個要案，臨行前鄭重交待時清：一定要堅持學習到他回來！

時清很是嚴肅認真地答應了。作為主任助理，他自然要無條件地助理主任，而且他知道主任是很看重「嚴肅認真」這個態度的。

有幾個遲到的，一進門就解釋是遇上車禍了。時清臨時當家，就做個順水人情說：算了吧，就不記了吧。

因為他這個主任助理每年都要群眾評議的，群眾也得罪不得。他已經這樣小心翼翼任了兩年了，再熬一年，等他爬上了副主任，那又另當別論了。

W老師一直趴在桌上睡覺，把背上那個「別理我」衝著大家。

S教授照例盤腿打坐，旁若無人地做他的氣功，好像眼前的事和他無關似的。

這兩個人，主任在場也是這個樣子，不買帳的，時清就更不想管他們了。

俗話說，老虎不在家，猴子成大王。這天確實是神經八系的老師們難得開心的日子，他們手舞足蹈，胡言亂語，表情怪誕——從窗外看進去，活象裏面關著一群嗎啡中毒患者。

議題不知何時對準了「職業性精神病」這個概念。

時清帶頭舉了個很不雅的例子，說：我看六系人人都是職業精神病患者。

老師們笑的，恨不得要躺到地上打滾。

是真的，時清故作一本正經地說：他們婦產科整天跟那個東西打交道，看就看夠了，到時候還能有什麼刺激？女的嚇就嚇死了，哪還敢幹那種事？怪不得他們六系的離婚率最高。

S教授這時也睡不成覺了，笑得下巴脫了節，一手托著下巴一手點著時清說：你這傢伙，損不損啊？

時清意識到自己玩得太過火了，不知怎麼搞的，今天好像有點控制不住自己。他繼續笑道：

這是科學嘛，都是搞醫學的人，還害怕科學啊？

S教授說，生殖行為也是科學問題，你能在光天化日之下搞啊？

時清笑道：有什麼不能？古時候的人搞生殖崇拜，春天專門有性愛節，都是在野外，在光天化日之下，說穿了就這麼回事，有什麼好神秘的？

S教授就笑，時老師既然這麼說，哪天也給我們大家公開一回？

時清也笑：現代人之所以多有精神病，就是因為許多東西，該說的不敢說，該做的不敢做。像我這樣，把想說的說出來了，就沒得病了，就正常了。

……

97

老師們的政治學習還未結束，方圓就東問西問找到辦公室來了，一臉狐媚的表情，把時清當場鬧了個大紅臉。

在這個春天的星期三的下午，時清第一次感到了身邊這個女人的危險性。

需要擔心的事情太多了，比如保密，懷孕，比如人人談虎色變的性病。等等……

在醫院工作，耳聞目睹的性病真是太多了，醫院就設有性病專科大樓，一年到頭生意興隆，財源滾滾，要找相當關係的熟人才能住進去。

這一切讓他們神經科的人嫉妒得要死。

神經科的門前總是冷冷清清——大概是因為神經總沒有生殖器來得重要吧？

但話說回來，性病專科的人也有牢騷，說他們跟婦產科的人一樣，整天跟那個東西（而且是壞東西）打交道，把所剩無幾的一點性慾都破壞光了。

其實時清也面臨同樣的問題。他已經失敗過好多次了，跟老婆，跟不是老婆的老婆。好在憑藉醫生的優勢，憑藉古老的國粹和現代化的科學技術，應付這個問題並不是太難。

最近，尤其自結識了方圓以來，他一直堅持服用那些最新或最古老的特效藥，諸如一支劉，康寶，固精丸，至寶三鞭丸，健步虎潛丸，七寶美髯丹之類，甚至還準備了臨時救急用的「助興藥水」

——男用的，還有女用的，以防到關鍵時刻不管哪方出了故障都可以及時維修——考慮不可謂不周到。

連時間都經過精心選擇，作為一個醫生，選擇一個女人不易懷孕的時間真是太輕而易舉了。

今天早上，方圓一見面就告訴他：今天我比較方便。……

——她的話可不可信呢？時清困惑地想。

——有的女人可是不能碰的，似乎不管什麼時間一碰就要懷的（所幸和不幸的是這種女人如今是越來越少了）。不管她是不是這種女人，不管她的話可不可信，預防措施還是萬萬馬虎不得。……時清暗想。

好在醫院裏這種現代化的藥具多得很，得來全不費功夫。跟上面那些藥物一樣，只要自己在那張印好的處方箋上打打勾、再簽上時清的大名就行了。

原先他準備的是一種法國進口的藥膜（據行家們說這玩藝兒法國進口的保險係數最高，副作用最小），現在看來還得加用美國進口的超薄型避孕套，據說這玩藝兒防性病的效果很好。

什麼事不能不多個心眼，不得不防，什麼事情都要以預防為主，不怕一萬，就怕萬一，這是每一個心理正常的人尤其是優秀的心理醫生應該想到和做到的——時清反覆地想——何況方圓是一個美麗的電視節目主持人，是這個城市著名的交際花。據說一個「上路」的交際花平均每晚都有四位數的額外收入……

其實時清心裏最擔心的還不是這些。就像有些病，能預防就不可怕，最可怕的是那些無法預防的病。他一時還說不清這「病」到底是什麼，但他已經感覺到了它的存在，感覺到了它的某種危險。

……

這天下午時清帶方圓參觀他們的學校和醫院。

一路上，時清不斷碰到熟人，但他表現得很坦然，落落大方

——完全是一副帶著熟人來參觀、來辦事的樣子。

這種情況不足為奇。大多數人來醫院看病，總是要七彎八拐來找熟人的，沒有熟人簡直是寸步難行。別說醫生，就是總務科的臨時工、清潔工一天到晚也會被各種熟人或熟人的熟人找來找去。

吃醫院飯的，也只有靠這個去和社會做交換了。

教學大樓裏，有的教室正在上課。不時可以聽到那些講師、教授們借題發揮抨擊時政的聲音——

現代人的消化系統正越來越嬌弱，越來越退化，今天，連小孩子吃東西都要借用娃哈哈之類的開胃品去刺激食慾。杜甫有詩曰：雨夜剪春韭，新炊間黃粱；陸游有詩曰：莫道農家臘酒渾，豐年待客足雞豚；詩中的食物及飲食環境都很一般，可以說很原始，但筆下流淌的情緒和食慾是那麼健康、飽滿、優美。而現在，每年僅花在大飯店裏的公款就突破了一千個億，卻連半句食慾詩也沒換到，而各種消化系統的疾病包括惡性腫瘤正以每年5％的速度直線上升⋯⋯

另一個教室裏正在講授性病——

如今，各種專治性病、性無能的廣告貼滿了大街小巷，據資料統計，已有50％以上的男性國民患有不同程度的性功能障礙，已婚女性中的性陰冷患者、哺乳能力喪失者都已超過45％。另一方面，以性亂交、同性戀和毒品注射為主要傳播途徑的愛滋病正在席捲全球，帶愛滋病病毒抗體的美國人絕對在二千萬名以上。研究表明：愛滋病毒在精子中的濃度要大於在陰道液中的濃度⋯⋯

時清走在方圓前面，加快步伐穿過了長長的走廊。

方圓跟在後面不住地問：

——噯，時醫生什麼叫性陰冷啊？

在時清聽來，這聲音簡直大得令人恐怖，且問得實在不是地方。

危險就是這樣來臨的。時清忽然明白了：這樣一個像影子一樣跟著他、怎麼也擺脫不掉的女人本身就是一種危險——如果和她進一步地發生了肉體關係，那會怎麼樣？……

她也許會更加肆無忌憚，不顧一切。……

女人十有八九都是這樣的。——你一旦進入到她的身子，一切就要重新開始了——同時也意味著一切都結束了，索然無味了。

他要想想清楚，他到底該拿眼前這個少婦怎麼辦？……她值得他冒多大的風險？……

他試圖先支開她，能讓自己有個獨立的、審慎的、冷靜的、全面的思考，以便做出最後的決定。

作為一名優秀的心理醫生，他從來不會輕率地做任何決定，哪怕一個很小的決定——如：要不要買條褲頭，下棋時下一步該走哪兒……，事情雖小，但他認為這是一個好習慣。習慣才能成自然。

事實上，在要不要和她上床的問題上，他一直沒有做出正式的決定。

但這並不說明他沒有這方面的慾望。

他承認在這件事上，慾望常常超越了理智，在前面模模糊糊地誘導著他，而理智好像睡著了，或者在假裝睡著。

大約在兩星期前，方圓就在他面前主動發出了深入一步的種種暗示，有時乾脆就是赤裸裸的誘惑——她幾乎不能碰，一碰就渾身激動，就不停地說：你想我嗎，你想要我嗎，要我吧，你要我吧。每次都被他巧妙地拖延了。

他巧妙地問了她身體裏的一些事，這些事是一般的男女之間不能談及的，除非他們已經或將要合為一體。

　　然而，這種情況對醫生又是例外。時清坐在專家門診，一天要對十幾個、幾十個女性問此類問題——這時他總是戴著大口罩，力圖裝作一個中性人；有時就乾脆讓電腦來發問——尤其碰上像方圓這樣年輕的女人們。

　　但既然在舞廳而不是在門診室問了方圓這種問題，事情的性質馬上就不一樣了——實際上他們策劃的僅僅是具體的時間問題，這是連弱智患者也明白的道理。

　　就這樣，在這個星期三——這個「方便的日子」——事在必然又猝不及防，一下子推到了時清的面前。

　　現在做最後的決定還來得及。

　　時清告誡自己。

　　這個星期三對時清和方圓來說都是他們生命中最為漫長的一天。

　　當雨嘩嘩下起來的時候，時清答應的那個「下午」眼看所剩無幾了。

　　而時清則暗暗希望這場雨能一直下到5點鐘，這樣學校也許會放棄將他們最後一批驅逐上街打掃衛生的打算。

　　可雨偏偏在快到5點鐘的時候小了下來。學校唯一的那輛大客車準時凱旋歸來，停在辦公樓前一個勁地按喇叭。

98

　　大客車上插著校旗和好多彩旗。可惜這些旗幟淋了雨，像一隻隻鬥敗的公雞，再也昂不起頭來了。

　　高音喇叭倒是一路響著，大喊一陣愛國衛生的口號，然後大唱一段流行歌曲。

　　路上行人見了，都紛紛注目觀望，有人大聲念著車身上的字：

　　——高等神經……

沒待念完，車早開了過去。

但大家明白了：這是一群從南山上下來的人。

時清帶著方圓坐在車的最後一排，一來是捨己為人，二來也是捨人為己──可以捨去別人好奇的視線。

晚上再說吧，他在她耳邊小聲安慰她。

大客車從南到北穿越了整個麻將城，開開停停，耗時三十分鐘，終於到達目的地──北山鋼鐵廠。

而與此同時，北山鋼鐵廠的勞動大軍正一批一批地穿越雨中之城開往南山水泥廠。（剛才路過南山水泥廠時，時清看見那兒的人也在傾巢出動，不知要開住哪個遙遠的地方。）

總之，麻將城的這次「十萬人愛國衛生大行動」搞得有聲有色的。至少報紙電視上會這麼說的。老百姓也親眼目睹，這情況一點都不虛假。

這次行動，僅神經高專就出動了一千人次。這情況也不虛假。時清就是這一千人中的最後一批，而且是這最後一批的帶隊者。

這支隊伍完全是由神經八系的師生們組成的。

99

時清帶方圓回家時天已黑了。

一進門，他就接到老婆從醫院打來的電話，問家裏進水沒有，淹得怎麼樣？

時清的家在一樓，此處地形低窪，一下雨就往裏淹水。老婆在醫院裏很放心不下。

不怎麼樣，時清回答說，我一個人能對付。

──你一個人能對付？你表現這麼好啊？老婆的語氣頓時起了懷疑，說叫兒子接電話！

兒子沒回來，到奶奶家去了，時清耐心地解釋說，今天我們打

掃衛生，放得很遲，所以……

　　老婆又問：要不要我回來？

　　時清說就不必了吧，雨下得這麼大，你安心休息吧，家裏的抗洪有我哩。

　　老婆在電話那頭哈哈怪笑起來：不用客氣，抗洪救災，人人有責嘛，你等著，我馬上坐三輪車回來！

　　……

　　看來焦慮妄想綜合症患者有著驚人的第六感覺，時清想。他甚至有理由認為老婆在電話那頭已敏感地聞到了方圓身上散發的同性相斥的氣息。

　　當時方圓正在浴室淋浴，不停地喊著：親愛的，親愛的？嚇得他趕緊將電話掛了。

　　時清踩著一磚深的積水朝浴室走——發現浴室的門竟然沒有關，裏面是白花花晃眼的一片。

　　——裸露癖？一個診斷名詞在他腦海裏一閃而過。

　　方圓正站在浴缸裏，身體後仰，讓熱水衝著頭，兩隻手大幅度地在臉上揉搓著，將頭髮梳向腦後。

　　他眼睛盯著她那兩團動如活兔的胸乳，又很快瞟了一眼下面那塊三角區。

　　她下意識地扭過身去，捂了捂襠部，衝著他粲然一笑，說：你不進來一塊兒洗嗎？

　　他笑著搖搖頭，說，我還要刮水呢。

　　他的目光閃閃爍爍，顯得有點心神不定。

　　他拿不定主意要不要將老婆馬上要回來的消息告訴她。這個消息已讓他暫時失去了一切性遊戲的興趣。再說他也不願意在她光潔如瓷、彈性緊繃的身體面前暴露自己三十八歲鬆弛的老態，尤其是

那水桶般粗的腰身和布袋一樣下垂的肚皮——作為一個以身材苗條為驕傲的少婦，從心理上說是很難接受的。

而現在，這軀體上包著西裝領帶，這又另當別論了：那飽滿的腹部和微微凸起的將軍肚，恰到好處地表現出一種成熟、大度、富態的風度。

並不是一切都能脫去，都能裸露在外的，一個心理學家應該儘量避免犯那種低級的、常識性的錯誤。

看來方圓很樂意把這所房子當成一所開放式女浴室。

她不掛一絲地在屋內走來走去，穿行在雨夜潮濕的空氣之中——每張凳子上都坐一坐，每張床上都躺一躺滾一滾，每個鏡子前都照一照，最後找了隻臉盆跑到門口來，堅持要幫著時清刮水。

太好玩了，太有意思了。方圓這樣說。

門外面雖然還有一道院牆，但由於院牆外面的路面高，騎著自行車的行人不用伸長脖子就能將牆內的一切全盤照收。為此，時清不得不關熄了屋裏所有的電燈。

屋裏的水被刮出高高的門檻以後，又源源不斷地從牆角四周滲進來。刮得越多，滲的越快——這是由於內外水的壓力差加大的緣故。就像希臘神話裏的大力神向山頂推石頭，推到山頂石頭又自動滾下山來。

這並不是時清剛剛發現的真理，住進這所騰倉房五年，他就發現了五年。他發現：與天奮鬥、與水奮鬥的一切努力都是瞎子點燈白費蠟，都是無稽之談。

但是老婆不甘心，她一年年地窮折騰，拆東牆補西牆，拆大褂補小襪，結果越補越糟，越糟越補，最後補出了個焦慮妄想綜合症——卻又偏偏不承認。

俗話說，木匠家裏沒凳坐，同理，醫生家裏就出病人。其實世界上最難醫治的病就是自己，就像再高明的醫生也不能自己為自己

動手術一樣。

刮了幾盆水之後，赤腳的方圓腳下一滑，啪地一聲，光屁股跌坐在一磚深的污水裏，笑著趕緊爬，腳下再一滑，這次整個身子都泡了進去，笑得全身都軟了，似乎再也沒有力氣爬起來。

也許這又是一個藉口？……時清不得不丟下手中的臉盆，雙手像抱一隻剛出生的羊羔一樣，把她橫陳著抱起來，第二次送進了浴室。

這期間她彈性如簧的軀體像泥鰍一樣在他手臂中滑來滑去，好幾次差點兒失去控制墜落在地。

……

100

——好了，我想，我對男女主人公之間的調情之事，說得已經夠多了，再說下去你就要罵我流氓了。時醫生對冷靜笑道。

沒有，沒有，冷靜一直保持著一種津津有味的樣子，不無幽默地說：我正盼著你們早點進入正題呢！

——正題？你說的正題是什麼呢？

呵呵，時醫生，你這是明知故問了。冷靜故作下賤地笑道：男人嘛，不就是對男女的那點事情感興趣麼？

不是我想賣什麼關子，時醫生一副坦率的表情：我想這方面你也有體會吧？我又何嘗不盼望早點進入正題呢？可是……

101

時清和方圓最終進入正題，是在方圓睡著以後。

在此之前，時醫生在一刻不停地對她大談特談各種精神病人的種種表現，上至帝王總統，下至無名小卒，無一漏網。

——人類歷史上充斥著各種神經官能症患者、偏執狂和精神病

患者的名字，時清像站在講臺上激情澎湃地作演說：他們當中有的人迅速爬上權力的頂峰，但通常又同樣迅速地跌落下來——

連任四屆的美國總統羅斯福，在他初入政界時，脊髓神經方面的病患已經將他擊倒，他的總統生涯有一半以上的時間是在輪椅上度過的。

另一位老闆艾森豪在位期間也始終受到腸梗阻、心臟病、腦溢血、心肌梗塞的折磨，他的語言障礙引起了神經科醫生的極度恐慌，誰也說不清總統的神經系統受到了多大的損害，他的一系列震驚世界的決定是怎樣做出的。

大名鼎鼎的尼克森也是如此，在一陣嚴重的躁狂性精神病的衝動下，他下命令在華盛頓的民主黨總部安裝竊聽器——世界極的醜聞「水門事件」由此發端。在席捲全國的抗議浪潮中，尼克森居然超然處之，他似乎處於毒品麥角酸二乙基酰胺的控制之中。當然沒有一個人往這方面想過：我們可憐的總統是不是一個病人？然而他是。精神病學家很快就診斷出他的病到了何種程度——他已經達到了強迫性精神病患者所特有的自殺衝動的階段……

至於殺人魔王希特勒，更是一個典型的精神病患者。可悲的是當時的人們並沒有這麼認為，他們只知道希特勒極會表演－－憤怒或輕蔑，謾罵或傲慢無禮，甚至會產生幻覺性衝動：涕泗滂沱，興奮至極。他的下巴好像要咬碎一切，而他的靴子則要把整個人類踩在腳下。直到1943年，美國政府才醒悟到被他們打敗的對手很可能是一個不正常的人，並請精神病分析專家沃爾特·蘭格擔任這一調查，最後的結論是這位前德國元首患有多種精神疾病，其中最嚴重的是「癔病」，並有反常性心理和同性戀傾向。

另外一個魔王墨索里尼則早就患有神經梅毒，而對梅毒的長期治療（當時主要藥物是一種含汞的灑爾佛散）使這位領袖經常高燒和昏迷，並嚴重損傷了他的大腦和神經系統……

當談到赫魯雪夫的時候，方圓已控制不住接二連三地打起了呵

欠。本市的電視臺也在向觀眾道晚安。

　　時清走過去換了個頻道，是中央台的午夜新聞，播音員正在用平靜的語調報導中東戰爭的最新動態，畫面上硝煙彌漫，穿著迷彩服、端著自動槍的士兵在冒煙的土地上衝來衝去。

　　我不想看了，方圓說，我想睡了。

　　時清磨蹭著關了電視。

　　又關了最後一盞燈。

　　在一片黑暗中，摸索著上了床──剛把運動褲退至腳跟，就聽見門外的雨聲中似有老婆的腳步由遠及近──他不由得摒住了呼吸……

　　馬路上不時有重型汽車狂馳而過的轟鳴聲，鄰近的救護中心不時響起叮叮的電鈴聲和嗚嗚的警報聲……

　　屋裏一下子靜下來。這種靜使得男女兩個人都有點莫名其妙的緊張。

　　方圓在黑暗中睜著兩隻驚懼不定的眼睛，目光像貓一樣幽幽發亮。

　　時清在黑暗中撫摸著她玻璃般光滑、堅實而沁涼的裸體，內心平靜如水。靜得不泛一絲波瀾。

　　時清及時抵住了她伸進他褲腰裏的那隻手，大聲地說：你知道性興奮是怎樣產生的嗎？

　　──據最新研究成果表明：性刺激分意識性和觸覺性兩部分，時清像抱小孩似的把她抱在懷裏邊搖晃邊講解，意識性呢就是人的所思所想，當然還有視覺，這些性刺激的信號從腦部傳到脊椎，再通過脊椎中央的脊髓傳到各處神經，其中關鍵的是薦神經，薦神經是支配男女性興奮的神經中樞，它能夠直接刺激性器，使之興奮起來；但如果大腦過分緊張，就會刺激間腦，這樣薦神經就無法接收到大腦的信號，性器便無法興奮。而觸覺性性刺激是用直接觸及性器上豐富的快感神經末梢的辦法去啟動性器的，但這種方法也不是

萬能的，如果大腦神經過分緊張，仍然會強烈抑制薦神經，使得性器無法啟動……

102

事後，時清對進入正題的過程竟然一點印象都沒有——幾乎什麼都回憶不起來了。

就像吞嚥一道味道鮮美的菜肴，吞得太快了，一切匆匆穿舌而過，除了有點燙嘴自然什麼感覺也沒說不上。

方圓被弄醒之後身體一縮，慘慘地叫了一聲，說：哦，好疼哦。時清也沒在意，只是不由自主加快了動作。

事情好像很快就完了。方圓似乎還意猶未盡，像隻螃蟹似的緊緊鉗著他。

時清最終從她身上翻下來已是黎明時分。

雨聲瀝瀝，晨光從窗簾的縫隙中像雨水一樣地緩緩流淌進來，時清感到床上一片水濕，下意識用手一摸：一手鮮紅。

——你，你這是？……

方圓高高翹起腿，不知所措地看著自己創作的這幅圖畫，滿臉緋紅，豔若桃花。

我，今天，本來已經走了，方圓怯怯地解釋，不知為什麼，又來了……我正常嗎？……我沒有毛病吧？……

時清呐呐地，一時不知道說些什麼好，只是用手指沿著她光滑冰涼的大腿劃著無意義的弧線。

方圓坐起身，環著腿，雙臂抱膝，像個怕冷的嬰兒。

她就用這種姿勢在床上不聲不響地坐了會兒，想了會兒，然後不聲不響地下床，她光裸的腳踩進水中，攪得水嘩嘩地響——

我該走了……鞋呢？……我的鞋呢？……我的衣服呢？……

方圓喃喃自語。方圓光著身子尋尋覓覓走出了房間。

　　——她突然要走了。

　　——她說要走就要走了。

　　再優秀的心理醫生也摸不透她的心理，甚至弄不清自己錯在哪兒？

　　……

　　時清對她最後的印象，是看見地上的污水像一道黑線很性感在她雪白滾圓的小腿肚上畫了個圓圈……

　　時清睡在床上沒有起來。他聽見方圓在外間的水裏嘩啦嘩啦地跋涉了很久，大約在找她的衣服和皮鞋，直到門被輕輕地拉開，又輕輕地帶上。

　　窗外曙色晦暗，床四周水光蕩漾，外面的春雨再一次多情地發作起來……

103

　　事情的經過就是這樣。時醫生對冷靜說。

　　這是我們的第一次，也是最後一次。時醫生淡淡地說。好像他講述的是別人的故事。

　　後來呢？冷靜不甘心地問。

　　後來？後來我再也沒有見過她。

　　你覺得，她有沒有憂鬱症之類的精神疾病？冷靜抱著最後一線希望，問道。

　　憂鬱症？時醫生搖搖頭。為什麼是憂鬱症呢？

　　因為患憂鬱症的人，容易產生自殺衝動啊。

　　時醫生還是搖搖頭。我說過了，我對她的診斷是：譫妄性心理失常。

　　譫妄性心理失常？冷靜沉吟著。這種病，有沒有自殺傾向？

　　時醫生仍然搖搖頭：我說過了，輕度的譫妄性心理失常幾乎算

不上什麼精神疾病，因為，幾乎三分之一的人類都患有這種病，尤其是青少年，把他們都定義成瘋子顯然是不合適的。這就像水，都有雜質，都有有害成份，但只要控制在一定的比例，不超過一定的限度，這水就是正常的，就可以飲用……

冷靜不想再聽下去了。

他只是出於禮貌，裝出一副洗耳恭聽的樣子。

他甚至對時清醫生講的這個故事產生了懷疑：其中到底有幾分是真實的？

因為從老馬和何飛的嘴裏得到的印象，方圓幾乎是一個性冷淡患者；而到了時醫生這裏，她卻成了一個標準的蕩婦。

男人總是喜歡對別人誇大、吹噓自己的豔遇，從中獲得虛榮，獲得快感。作為精神病醫生的時清他能例外嗎？……

冷靜對精神病醫生一貫抱有某種偏見，因為他們長期與精神病人打交道，俗話說道：近墨者黑——所以，精神病醫生本身的精神狀態就很值得懷疑，難道不是嗎？……

11 空中的公主

上帝將人趕出伊甸園，是為了懲罰人類。
上帝造了女人，就是為了懲罰男人。

104

　　冷靜終於順利地拿到了方圓的那隻隨身碟。

　　方圓的隨身碟裏果然記著一些日記，和一些類似日記的文字。都是一些過去的事情。上面的錯別字很多，很多句子都不通。不過，冷靜還是能看出大概的意思。

　　作者好像不會打字，而是用的語音識別系統。方圓是播音員，語音是她的長項。這是可以理解的。看來，她是將過去日記本裏的一些文字，重新加工、錄製到了這個隨身碟裏。

　　——那麼她的日記原本呢？扔了？還是被警方搜去了？

　　以下是冷靜從方圓零碎錯亂的日記中，總結出的故事梗概——

105

　　1991年夏季，十九歲的方圓跌跌爬爬高中畢業了。

　　方圓的成績，正常考大學肯定不行，只能到藝術類學校去碰碰運氣，因為這類學校對文化分要求比較低。

　　在這關鍵時刻，方圓生命中一個關鍵的人物出現了——她就是小蘇。一個個體女老闆。大家都親切地叫她小蘇。

　　小蘇總是在方圓最困難、最需要幫助的時候及時出現在她家裏。

　　小蘇頻頻擦著她那雙見風流淚的小眼睛細聲細氣地說：「方圓跟我上北京去吧，去上北京電影學院，方圓天生是個當電影明星的料子，其他學校你都不要上，上其他學校你就屈才了，就大材小用了，就太可惜了。」

　　小蘇這番話說得方圓一家心花怒放。

　　方圓媽咧開嘴問，我家方圓又沒有學過表演，她這樣能上得了麼。

　　小蘇說，正常考當然上不了，我有人，有關係啊，再用點錢砸

砸，這社會還不就這麼回事。

方圓一家人於是連連點頭。

小蘇告訴他們，她有個什麼侄兒曾是某某國家領導人的秘書，現在北京電影學院主持工作；某親戚是文化部的要員，還有某朋友是中央電視臺的領導，前幾年某某某某上電影學院就是她推薦去的……

小蘇說這些話的時候慢聲慢氣、輕描淡寫，顯得十分謙虛甚至還有幾分靦腆，一點也不像吹牛皮的樣子。

方圓一家人對小蘇的話堅信不疑，包括在社會上見過「大世面」的老K——即方圓的爸爸。老K當時是一家儲蓄所的所長。

老K從家裏拿出二萬元錢，裝在一個大信封裏。老K將信封和女兒一齊交給了神通廣大的小蘇。

小蘇收下了他的女兒，卻沒有收那個信封。

小蘇說老K你這就見外了，看不起人了，我小蘇雖不是大款，但這點費用還是開得起的，你們就在家等著我們的好消息吧。

小蘇於是帶著方圓去了北京。她們傳回來的果然都是好消息。老K夫妻倆又及時將這些好消息擴散到全城、全中國甚至全世界：

方圓順利通過初試！……

方圓通過二試，進入最後的三試！……

方圓三試未過，但在國家文化部爭取到一個特招名額，可以回家等錄取通知書了！……

時隔一個月左右，小蘇和方圓凱旋而歸。

老K夫婦發現方圓變化太大、味道全不對了，全不是原來那個方圓了。但到底變在哪裡，他們也說不清楚。也許明星都是這個味兒吧。

他們能明顯看出來的，就是方圓手上多了一隻大哥大。當時的大哥大還是個稀罕物。

　　當媽的說：「你這麼小，還是個學生，要大哥大做什麼，哪來的？」

　　方圓一指那個人：「是小蘇阿姨給的。」

　　小蘇阿姨於是微笑：「在北京那種地方，有什麼辦法，真是花錢如流水，你不武裝起來別人就瞧不起你，你就別想混，這個社會，哼哼，真是腐敗透了……」

　　小蘇欲言又止。

　　小蘇在溫和地批評腐敗。

　　小蘇其實把什麼都說了。

　　又過了大約十五天之後，一張蓋著文化部公章的錄取通知書果然寄到了方圓的家裏。

　　方圓家裏沸騰了。轟動了。這當然很不夠，他們決心要把整個石城都攪得沸騰起來。慶祝宴，告別宴，紅色請柬滿天飛。本來人生兩件事，洞房花燭夜，金榜題名時，再怎麼鋪張都不算浪費。

　　報到的日期漸漸近了。

　　這期間，方圓像隻花蝴蝶在石城的大街鬧市和各風景點飛來飛去，吃，喝，玩，樂，十九歲的她有足夠的精力、體力和消化能力，這一點都不用別人為之擔心。

　　除此之外，她還照了好多照片，包括明星照，婚禮照。方圓提前把自己拍成了明星和新娘。方圓的照片上了攝影廣場的櫥窗，甚至上了服飾時尚類的小報。

　　方圓對此沾沾自喜目空一切。方圓的父母對此也沾沾自喜，目空一切——他們差不多也認為自己的女兒已經是個小明星了。

　　明星總是和崇拜之類的字眼聯繫在一起的，老K夫婦對自己一下子成了明星的父母顯然沒有什麼思想準備，簡直不知道該怎樣對待眼皮底下這個光彩奪目的名人女兒了。

方圓去北影報到，是老Ｋ夫婦和小蘇一起陪她飛去的。

不料到了那兒，人家拿到錄取通知一看說，這是假的。再說新生名單上也沒有方圓的名字。

這時的老Ｋ夫婦雖然嚇了一跳，但還沒有引起足夠的警惕，他們還拿著那張紙和北影的老師據理力爭：文化部的這顆公章總不會是假的吧？！

人家老師感到好笑，說，那很簡單，你們到文化部去報到好了。

小蘇及時拉開了他們，說方圓是文化部的特招生，特招生在內部報到，跟那個窮教書的囉嗦什麼？

……

於是四個人在北京找了家賓館住下來。

一住好幾天。

小蘇每天忙著到文化部、國家教委、電影學院去搞「協調」。「協調」的結果是：由於方圓沒有參加全國高考的文化考試，所以必須參加電影學院的一次文化補考才能正式入學。

幾個人商量的結果：決定先飛回石城復習功課，一個月以後再飛過來參加北影的文化補考。

這期間，方圓一家住在旅館裏，除了小蘇外，他們沒有見到第二個人。但他們對小蘇的話堅信不疑，且言聽計從。

一個月很快就過去了。

第二次飛北京，是小蘇單獨陪方圓去的。因為老Ｋ夫婦覺得自己去了，除了在旅館裏睡大覺，也沒有別的用處，不如全權委託小蘇處理。

小蘇和方圓每天用大哥大向老Ｋ夫婦彙報一次。

當然都是些好消息：語文、政治、英語、史地都考得很好，在特招生中名列第二名。

當然還有一些不太好的消息，說文化部和電影學院為特招生經

費問題鬧矛盾，國家教委正出面協調，文化部的領導為了不耽誤考生，決定讓方圓先去廈門，讀廈門大學的國際文化專業，說那是培養文化外交官的，問家長同不同意。

老K夫婦拿不定主意，打電話問了很多人，徵求了很多專家、內行的意見，大家都說這個專業當然比電影學院好，電影學院是培養花瓶的地方。

於是方圓又從北京直飛廈門。

但時間不長，身在廈門的方圓就感到很委屈、很痛苦：她的理想是當電影明星，像鞏俐或者瑪當娜一樣，至少要演一部《泰坦尼克號》那樣的大片，紅遍全球，而不是去哪個國家默默無聞地當一個什麼文化參贊。

況且到了廈門她才知道：她這個「特招生」，上的其實是一個成人自考班，學生交了幾倍的學費，最後只能拿一張誰也不承認的《結業證書》。人們說這個證書一錢不值，永遠也換不來什麼文化參贊。

於是，方圓在廈門頻繁地使用她的大哥大，向父母、向小蘇表達自己的不滿。

方圓一個月的手機費用上了四位數，超過了她在北京創下的紀錄。

小蘇見狀，二話不說，決定為方圓的事——三上北京——準備動用她輕易不動用的一個最上層、最秘密的關係。

方圓媽倒是勸她不要去了，說人家學校開學都半年多了，還會有什麼奇蹟發生嗎？

但幾天之後，小蘇興奮的聲音及時通過電話線千里迢迢地傳來：

——奇蹟真的發生了！奇蹟真的在你家裏發生了！

事情是這樣的：文化部原來的十個「特招生」各有出路，問題都解決了，現在就剩下方圓一個人了——一個人的事情就好辦多了。電影學院同意成立專家組，對方圓單獨進行專業補考，如考試

及格，便正式入學。

於是方圓再次從廈門飛往北京。

其實，根本沒有什麼專家組，也根本沒有什麼考試——倒是有一間準總統套房，一天二百美金。

兩人在准總統套房住了幾天之後，連小蘇自己也感到吃不消了，便換了一處准三星級賓館，一天二百人民幣。

其實，一切都是騙局：哪有什麼專家組，哪有什麼專業考試？最後，小蘇想辦法把方圓弄進了電影學院的學生公寓住下來，便算大功告成。

方圓身上別著「北影」的校徽，但不用上課，不用學習，她的任務是整天吃喝玩樂，夜裏通宵泡酒吧，早上專業睡懶覺——方圓對此沒有一點意見和不滿。

她覺得：這才是一個公主應該過的日子，也是她想過的日子。

事情弄到這個地步，連方圓自己也感到：再也沒有臉回頭了。她只好硬著頭皮對家裏人、對所有的人宣佈：

一切進行順利！我即將被「北影」正式錄取！……

好在謊言多說幾遍就成了真理。時間一長，連自己聽了也像是真的了。

在這期間，小蘇言傳身教，親自帶領方圓徹底實踐了一回吃、喝、玩、樂的「公主哲學」。

方圓只需每天晚上按照小蘇起草好的底稿向家裏打電話：

——我已經順利地通過專家組考試，……

——我已經被北影正式錄取，……

——我拿到了學生證，編在某某班，班主任某某，住某某宿舍，同宿舍的女生叫某某某某……

一切編織得嚴絲合縫，經得起美國聯邦調查局的調查。

由於方圓在平時就喜歡說謊，當媽的不放心，還真的通過熟人去學校瞭解了一番（那個熟人的女兒P去年考取了北影）——那個

熟人的女兒反饋的調查結果是——

情況屬實。

當父母的老Ｋ夫婦這才放下心來。

這次他們不得不相信：一個被叫做奇蹟的東西，確實在他們家裏發生了！⋯⋯

方圓所有的活動經費基本都是由小蘇提供的。

小蘇給了她一張什麼金卡。這就意味著，方圓還沒有看到和摸到錢，錢就像水一樣在她身上流掉了。

有一次方圓媽有點擔心地問，那張金卡上到底有多少錢，方圓白她一眼，說管它呢，煩不了那麼多，反正刷完了還可以透支，怕什麼。

那期間，方圓的一句口頭禪就是「煩不了那麼多」。在這個口頭禪的指導之下，方圓顯然誤解了媽媽的意思，她以為媽媽擔心那張金卡上金錢不夠多，不夠她花的。於是當媽的不得不將意思說得明確一些，說：

「你在外面花錢要有點數，不要亂花。」

方圓嗤地一笑道：「反正小蘇有錢，不花白不花。」

——「反正小蘇有錢，不花白不花。」她真是這麼說的。

她難道就真的不知道，別人的錢是那麼好花的麼？小蘇的錢是那麼好花的麼？⋯⋯

106

有個常識是眾所周知的，即：奇蹟不是那麼好發生的。

接下去，就該老Ｋ為奇蹟付出相應的代價了。

小蘇從北京回到石城不久，便及時向老Ｋ提出了貸款六十萬的要求（只要周轉十天。當然，10％的回扣也是驚人的）。

老K的職務是石城某儲蓄所的所長。老K手上有點小權。老K固然為10％的數字動心（小蘇從不食言），但更為此事的後果擔心。他們儲蓄所吸儲的存款必須一月兩次按時上交人行，同時核查帳目，如自己搞點小動作，必須插在兩次查帳的縫隙之間才行。

以前，他們也打過這類的「插邊球」，但由於數額較少，到時候出了漏洞也有能力堵。現在，小蘇張口就要六十萬，到時候萬一……

老K有點不敢設想。

小蘇一眼看穿了他的心思，說：「十天，就十天嘛，在錢的事情上，我是最守信用的——你說，我什麼時候食過言？你倒舉個例子我聽聽呀，你只要舉出一個，我就從此不再你面前提個錢字。」

老K使勁地想了想，但那是白費勁兒，他一個例子也舉不出來。

那還能怎麼辦？劃錢吧！

……

不料，六十萬剛劃出去，僅隔了一天，小蘇又來了。

這次直接去的老K單位，顯得火急火燎，張口就要三百萬。

小蘇說上次的六十萬是定金，這三百萬才是貨款，買鋼材的貨款。小蘇說，這筆鋼材生意做成了，她可以淨賺八十多萬，但如果貨款不及時打過去，六十萬的定金就要泡湯了！——她請老K無論如何拉她一把，就周轉一周，就一周……

小蘇在老K面前攤開了這筆鋼材生意所有的檔，包括她與上家、下家簽訂的購貨合同，下家打給她的定金支票……

但這次老K把這些亂七八糟的紙張堅決推到一邊說：「不行，再過九天，人行就來查帳了，我不能冒這個險。」

小蘇低下頭，什麼話也不說，眼淚汪汪地收起那些亂七八糟的紙張，神色黯然地走了。

這情景，弄得老K心裏挺不是滋味兒。

　　第二天，方圓突然從北京飛回了石城。說是到上海參加一個什麼電影的拍攝，路過石城，回家看看。

　　讀者想必已經猜到，這一切都是小蘇的巧妙安排。

　　小蘇想放長錢釣大魚，方圓則是最香最好的魚餌。

　　而對方圓來說，最好的誘餌只有一個：金錢暨信用卡。它是一切吃喝玩樂的基礎和保證。在這一點上，信用卡倒是絕對講信用的——帶上這樣一張卡，你赤手空拳足以走遍全世界——只要卡上的＄足夠的多。

　　現在方圓卡上的＄不夠多了，她也需要回來充充電了。

　　這張五位數的卡是小蘇給她的，並約好不告訴她的父母，對此，小蘇和方圓都像信用卡那樣堅守信用。

　　老Ｋ夫婦只知道方圓的手機及其每月上千的手機費用都是小蘇給「報銷」的，卻始終不知道信用卡的事，因此，他們覺得每月給方圓提供的二千元生活費還是比較適當的，還是有利於女兒的學習和成長的。

　　對此，方圓對小蘇阿姨不能不有所回報吧？

　　從北京回來的方圓學會了撒嬌，學會了怎樣適時巧妙地使用女人的魅力。在電影學院教室外的課堂裏學會這門課，對這個十九歲的少女來說應該是毫不費力的。

　　對此，當媽的覺察出來了，但當爸的就無從覺察。

　　人們常說：美女是愚蠢的。但在愚蠢的美女面前，男人會變得更為愚蠢——哪怕這個美女是自己的親生女兒。

　　一般來說，一看到方圓，老Ｋ的理智和思維便立刻會發生莫名其妙的混亂。猶如一台電腦之於Casper（卡死脖幽靈病毒）。方圓是他的掌上明珠，方圓是他這輩子的驕傲和安慰，是他生命的延續和全部的希望——或者簡單地說：方圓就是老Ｋ的一切。一切的意思大約就是赴湯蹈火死也心甘。中國人連死都不怕，還怕困難麼？還怕冒險麼？……

也許我們並不能責怪方圓——她並不知道小蘇是個大騙子，不知道她的險惡用心，她大概也不知道挪用公款三百萬的後果是什麼（老K也沒有當面告訴她這是挪用公款，而且萬一出了岔子老爸可是要掉腦袋的）。

老K只是說：「萬一到時間小蘇款子回不了籠不得了。」

方圓於是說：「不會的，小蘇阿姨不是那種人。小蘇阿姨是我們家的恩人！她從來說到做到，從來沒有失過一次信。小蘇阿姨她不難到那種程度，是不會向你開口的——老爸老爸，看在我的面子上，你就幫她這一次嘛好不好——嗯～好不好麼～好不好麼……」

從這些文字符號上，不難看出方圓說這些話的聲調和嬌態。

這是致命的一招。

美女們在使用這一招的時候都有很高的成功率。方圓對老K當然也不會例外。

此刻老K保持唯一清醒的是，他對方圓上大學的事情作了再次的核實，就像人行每月兩次要來查他們的帳一樣。

應該說老K向女兒「查帳」的幾個問題都查在了要害上：

有沒有通過專家組的專業考試？什麼時間什麼地點什麼人主考老師叫什麼長什麼樣？

是正式入學還是自費生？既然是正式錄取為什麼不遷戶口？

對這些問題，方圓臉不紅心不跳，一條條一件件如數家珍對答如流，有故事有情節有細節有人物描寫人物性格有環境氣氛甚至天氣情況天氣趨勢都無一遺漏……

不知道她是事先編好還是臨時現編——但不管怎麼說，事後大家的一致看法是：電影學院真是有眼無珠、有眼不識泰山，他們不收方圓做學生，真是我國電影事業的巨大損失——方圓的編劇和表演天才完全可以免試入學。

接下去，大家可以猜到的結果是：一周之後，小蘇的錢不見，

人也不見了。

　　老K想自殺。老K想了整整一夜，還是鼓不起這個勇氣，下不了這個決心。

　　那只有向領導上坦白了。領導上一聽也嚇壞了——除了報案，別無他法。

　　於是，當天老K就去了檢察院。從此就沒有再回過家。

　　人就像失蹤了一樣，既看不到人，又聽不到他的聲音。

　　翌日，小蘇也被請進了同一個地方，與老K咫尺天涯。

　　事後大家都說，小蘇居然沒有逃跑，這真是一個奇蹟。

　　實際上，只要員警遲上門三個小時，小蘇就上了國際航班、逃之夭夭了……

　　當時，方圓在北京保持著每天晚上和小蘇阿姨通一次大哥大的良好習慣。

　　但這天晚上，從手機裏傳出的是一個陌生男人的聲音，他一個勁地追問方圓的姓名、位址、單位，方圓則一個勁地追問小蘇——

　　「小蘇阿姨上哪兒去了？我要和小蘇阿姨說話。」

　　男人的聲音：「對不起，現在你不能和小蘇說話，我是檢察院，該手機已被我們依法監聽，你現在必須配合我們，回答我的提問。」

　　方圓嚇得連忙扔掉了手上的大哥大，暈了過去。

　　少頃，醒過來的方圓這才趕緊往家裏打電話。

　　是媽媽接的。方圓劈口就問：

　　「小蘇阿姨出什麼事了？」

　　媽媽愣了半天，最後說了六個字：「小蘇是個騙子。」

　　方圓接著就問爸爸：「爸爸有沒有事？爸爸呢？我要和爸爸說話。」

　　媽媽又愣了半天，然後用盡可能平靜的語調說：「你爸爸也去了檢察院……他是受騙的，不會有什麼事，說清楚就可以回來

了……家裏的事我們自己會處理，你在北京要安心上學，安心讀
書，不要管家裏的事，不要耽誤功課，也不要回來……」

不料，第二天方圓就從北京飛了回來。

當媽的見了她大驚：「我不是叫你安心上課、安心讀書不要回
家的嗎？」

方圓這才一屁股坐到地上，說了一句實話：「我也受騙了……
我沒有上什麼大學……這一切都是假的……」

方圓媽聽了這話差點沒有當場跳樓。她氣得渾身哆嗦，話都不
會說了：

「好，好啊，好啊……這真是，奇蹟啊，奇蹟真的，在我們
家，發生了，發——……」

老K坐牢是肯定的了。這已經沒有任何爭議。有爭議的是：他
會不會死——

會不會被判死刑？

即使判個十年二十年的，他會不會活著出來？他過了這麼多年
快活的神仙日子，現在還能習慣痛苦、習慣坐牢嗎？

……

對此，所有人的看法都很不樂觀。

要知道，老K只有三分之一個胃，身高一米八五，體重卻不足
六十公斤，瘦得像隻擋車的螳螂。而且老K性格內向，沉默寡言，
患有嚴重的高血壓、高血糖、神經衰弱等等。

107

方圓在石城是沒有辦法再蹲下去了。

她家裏所有的人和外面所有認識她的人，都把她罵得狗血噴
頭，她奶奶（即老K的娘）甚至用上了婊子、賤貨、不要臉的、沒

良心的、騙人精……等等不堪入耳的字眼，並發誓一輩子不想再見到她。

簡單地說，方圓從一個人人捧著、圍著、追著的高貴的公主，轉眼變成了一隻人人喊打的過街老鼠；方圓從首都花天酒地掌聲鮮花的天堂，一下子跌入了貧窮悲苦煉火熊熊的地獄……

方圓媽開始怕她的寶貝女兒想不開，一句也不敢罵她，且寸步不離地看著她，守著她，想盡一切辦法去安慰她。

方圓媽的這種心情是完全可以理解的。一個當母親的，已經失去了丈夫，她不能同時再失去唯一的獨生女兒啊！……

但事後看來，她的這種擔心差不多是自作多情，似乎完全沒有必要。

方圓也免不了一次次地受到檢察院的傳訊。方圓一遍遍地寫在北京受騙的材料。最多的一次寫了14張。據說這是她這輩子寫得最長的一篇文章了。

到後來，方圓媽對她的獨生女兒已經毫不客氣了，她當面指著她那張漂亮臉蛋說：

「你把你爸爸推進了牢房，騙得我們家傾家蕩產——假如你將來工作了，你這樣騙了單位，給單位造成了這麼大的損失，單位就要送你去坐牢的！現在家裏人沒有起訴你，你就要在家裏自覺地陪你爸爸坐牢！你要好好讀書，好好復習，明年考上大學，將功贖罪！……」

不料方圓一揚臉說：「我有什麼罪？你們怪我，我還沒有怪你們呢！小蘇不是你們結識的嗎？考北京電影學院不是你們要我去考的嗎？不是你們要我聽小蘇阿姨的話嗎？你們誤了我的前途，我沒有怪你們，你們反而來怪我了！……」

方圓媽氣得簌簌發抖，直喊，我煩不了你，我管不了你，我不要看見你，你愛怎樣怎樣！……

方圓我兒：

自從你爸爸進了檢察院，我幾乎每夜失眠，連吃四粒安定片都無法入睡。你知道媽媽每日每夜是怎樣渡（度）過的嗎？媽媽為了你和爸爸心力交瘁，你卻快活地（得）像小神仙似的。

今天有個朋友打電話告訴我，講你經常在外面約了同學吃喝玩樂。方圓，不是媽媽講你，你怎麼好意思地（的），你到底知不知道世界上還有「羞恥」二字！也不知（你）今天又編了什麼美麗地（的）謊言，去騙吃騙喝。一個人真正到了不要臉的地步，那就是無藥可救了。我量（諒）你也不敢，把我們家的事原原本本地告訴人家，我量（諒）你也不敢，因為你說謊把你爸爸推進了牢房，如果你如實地告訴人家，我相信不會有人和你玩的。家裏出了這麼大的事，媽媽感到無地之（自）容，見了熟人都躲開，你倒是主動去找人家玩。我真不知道怎麼講你才好。

方圓，你是我的親生女兒，你知道媽媽從小把你帶大吃了多少苦，媽媽一邊上三班倒，一邊帶你，是常人難以想到地（的）辛苦。世界上只有母愛是不求回報的。你今天在外面開心地玩，有沒有想到爸還關在看守所，媽在家裏心急如火。為什麼我們對你講的話你當耳邊風，小蘇等人講的話你就銘記心中呢？你一定要跟我講清楚，不講清楚我決（不）放過你！

我曾經一遍遍地對你講，如果想要保持我們的家完整，你只有爭取明年考大學。媽媽原（願）意犧牲一切為了你，為了這個家。今天，我坦然地對你講，你不聽話，不安心學習，只會把我逼上一條絕路——和你爸爸離婚。家是我的，你們做事不想到我，憑什麼讓我吃苦受罪來為你們。我們辛辛苦苦一輩子的積蓄全給你爸爸糟光了，他對

不起我，我沒有對不起他的地方。你也一樣。我現在對你真是心灰意冷，你到現在都不懂事、不開竅，你到底想要怎麼樣？

要你待在家裏，是為你創造一個良好的學習環境，不要為了家裏的事在你心靈上留下陰影。一切都是為了你的前程，為了你明年的高考。我們都是真心地幫你，都是真心地愛你，你沒有任何理由不好好學習。一個人要好，要自己要好，別人要你好都是被動的，主動權要自己掌握。你到現在都不明白這些最起碼地（的）道理，我真是懷疑你是否有毛病。

你現在不是什麼富貴驕人，你是囚犯的女兒。我們以後將過著平民的日子，過痛苦的日子，我們要從現在起習慣平凡，習慣痛苦。你沒有什麼可以吹虛（噓）的，也沒有什麼可自豪的。想改變我們家現有的狀況，只有靠你從現在起安下心來，好好學習明年考上大學。時間是不等人的，希望你要有緊迫感，要有時間觀念，要抓緊每一分每一秒。

媽求求你了！……

方圓看到這封信的第二天，就從家裏突然消失了。

很快，方圓的媽媽也瘋掉了。

12 上帝的圈套

男人不壞女人不愛，一結婚就變態；
女人不壞男人不愛，不結婚更變態。

108

　　主持人：觀眾朋友們大家好，歡迎收看麻將城電視臺的《法律與諮詢》直播節目。我是心雨。

　　前不久，我市某村發生了一起惡性案件，一蒙面歹徒深夜持刀入室，強姦了婦女陳某，警方設計了一個奇怪的抓捕方案，使得破案過程一波三折——

　　讓我們先隨著畫面來瞭解一下案件的全過程：

　　前不久，在這個平靜的小村莊裏，發生了一起離奇的強姦案件。受害人是三十多歲的婦女陳某，她老公在外地打工，平時不在家。

　　一天深夜1點鐘左右，一蒙面歹徒深夜持刀入室，強姦了婦女陳某。

　　第二天，陳某去派出所報案。警方分析，歹徒當晚可能還會繼續作案，於是設計了這樣一個奇怪的抓捕方案：決定派幾個民警，晚上悄悄到陳某的家裏埋伏起來，實施守候抓捕。派出所所長關照陳某，那歹徒來了之後，不要反抗，就讓他強姦，等到那男的泄精之後，再大聲咳嗽幾下，放出信號，然後民警再衝進去抓他。

　　當天夜裏，11點鐘左右，民警們悄悄地進了村，來到了陳桂花家，在客廳的沙發那裏埋伏起來。

　　等到凌晨三點多鐘，那個歹徒果然又來了，還是蒙著面，帶著刀。陳某按照派出所的指示，沒有反抗，直到那男的泄了精，陳某才按照事先約好的暗號，大聲咳嗽了幾聲……

　　那歹徒見勢不妙，衣服也沒穿，就光著身子，從房間的後門跑了出去。

　　四個員警打著電筒在周圍搜了半天，直到天亮，也沒有抓著那個強姦犯。

後來員警在村上抽了百十號男人的血樣，拿去做DNA試驗，與強姦犯留下的精液對照，結果，發現三十二歲的村民陳小波有重大嫌疑，被警方拘留。

最近，此案在市中級人民法院開庭審理。

陳小波當庭翻供，否認警方對自己犯強姦罪的指控。

陳小波的辯護律師指出：當初的採血程式很不嚴謹。村裏的醫生採血之後，並沒有進行嚴格封存，存在血樣搞混甚至被人調包的可能。因此要求重新對當事人陳小波進行一次DNA鑑定。

法庭採納了律師的意見。法醫當庭重新為陳小波抽取的血樣，送省高院進行DNA鑑定。結論很快出來了：犯罪現場的可疑斑痕非陳小波所留。徹底排除了陳小波的作案嫌疑。

陳小波被釋放後不久，區公安分局的領導專程去陳小波家賠禮道歉，並賠償了陳小波兩萬元人民幣。

於是，這件強姦案的偵破又回到了起點。

主持人：今天來到我們演播室的嘉賓，就是陳小波的辯護律師冷靜。

請問冷靜律師，你第一次聽到警方的這個抓捕方案，你的第一感覺是什麼？

冷靜：《水滸傳》裏寫到一個歹徒凌辱良家婦女，魯智深就躺在床上代替這個良家婦女等歹徒來，然後將他抓住。如果在這個方案當中，躺在床上的不是這位婦女而是一個員警，那麼抓捕這個歹徒不就容易多了嗎？

主持人：我感覺到，警方一開始在制定這個方案的時候，更重要的是想在現場留下充分的證據，給日後定案提供便利。

冷靜：在前一天的晚上已經發生了強姦案，而且物證已經留在了現場，就是所謂的精斑，但是第二天還要這麼做只能是匪夷所思。

主持人：為了達到這樣一個抓捕目的，設置這樣一套抓捕方

案，在法律上來講會不會有什麼問題？

　　冷靜：我覺得是有疑問的。

　　第一，在抓捕方案裏讓當事人再次受到了強姦，而且以此作為獲取證據的一個手段，這已經涉嫌濫用職權。

　　第二，把受害人和她的子女置於一種危險之中，沒有採取任何的保護措施，特別是在持刀強姦這種案件裏面，沒採取任何的保護措施，就涉及了不積極地保護公民人身安全的法定職責。

　　……

109

　　下節目後，導播悄悄告訴冷靜說，剛才直播時，一個自稱小華的女人多次打電話進來，一會兒說要參與節目，一會兒說她是本案的當事人，要找冷靜，這些電話都被他掐掉了。

　　——「她真是當事人啊？」導播好奇地問道。「她不會就是被強姦的那個婦女吧？」

　　「這世界上，誰又不是被強姦的呢？」冷靜笑著打了個哈哈。

　　導播愣了愣，說：「我覺得她的情緒很不對，你趕緊回個電話吧，別出什麼事情。」

　　「好的。謝謝」。

110

　　打開車門之前，冷靜習慣性地觀察了一下四周。

　　上車後，在打火預熱的間隙，他習慣性地掏出手機看了看——

　　上面又堆了一大堆「未接來電」和「新短信」。

　　其中有三分之一是小華打來、發來的。

　　——這個傻女人，她究竟想幹什麼？

正想著，手機又響了。還是小華的。

小華哭哭啼啼地告訴冷靜，小泄打了她，把她打傷了，把她的鼻樑打斷了，滿臉的血，現在她正在醫院裏看急診。

她還一遍遍地強調說，小泄是用板凳砸她的。

冷靜脫口說道：「怎麼又砸？上次他不是砸過了嗎？」

「他砸上癮了，嗚……現在一不順心就操凳子。這日子實在沒法過了，嗚……我要和他離婚！嗚……」

「他是不是又看黃片了？」冷靜問。「你別管他，讓他看算了。」

「可這回，他把我們那事，偷拍、下來，還放給人家看，嗚……」

「什麼？」冷靜覺得這事有點匪夷所思，心想大概小泄的腦子真的壞掉了。

「他放給朋友看，還和網上的網友交換看，嗚……你叫我還有什麼臉面見人？不如死了算了，嗚……」

「小泄太不像話了，我來找他，狠狠批評他，叫他向你賠禮道歉！」冷靜安慰她說。

「我什麼也不要，我只要你幫我——和他離婚！嗚……」小華傷心地大哭起來。

老百姓有句名言是怎麼說的？——鮮花插在牛糞上。

小華很像是這樣一朵鮮花。

不過，冷靜對此一直持有另外的看法：如果一個人明明知道那裏是一堆牛糞，他還故意往上面踩，這又能怪誰呢？……

當然，結婚前，小華並不知道那是一堆牛糞。那堆牛糞被小泄掩蓋得很好，不僅掩蓋得很好，還美化、偽裝得很好，讓小華一點都看不出來，一點都不知道那是牛糞，還以為那是一堆金子。這不能怪小華不聰明，只能怪小泄太狡猾了。

　　當時，小泄是怎麼掩蓋、美化那堆牛糞的，冷靜亦略知一二。其實，男人騙女人的那些小伎倆說出來其實很簡單，卻屢試不爽——

　　一是他吹噓自己有錢，是個大款，比如說，炒股票賺了幾十萬，幾百萬；

　　二是他很早就把小華「辦」了，並讓她懷上了，讓她根本沒有多餘的時間來嗅出牛糞的味道。

　　……

　　小泄和小華可以稱得上是閃電式的結合：從介紹人介紹認識到領結婚證，他們只用了三個月不到的時間，而他們的女兒，在他們婚後第七個月就出生了。

　　冷靜一直認為：結婚前，小華沒看出小泄是一堆牛糞，這不是小華的錯。

　　但當時，很多人都看出來了，都偵察出來了，並把他們的結論告訴了小華。這很多人中，大多是小華的親朋好友，他們得到的可靠情報是：小泄根本不是什麼大款，他在電視臺的工作也不是正式工作，不過是個臨時性質的合同工；這條還不是最重要的，最重要的是，小泄曾長期和一個有孩子的有夫之婦同居，直到現在關係還沒斷；這條還不是最嚴重的，最嚴重的是，小泄有過精神病史，曾在精神病院裏住過一年多——直到現在，電視臺的同事提到小泄，都說他是個神經病，平時沒人敢理他……

　　冷靜認為，如果一定要打鮮花、牛糞這個比喻，這話也可以這樣說：小華在明明知道對方是一堆牛糞的情況下，還是堅持要把自己這朵鮮花往上面插，這——怎麼好單方面追究牛糞的責任呢？……

　　想當初，小華決定和小泄領結婚證時，她全家人都堅決反對，並且竭力阻止，甚至不惜以斷絕關係相威脅。但小華不知是吃錯了什麼藥，還是烏龜吃稱砣——鐵了心，堅持要跟小泄結婚，領證。這又能怪誰呢？

小華嚷嚷要和小泄離婚，已經好多次了。但這次好像動靜最大，顯得決心也最大——莫不是烏龜又誤吞了一隻秤砣？……

這事不趕緊解決一下看來是不行了。

111

冷靜立刻撥通了小泄的手機。

——「大律師啊，你好你好！」小泄的口氣聽上去很開心，很快樂。

「小泄啊，你這鳥人，你幹什麼呢？」冷靜打著哈哈。

「我還能幹什麼？我現在到處躲，哈哈，小華的兄弟到處找我，糾集了幾個流氓，要打我呢！」

「他幹嘛要打你？」冷靜逗他玩兒。

「大律師啊，你又來了，又來套供了，我那點事，你還不知道啊？你沒事會打電話找我啊？哈哈。」小泄有時並不笨。

都說精神病人有超人的直覺，看來一點都不假。冷靜暗想。

「你現在哪兒？我們找個地方喝茶？」冷靜說。

「行啊，只要你不把她兄弟帶過來就行了，哈哈。」

……

冷靜將車開到會面地點，坐在車裏等了大約十分鐘，便看見小泄在前面不遠的拐角處鬼頭鬼腦地朝他招手。

冷靜於是將車開過去。他注意觀察了一下小泄：西裝革履，臉色蒼白。除此之外，並看不出他有什麼不正常。

小泄上車後，呲牙裂嘴地笑個不停。像剛撿到一堆牛糞。

冷靜問他什麼事這麼開心？

「三天吃六頓，窮開心唄！」小泄說罷，臉上再次笑成了一個大漩渦。

　　「最近看不到你，忙什麼呢？」冷靜設法套他的供。

　　「我還能忙什麼？」小泄笑道。「除了陪男人就是陪女人唄！」

　　「聽說你傍了好幾個富婆？」冷靜拿他尋開心。

　　小泄笑嘻嘻地大聲說道：「就許她們小妞傍大款，就不許我們酷哥傍富婆？」

　　冷靜差點噴飯，粗口也出來了：「就你這鳥樣，還酷哥呢！」

　　——「怎麼？不服氣啊？」小泄很有風度地叨起一支煙：「別看你大律師長得比我帥，有房有車有名氣，可你玩的女人有我多嗎？你玩過幾個富婆？」

　　冷靜笑道：「你煙癮這麼大啊？拜託別在車上抽煙好不好？」

　　小泄聞言將打火機滅了，煙卻繼續叨在嘴上。

　　「男人不壞，女人不愛。別看女人羞羞答答正經八百的樣子，其實骨子裏她們喜歡粗野下流的男人，你相信吧？……」

　　小泄對此話題永遠是津津樂道的。

　　冷靜問他去哪裡？

　　「直接到孫悅家。」

　　「孫悅是誰呀？」

　　「我傍的富婆唄！」小泄大大咧咧的說。「今天順便帶你見識見識。」

　　「不怕我把她搶走了？」

　　「哎，這個孫悅滿有情調的呢，說不定會喜歡你呢。」小泄照樣大大咧咧的說。「你見機行事，能上就上，不要客氣。」

　　小泄接著介紹說，孫悅家的音響是朋友圈子裏最好的，十多萬的麥景圖，幾百張唱片，據說一隻喇叭就值兩萬多。孫悅和他老公離婚時，除了錢，就撈了這套音響和這套住房。

　　「你騙了她多少錢啊？」冷靜不真不假地刺他。

　　小泄卻蠻不在乎地說：「不多，就兩三萬吧。」

　　接著他就開始吹牛，說，孫悅發花癡時，想他，他就趁機敲她的竹槓，說自己欠了一屁股的債，黑道上的人要廢了他下面的東西，白道上的也在找他，這樣，孫悅就會拿錢替他小泄還債，今天五千，明天一萬，只為了能和他小泄呆上一晚……還有一陣子，孫悅動了真格，要小泄離了婚娶她，小泄四處躲避，孫悅就滿城捉拿小泄，說她要出國了，要小泄還她的錢，如果小泄不還錢，她出國後就不回來。……

　　聽了這話，冷靜奇怪了，說有這麼好的事，那你為什麼不娶她呢？

　　小泄說你呆了吧，我娶了她，也就失去她了，也失去我自己了。

　　小泄說：「你看我現在多好，多自由，想玩哪個就玩哪個，可以腳踏幾隻船，何必在一棵樹上吊死呢？」

　　「你騙她的錢，怎麼忍心的？」冷靜又刺他說。

　　小泄卻振振有詞：「像孫悅這樣的女人，總要受一個人騙的。我騙孫悅的錢，她心甘情願。她連個欠條都沒要，就算將來打官司，這官司怎麼打？」

　　「你這傢伙，卑鄙吧？」冷靜笑他。

　　「中國人都這樣嘛，關鍵時刻總要犧牲個把女人以解燃眉之急。」小泄說。

　　小泄還進一步舉例說：「古代就有越王勾踐把西施讓給吳王夫差，最後拯救了國家和人民；還有昭君出塞、文成公主入藏……只有希臘人才肯為一個偷人的海倫打上十年戰爭，奉獻無數男兒的熱血……」

　　小泄既然這樣引經據典，冷靜也就沒什麼可說的了。

　　「哎，大律師，你想看我的片子吧？」小泄故作神秘地問。

　　「什麼片子啊？」冷靜裝糊塗。

　　「又來了，又來了，」小泄開心地笑起來。「就是我和小華辦事的片子，你不知道？你不想看？」

「想想想。」冷靜順水推舟。

「你看我偷拍的技術，再看我的演技，絕對一流。」

冷靜心裏很好奇，嘴上還是笑罵了一句：「你有病啊？！」

……

112

在婚後好幾年的時間裏，小泄一直沒有放棄對牛糞的掩蓋、偽裝和美化工作。雖然，這項工作的難度，比起婚前要艱難了許多。牛糞的氣味、形象什麼的，時不時地會出其不意地暴露出來，這時候，小泄都會盡最大的努力去掩蓋，去補救。所以，小泄對小華一直成功地保持著「大款」和「藝術家」這兩大神秘光環。

直到前年，小泄出了點事——牛糞終於暴露了部分出來。

小泄出了點事的情況是這樣的——

由於受經濟不景氣的影響，俄羅斯的紅燈區已經呈公開的經營景象，連同它的電視臺，已經有了女播音員邊播音邊報告國內外的重要新聞、邊脫衣的驚世駭俗之舉，新聞與脫衣女郎成為最搶眼的俄羅斯的一道靚點風景……

當然，俄羅斯的「裸播」事件和小泄的牛糞之間，並沒有什麼直接關係，但如果小泄把這個「裸播」的鏡頭長時間地播放出去，那就是另外一回事了。

話說這天夜裏，輪到小泄在電視臺值夜班。為了消磨難熬的時間，小泄習慣性地從資料片庫裏找出幾盤碟片，其中就有前面提到的俄女「裸播」資料。他像往常一樣，舒服地坐在沙發轉椅裏，翹起二郎腿，一邊抽煙，一邊將碟片放進播放機，進進退退、快快慢慢地欣賞了起來……

——沒有想到的是，他居然忘記關閉向外發射的機器了……

結果可想而知。

不久，小泄就和電視臺沒有什麼關係了。

事後大家都嘲笑小泄，只有他，會把最不應該忘記的事情忘記了。

電視臺的領導還由此受了上面的一陣刮：怎麼把一個神經病放在電視臺這樣重要的崗位，還讓他值什麼夜班？……電視臺領導有苦說不出：你不讓他值夜班，值白班？白天出豁子，影響豈不更大？……這下好了，電視臺給了小泄一筆錢，總算除掉了一個心腹之患。

從此，小泄就成了一個名副其實的「坐家」，或者說，從一個職業電視人，變成了一個職業的電視觀眾。

113

孫悅家看上去並不豪華，面積也不算太大。

冷靜發現客廳裏還坐著個與小泄差不多的男人。小泄介紹說：「這位是小張，我們都叫他快樂小張。孫悅的老公，哦不，前老公，哈哈。」

冷靜還發現，快樂小張和小泄不僅形象上差不多，態度上也像，比如，他總是微笑著看人，微笑著與人說話；小泄則是嘻笑著看人，嘻笑著與人說話。

嘴甜，搞笑，快活，大概就是他們這種人的特徵，也是他們吃軟飯的看家本領吧？冷靜想。

不過，一聽「快樂小張」的故事，冷靜就嚇了一小跳──

據小泄說，從前，快樂小張是黑道上的武打，腰間別了兩把廚刀，在麻將城幾條街還是小有名氣。後來，他姐姐蓉兒在海口坐台，他就去了海口，在舞廳看場子，對付坐了台不給台費的。據說，他姐姐坐台掙了50多萬，引得這座城裏的娘兒們發了瘋。他們姐弟倆白天沒事幹的時候，就躲在屋子裏吸粉打發時間。沒有什麼比吸粉更容易打發時間了。快樂小張就是那時候上的癮。……

　　小泄咋咋呼呼地敲裏側的房門，叫孫悅出來。

　　「女人就是妖怪，見個生人都要化妝好半天，什麼意思嘛，還不是想吸引男人、勾引男人？……」小泄說。

　　孫悅一打開門，一現身，小泄立刻又換成了一副哈巴狗樣兒，幾乎是搖尾乞憐地迎上去，說了一大堆肉麻的奉承話。冷靜在一旁聽了，渾身直起雞皮疙瘩。

　　這個孫悅，無論身材還是臉型，冒一看，還真有點像電視上見過的那個女歌星。一問才知道，孫悅果然是她的「藝名」。（正如小泄也是他的「藝名」。不過時間一長，大家都快忘了他的正名了。）

　　孫悅一眼認出了眼前的這位大律師，兩眼發光，顯得很高興的樣子，說，剛才還在看電視，看到冷靜光輝形象的。

　　幾個人坐在沙發裏喝茶，聽音樂。

　　茶几上擺著加了伴侶的立頓紅茶，樣子像咖啡。牆壁上掛了幾幅克隆的世界經典油畫。

　　冷靜不得不承認，他從沒聽過立體效果這麼好的音樂。

　　「較之今天，以前我聽過的那些音樂，統統可以稱之為噪音。」冷靜打趣說。

　　小泄一下子笑起來：「大律師現在也會說奉承話了！不簡單，不簡單！有意思，有意思……」

114

　　下崗後不久，小泄就對坐在家裏當職業電視觀眾厭倦了。

　　當然這怪不得小泄，換了任何一個男人，也會對中國的電視節目產生厭倦的。

　　幸好如今麻將城普及了網路，而且是寬帶網，網上有很多小泄感興趣的東西，可以線上觀看，也可以下載保存，那是小泄怎麼也看不完，怎麼也下載不完的。

　　時間長了，家裏人不免要為小泄煩工作的事。可這年頭，找工作比找老婆還難呢。小泄，一個三十多歲的職高畢業生，要文憑沒文憑，要技術沒技術，上哪去找好工作呢？再說那些亂七八糟的工作，和原來的電視臺能比嗎？小泄絕對丟不起這個臉啊。

　　那些為小泄到處找工作的人，統統被小泄罵了一次以上，就再也不敢在小泄面前談工作二字了。

　　他們問小泄：「這輩子，難道你就不想再找工作了嗎？」

　　小泄回答說：「哪個說我沒有工作？炒股不是工作嗎？再說，就算我不炒股了，吃股本的利息也夠吃一輩子了。」

　　大家一聽，做聲不得。因為誰也不知道他的「股本」到底有多少。

　　小泄雖然不慎丟掉了頭上的電視藝術家的光環，但剩下的這個大款、炒股專家的光環，他還勉強保持著。

　　下面再說小華。

　　小華自從懷孕、生養起，就一直下崗在家，算得上是個年輕的職業家庭婦女。後來，她看到老公又下崗，心裏就沉不住氣了：夫妻兩個，一個都沒有工作，這算怎麼回事啊？就像小船上沒有槳，風箏上沒有線，叫人怎麼有安全感啊？⋯⋯

　　雖然小泄還是和以前一樣，每月給她一千元錢生活費，但小華知道，這一千元錢和一千元錢是不一樣的。現在這一千元錢，給一千就少一千，就像水缸裏的水；而以前的一千元錢，這個月給了，下個月單位還會發，就像井裏的水。水缸裏的水和井裏的水能一樣麼？⋯⋯

　　更重要的是，以前一直嚮往的什麼房子、車子，還會有麼？

　　這裏要補充說明的一點是，小華和小泄結婚後，一直沒有房

子，現在住的這一小套舊房，是臨時租來的，所以也沒有裝潢，看上去灰不溜秋、破破爛爛的。裏面的幾件舊傢俱，有的是朋友送的，有的是三文不值二文從舊貨市場買來的。從結婚到現在，小華都不好意思把她的同事、朋友、親戚帶到家裏來，因為這個「家」看上去實在是太寒磣了，都說等我們買了房子、搬了家，再請你們來玩。

　　從結婚到現在，小洩每個月（有時是每個星期、甚至是每天），都在談他的房車計畫——有時是對小華談，更多的是對他的朋友們談。他說房子車子是大事，不能馬虎，要搞就要一步到位。比如房子一定要那種別墅式的，帶花園和車庫，最好要帶游泳池；車子呢，至少是全進口的，開國產車沒有名氣，等等。

　　小華也拿這樣的話一遍遍地對她的親朋好友們宣講。不久，她的那些親朋好友們反映，他們聽這些話，耳朵已經聽出老繭來了。他們還問，小華的耳朵有沒有長繭？……他們甚至還半開玩笑地說，小洩在家裏騙你，你就出來騙我們，我們又不是二十二歲的大姑娘。

　　說者有意，聽者也有心，小華扳指一算，她嫁給小洩五年了，就算小洩的嘴皮子沒有長繭，她小華的耳朵也應該長出繭來了。而且她也想起來了，她是二十二歲認識小洩，並被他破身的。

　　漸漸地，小華開始懷疑了：小洩會不會一直在騙她？……

115

　　這當兒，快樂小張的手機響了起來。

　　冷靜看見他像觸電似的動了起來——他讓什麼人在什麼門口等著，然後涎著臉對孫悅說，今天再調兩張，今天的貨是去×縣拿的，質量比上趟的好……

　　「昨天你不是說最後一次了嗎？」孫悅白他一眼，「你今天不是來還錢的嗎？」

　　「明天還，明天還。」快樂小張近乎哀求地：「今天先救我一

命，救我一命。」

冷靜聽不懂他們在說什麼，只看見孫悅很不情願地從兜裏抽出兩張「老人頭」交給了快樂小張。快樂小張就快樂地出門了。

這時，小泄神秘兮兮地從包裏掏出一張隨身碟，說：「來，趁小張不在，我們來看小電影，本人自編、自導、自演。」

「不看不看，」孫悅開玩笑說：「有什麼看頭，還不是兩堆肉，還不曉得是哪個的肉，臉都看不清楚。」

「這次不同了，這次絕對清楚。」小泄像一個頑固的推銷員。「看完我的，我們再看你的寫真。」

「不看不看，」孫悅笑道，「老看有什麼看頭？」

小泄說：「人家大律師又沒有看過。」

冷靜接過話題說：「美女就在眼前，不如直接看真人秀吧。」

孫悅紅了臉，偷偷地笑。

說話間，電腦螢幕上已經出現了兩具裸體：女人在前，男人在後，坐姿。

女人的臉和胸部顯得很清楚，冷靜認得，那確實是小華的臉。小華半閉著眼睛，滿面潮紅，哼哼嘰嘰的。小華的胸部顯得很白，很豐滿，這倒出乎冷靜的意外。小華的一對乳房像兩隻小白兔，一跳一跳的……

冷靜不由得兩眼發直，渾身發緊……

這種熟識的「真人秀」，他還是頭一回見識。確實比一般的「小電影」刺激多了。他不得不佩服，老百姓真他媽的會找樂子。

「真是你老婆啊？」孫悅有些挖苦的口氣。

「這還能假冒？」小泄有些著急地說，「幸好大律師在場，可以為我作證。」

冷靜笑道：「我作證：我從沒看過這個女人，今天是第一次看見。」

「偽證，職業偽證。」小泄也樂呵呵地笑。

「那我加兩個字：我從沒這樣看過這個女人，總可以了吧？」
冷靜說。

「哪知道你有沒有這樣看過？反正我是不知道。」小泄笑道。

說話間，「小電影」也就放完了。

孫悅就拿他開玩笑：「這麼快就完了？怪不得大家叫你小泄
呢。」

冷靜也逗他：「就這幾分鐘，我也沒看見下面的要害部位。孫
悅，你看見沒有？」

孫悅說：「下次我站在凳子上看，大概就能看到了。」

這次大家一齊笑起來。笑得東倒西歪的，很開心。

116

從表面上看，小泄對自己下崗一點也不焦急，一點也不懊喪，
甚至，看上去還有點沾沾自喜、因禍得福的味道。

有一天，當小華憂心忡忡地再一次向他提起房子問題時，小泄
第一次聲音洪亮、理直氣壯地回答她說：

「都下崗了，能吃飽飯就不錯了，還房子車子呢！以後再
說！……」

這是小泄自結婚以來對「房子車子」的第一次明確的反面表態。

小華一聽不幹了——怎麼一直說著的、盼著的、在眼前晃悠著
的東西，說沒就沒了呢？……

可以說，小華是把自己一輩子的賭注都押在它上面了，小華這
輩子就靠它活了，它就是小華的陽光和空氣——人怎麼可以沒有陽
光、沒有空氣呢？……

可小華面對小泄，幹張著嘴，一句有力的話也說不出來，更
談不上聲音洪亮、理直氣壯了——因為小泄說的也不錯啊：都下崗
了，能吃飽飯就不錯了……

　　是啊，這輩子，他們至少還要吃三四十年的飯呢，這三四十年的飯加起來，得花多少錢啊？……

　　但小華想來想去還是不甘心。難道她這一輩子，還有孩子，就這副窮樣過下去了？一輩子就住在這樣一個又小又破的「花子窩」裏面？……而她的那些親戚、朋友，還有過去的同事，他們吃的，住的，家家都比她好，她在他們面前一直抬不起頭來，平時她除了帶孩子上街，就是和孩子一起縮在家裏，羞於見人。

　　小泄呢，他反正是個專業「坐家」，一天到晚釘子似的釘在電腦跟前，看看黃片，和MM聊聊天，懶得和她們母女說句話。只是到了深更半夜，甚至凌晨時分，已在被窩裏熟睡的小華又常常會被他弄醒，然後被他臭烘烘的身體壓在下面……

　　下崗以後，小泄這方面的慾望好像更強了，「那事」好像成了他天天必修的功課了，他簡直成了一個「作」愛專「家」了。

　　小華對這種事，漸漸有了一種噁心的感覺——而且越來越嚴重。

　　更要命的事，這種感覺，她還不好和別人說。她總不能傻乎乎地告訴別人，小泄有不洗腳、光身子睡覺的習慣，而且也要求她光身子睡。這樣裸睡的結果，有時夜裏要被他發洩好幾次。

　　剛結婚那會兒，小華這方面也就依著他了。不管男人女人，對什麼事都有個新鮮勁兒。一年後，小華糊裏糊塗得了一種治不好的婦科病，醫生說，這是同房不衛生引起的……從此，小華就對這種事冷淡、畏懼了許多。

　　特別是現在，都老夫老妻了，孩子都五六歲了，還這樣搞，小華就接受不了了——而且還三個人一個被窩，每次都會把女兒折騰醒……

　　這些醜事，你讓一個女人如何對別人啟齒？

　　……

117

不一會兒，快樂小張回來了。

冷靜看見他進門後一直弓著腰，然後小心地從皮褲帶子的夾層裏掏出一隻小紙包，湊到燈底下慢慢地打開——

裏邊有半粒「藥片」。

「看，這可是精品，」快樂小張說著，又小心翼翼地將紙包包上，重新別進褲帶子裏。

快樂小張換了一種姿勢：他從褲兜裏掏出另一個小紙包，打開——

裏邊又是一粒「藥片」，顏色比剛才的「精品」略黃，有點像喬麥粉。

小泄笑嘻嘻地問，就這麼多？貪污了吧？

快樂小張罵罵咧咧起來：狗日的貪污，這狗日的老黑，我找他算帳！……

快樂小張拿起手機，好像在打給剛才送貨的人：

「老黑啊，這回怎麼搞的，還不及上趟的貨……」

下面的聲音小了，聽不清了。

快樂小張關了手機，轉身向小泄傳達說，現在貨真的難拿，老黑答應，下回有的時候再補一點……

小泄轉臉朝著孫悅，說，請她「辛苦一趟」。孫悅手一伸，小泄把10塊錢拍到她手上。孫悅朝冷靜嬌媚地笑了笑，便出了門。

冷靜不知道她出門幹什麼？而且拿著十塊錢？……

——避嫌？……望風？……

快樂小張看上去有點兒迫不及待了。只見他脫去上衣，露出一條胳膊（他胳膊上畫了一條龍，毫無生氣地遊動著）。冷靜看見他胳膊上的針眼像一條黑蚯蚓，正沿著小臂往上爬呀，爬……

——這就是一個「武打」的身子嗎？皮包骨頭，瘦骨鱗鱗，

皮膚蒼白的像透明膠布，骨骼從各個方位凸出來，像一捆燒火柴。……

冷靜有點緊張，預感到有「那種事」要發生了。

冷靜雖然見多識廣，但今天的好幾件事都讓他瞠目結舌。好在冷靜習慣了故作鎮定。他看見快樂小張的眼睛紅了，眼淚鼻涕都流了下來，沒有了快樂的樣子。

門鎖一響，孫悅回來了。

冷靜見她買來一袋話梅，一聽可樂，一包紅梅煙和一盒口香糖。（後來知道，這些都是吸粉的簡單道具。）

只見小泄拆開紅梅煙的煙殼，再拿紙片挑了眼屎一點的粉擺在錫片上，打火機在下面一烤，然後用小紙筒把一陣青煙吸進肚裏……

小泄仰面一躺，眨巴著眼睛，說：

「狗日的貨，力道不足，沒有上一趟的好。」

孫悅湊上來，說：「飄一口。」

她「飄」了一口，說：「哇，感覺像在飛。」

小泄沖冷靜說：「大律師，來，飄一口。」

孫悅卻說：「大律師別理他。他就想讓你上癮，拉你下水。」

小泄說：「大律師也不天天吸，怎麼可能上癮？我飄到現在還沒癮呢，飄不飄無所謂……」

一貫冷靜的冷靜好奇心占了上風，說：「飄就飄一口，美女都飄了，我還怕什麼？」

於是他也學著孫悅的樣子，近前「飄」了一口。幾縷青煙從嘴角溢了出去，還有幾縷殘餘的淡淡的煙從錫片上飄走了。

快樂小張見狀心痛起來，說：「全浪費啦！你跟吸煙似的，一邊吸一邊吐。你得一口氣吸到肚皮裏，憋上一會兒。」

小泄於是重新給冷靜挑了一撮，點火，做示範。

快樂小張抱怨道：「大律師不吸這東西，你讓他吸，浪費。我

是犯癮，沒法子的。你們又不得癮，挑上那麼多。」

　　停了停，快樂小張又說：「小泄，你這個叫餵他，要判刑的，判三年以上，比介紹他人賣淫嚴重得多……」

　　冷靜聞言大笑起來。

　　吸了幾口之後，快樂小張的臉上便容光煥發起來，面帶慈祥的微笑，像一個富足的紳士。

　　現在的他除了「幸福」，恐怕什麼也不存在。冷靜想。

　　孫悅不時地湊過去「飄」上兩口，逗小張聊天。

　　她問小張，每個月要吸上多少？

　　小張說不多，也就大幾千。

　　她又問，隔上幾小時犯癮？

　　小張說，最長十二個小時吧。（照這樣算，他能一直挨到明天早上5點。）

　　他還說，如果沒有褲帶裏預備的這點兒精品，他就完了，因為一大早，有錢也買不到貨。

　　孫悅又問，犯癮時是什麼滋味？

　　小張有點兒不樂意了，說，沒什麼滋味。

　　小泄睜開眼，說：「犯癮時就像患感冒，頭痛欲裂，五官發脹，七竅充血，渾身骨頭疼，像灌滿了鉛，生不如死……」

　　「知道就好，早死早升天。」孫悅說著，狠狠地挖了小張一眼。

　　然後，孫悅伸過手，撫著冷靜的手背，說，「大律師你千萬不要跟他們學哦，男人好上這個，就完了，連對女人都沒有興趣了。」

　　「女人哪能跟這比？哪有這快活？」小泄說，「女人是什麼？女人是包袱，是麻煩。老婆不讓我上身，老子不稀罕，以後她倒過來求我，我也不睬她！」

　　孫悅笑道：「你們這些臭男人啊，就會臭美，甩都甩不掉。也就是我心太軟，可憐你們。」

說著，她輕輕一拉冷靜的手：「隨他們去，我們來跳舞吧？」

冷靜還在遲疑，孫悅卻一下子貼了上來。

是那種很親密的貼面情人舞，中間竟然一點過度都沒有。冷靜渾身一下子繃緊了。

孫悅卻很放鬆。雖然貼得很緊，感覺卻很輕。

後來冷靜也就放鬆了，變輕了，且感覺越來越輕——就像兩片雲，就像兩團煙，如影似隨，飄飄欲仙……

「冒昧問一句，孫小姐，那個小張，你現在，還愛他嗎？」

「唉，什麼愛不愛的，我現在對他是既可憐又可嫌。有時煩起來，我恨不得一針戳死他算了。」

冷靜聞言笑起來——為她那句「一針戳死他算了。」

很生動，不是嗎？

「那麼當初，你怎麼會跟他結婚的呢？」老實說，冷靜對這個問題很好奇。

孫悅黯然歎了口氣。「怎麼說呢？男人不壞女人不愛，一結婚就變態；反過來說呢，女人不壞男人不愛，不結婚更變態。」

「名言啊，呵呵……」冷靜趁機在她臉上親了一下。

118

直到離開孫悅家，冷靜也沒有跟小泄談小華的事。

如果小華事後問起來，他肯定會這樣說：「我找過他了，我罵過他了，我狠狠地罵了他一頓，他答應跟你賠禮道歉了！他讓我先代表他，向你打個招呼，承認錯誤……」

身為律師的冷靜深知：清官難斷家務事。況且，自己的夫妻關係都處理不好，自己的老婆都自殺了，又談何別人呢？

　　夫妻間的事就像一坑渾水，越趟越渾。也許，這真是上帝為了
懲罰人類而設計的一個陰謀，一個圈套？
　　……

13 「北漂女」傳奇

男人通過征服世界來征服女人，
女人通過征服男人進而征服世界。

119

　　冷靜帶著筆記本電腦和方圓的隨身碟來到北京，按圖索驥，找到了那個曾經和她同居多年的男人蘇同。

　　蘇同是一個寫手，更多時候是一個代人捉刀的「槍手。」

　　文人說起來話來總帶有幾分文學色彩。其中虛構的成份又有多少？這成了冷靜整理調查記錄時的一個難題。

　　事後，冷靜一邊反覆研究蘇同的講話錄音，一邊反覆研究方圓隨身碟裏的日記，希望它們一個是Ｘ軸，一個是Ｙ軸——它們的某個交叉點，某個座標，就是他想破獲真相的密碼。

120

　　我和方圓住在同一間房裏純屬偶然——雖然我們同屬於「北漂族」。

　　那天，她是無數個來「撞組」、見副導演的靚麗女孩之一。當時，我出門的時候，她正背著個牛仔包站在那兒東張西望。

　　是她主動叫住我的：

　　——「嘿，哥們，你是《青春》劇組的嗎？」

　　我說是的，有什麼要我幫忙的嗎？

　　——「你們這裏還招演員嗎？」

　　「不太清楚，」我說，「不過我可以幫你問問。你是一個人？」

　　她點點頭，說：「我剛來北京，什麼人都不認識。」

　　「你住下了嗎？」我順便問了一句。

　　「我住北影招待所，」她說，「以前我在那裏上過學。」

　　「你是北影畢業的？」

　　「沒上完。」她說，「我被人家騙了。我老家是石城的，我是從家裏逃出來的……」

女孩一口氣說了很多，好像馬上把我當成了知心人。說到後來她順理成章地說：

「哥們，這裏我誰也不認識，認識你也算我們有緣，請你幫個忙，帶我去見見你們的副導演，再幫我美言幾句好不好？我會報答你的。」

說著，她向我飛來一個不太自然的媚眼。看得出來，她飛媚眼的功夫還沒練到家，還很做作。她還是個初出茅廬、還留有幾分學生氣的女孩子。

也許就是她這一點博得了我的好感。於是我答應了她的要求，帶她去見副導演。

直到這時我才記得問她一句：

「你叫什麼？」

「你就叫我方圓好了，方圓的方，方圓的圓。」說著，她又向我飛來一個不太自然的媚眼。

……

當時副導演沒空，約她明天再來。

於是她又和我一起走出了劇組。

路上，她打聽我的住處。我告訴她，我住在北三環邊上的薊門小區，一個人租著一間十平米的簡易平房，月租八百元。

方圓說，那地方不就靠近北影嗎？多理想的地方！她說她住在招待所太貴，長期下去吃不消，也怕家裏人來尋她。於是她提出，要和我合租這間房，她分擔一半的房租。

她的要求並不讓我感到吃驚。在男女見面半小時就能上床的「北漂族」裏，這還算是比較含蓄、保守的。

以前也碰到別的「女漂」提出這樣的建議，但都被我婉言謝絕了。我信不過她們。她們不僅會惹麻煩，多半也不太乾淨。

但方圓似乎是個例外（我是憑自己的直覺來判斷的）。也許以

後，她同樣會變得像某些「女漂」那樣鮮廉寡恥。但目前還不是。
我寧可相信她是一個離家出走的女孩子，一個逃難的「公主」。

121

（方圓日記）

我很幸運，剛到北京就找到了一份打工。

這是一家豪華的大酒店，正在招聘「高素質的迎賓小姐」——
「包吃包住、月薪三千」的條件吸引了我。而我的氣質條件、胸口
的那枚「北影大學生」的校徽也吸引了他們。

幸好他們沒有跟我要學生證。

當天下午約五點半鐘，酒店開始迎客，我也正式上崗了。

我披著彩帶站到門口，用他們教我的禮儀，微笑著對客人說：
「您好，歡迎光臨！」

整個晚上我都在重複著這句話。

開始感覺挺新鮮的，每句好像都是發自內心的呼喚。後來就覺
得單調了，也覺得很虛偽，覺得自己像一台會說話的機器（機器是
沒有思想的，可我有思想，有感情）。

我面對的是各種各樣的客人，有人會客氣地回禮：「你好。」
有的人對我的存在視而不見，聽而不聞。這時的我便在心裏歎息一
聲，告訴自己這就是社會，是我要體驗的。

有一次遇到一個小朋友，他仰起天真無邪的笑臉，拉著我的
手叫我：「阿姨你好！」我便開心得像喝了蜜，心裏蕩漾起無言
的感激。

後來王經理出來了，笑著問我，第一天上班習慣嗎？

我故作輕鬆地說：「沒問題，我們在學校裏軍訓、站軍姿也這
樣，一站幾個小時，練出來了。」

他說：「做迎賓表面看很輕鬆，實際上挺累人的，而且思想上

很矛盾，尤其像你這樣的大學生。不過，你可以從中體會到社會的另一面，每個人都要過這關的。」

我笑著點點頭。我覺得他挺好的，挺關心人、理解人的。

儘管第一天我站得腰酸腿疼，但我仍然興致勃勃的。

第二天下午，我提早就站出去了。

不久，來了一個濃裝豔抹的女人，約三十來歲，我照例對她微笑，儘量用甜甜的聲音說：「您好，歡迎光臨！」

她上下打量了我一番，什麼沒說就進去了。

後來知道，這個妖豔的女人才是我們的老闆。

我莫名地感到心裏一陣涼。廚房的小郭師傅還悄悄告訴我，這個女老闆的脾氣不好，讓我做事小心點。

果然，沒幾天，我的麻煩就來了。

本來我每天都是按照王經理關照的時間——五點半，站到門口去迎賓。那天天氣不太好，天黑得早。時間才五點十分，我正在店裏做準備工作，卻猛然聽樓下傳來一個女人尖利的叫聲：

——「什麼時候了！迎賓的呢？幹嘛去了，不想幹就別幹了，吃白飯的！……」

我被那聲音嚇住了，一時動彈不得。還是別人把彩帶往我身上一披，催著我「快去快去。」

我木然地下樓，經過她身邊時，頭也不敢抬。我能感覺到她的目光像刀一樣刺向我。

走到門口，我抬起頭，感覺眼睛裏酸澀得厲害。我強忍著，可眼淚還是止不住地往下流。我不想讓店裏的人看見，也就沒擦，任眼淚在臉上縱橫。我對自己說：「要挺住……」。

後來王經理過來了。他看見我紅紅的眼睛，不住地問我：

「怎麼了，出了什麼事？」

我看得出他的關切，剛說了一個「我……」，眼淚就像決堤的水渦湧而出。

也許他猜出了幾分，勸我說：

「有什麼大不了呢，今後你可能會受到更大的委屈，如果這點坎都過不了，將來的山又怎麼過得去呢？」

他還告訴我，他二十歲剛出來的時候，也做過迎賓，由於不懂事，吃了不少苦。他勸我要學會忍耐，這是在社會上混的基本功。

說完他又匆匆進去了。

於是我就不停地對自己說：「你要忍，要忍住，打工者不相信眼淚……」

122

北京的名字歷來與帝王之氣聯繫在一起。對搞藝術的人來說，假如能在北京佔據一席之地，就等於在中國佔據了一席之地。

靠近北三環路的北京電影學院、北京電影製片廠，一直是影視大腕們經常出入的地方，全國各地的許多組劇都要到這裏來找演員、搭班子。這裏也是那些「撞劇組」的「北漂」們的棲息之地。蓟門小區裏那些北京人儲藏大白菜用的沒有窗戶卻又四面透風的小平房成了「北漂族」的收容所。

在這個小區裏，你會很容易從人群中認出那些「北漂」，他們大都穿著前衛，故弄玄虛，比如男人要麼剃光頭，要麼就留小辮，或者將頭髮染成古怪的顏色來表現自己的「性格」。至於他們自己，還能從各自的走路姿勢、說話腔調等方面分辨出哪是「中戲」哪是「北影」的。當然這裏的「中戲」、「北影」都是指「北漂」而已。

這幾年，「中戲」、「北影」的招生人數總在一百四十：一這樣殘酷的比例上徘徊。為了安慰落榜的那另外一百三十九人，「中戲」「北影」都開設了盡可能多的那種「有理無錢莫進來」的表演進修班。這些進修生在進修一年兩年之後，大都留在了北京，到處

「撞劇組」，四處覓食、流浪——這大約就是「北漂」這個形象名字的來歷吧。

當然林子大了，裏面什麼鳥兒都有。這是不用多說的。

還是說方圓吧。

認識她的當天晚上，方圓就搬進了我的小平房。

唯一的棕棚床當然要讓給女士睡。她大概是太累了，晚飯吃了半份盒飯，倒頭便睡著了。還打著輕微的呼嚕。

我真佩服這個女孩的膽量。要不然她就是「單純」得少一竅。

我估計像我這樣見到如此新鮮的嫩雞不流口水的男人在薊門是找不出第二個了。也許當一個女孩子毫無戒備地把你當成了她的哥哥，你就無法對她動下流的念頭。也許，方圓恰恰精於此道？……

總之，當天晚上我是通宵未眠。我坐在電腦跟前打了一個通宵的日本鬼子的《超刺激少女》遊戲。打這樣的遊戲，很容易就把天打亮了。

……

第二天，我在附近的一戶老北京家裏花五十元錢買了一張鏽跡斑斑的舊折疊床。

這天下午，我還陪著方圓去副導演那兒試戲。

副導演一見方圓，神情一怔，彷彿是見到了張曼玉。眼神都變了。

蘇同趕緊向副導介紹說，方圓是他的表妹。副導臉上這才出現了大家熟悉的那種曖昧的笑容。蘇同忽然想起來，在「北漂」圈裏，「表妹」的意思即是不固定的「性夥伴」。蘇同想這下糟了，連忙又解釋了一句：她真的是我表妹，昨天剛從南京來的。副導故意用一種南京腔說：曉得了曉得了，你放心，我會好好照顧她的。

退出去的時候，蘇同意識到，自己後面解釋的那句，更糟。

蘇同在外面一支煙沒抽完，方圓也從裏面出來了。臉色緋紅，表情複雜。一問才知，副導約她晚上再來，說要和她一起分析分析劇本。

　　副導話中的意思，老「北漂」一聽便知了。按圈裏的規矩，你可以不答應，但你不能答應了不去。

　　於是蘇同急忙問：你答應他沒有？

　　方圓點點頭，揮了揮手中的劇本片斷：哥們，你是編劇，快來幫我分析分析劇本好嗎？

　　蘇同真想脫口而出：你以為他找你去真的是分析什麼狗屁劇本嗎？但轉念一想，我又何必說破呢？這種事，該發生的，總要發生，只是個時間問題，今天發生和明天發生有什麼本質的區別呢？再說「北漂」是自由一族，誰也不會干涉誰的生活，誰也不會打聽誰的隱私──哪怕是性夥伴之間。

　　方圓喜形於色地挽著蘇同的膀子：哥們，今天我請客！……
　　……

　　這天晚上，我照例平靜地坐在我電腦跟前，寫我的劇本。

　　方圓回來得那麼早是我沒有料到的。

　　她的臉色不太好，沒精打采的樣子。眼圈紅紅的，好像哭過。

　　我什麼也沒問她，只是默默為她削了一隻蘋果。

　　她仰面朝床上一躺，無聲無息的，像睡著了一樣。

　　我重新將電腦椅轉了個角度，對準我的電腦，繼續我的虛構。

　　半天，我聽見她長歎一聲，問道：

　　「嘿，蘇同，我問你，是不是每個，每個（她吞吞吐吐地在選擇辭彙）女演員，都要遇到這，這種事情？」

　　「那要看什麼事了。」我說。

　　「你知道的，」她突然忿忿地說，「你知道的，卻不告訴我，你什麼意思嗎。」

　　「告訴你什麼？」我只能繼續裝糊塗。

　　「你們那個副導，分析劇本，竟分析到我身上來了，」她發作地說：「他把我當什麼人了？」

　　「這在演藝圈很正常的啦，」我故作輕鬆地安慰她說：「有句

名言沒聽說嗎？——男人通過征服世界來征服女人，女人通過征服男人進而征服世界。既然他送上門來，你就先把他征了算了。」

「呸，男人真的就沒有一個好東西嗎？」方圓失望地飲泣起來。

「我以為你知道的，我以為……（我也開始吞吞吐吐了）以為你有思想準備的。」

「屁的準備啊！」她差不多喊起來，「他讓我準備什麼劇本，不如直說了，讓我準備身體！……哼，虛偽！要是我出賣身體的話，我早就出賣給他了，還等到現在？」……

123

（方圓日記）

這天是週末，上客比較早。不到7點鐘客人就滿了。

王經理讓我進去幫忙端菜。

很快我就進入了角色，在廳堂、廚房間來回穿梭。

有一次，我端著一盤菜，經過一張桌子，一位客人突然起身，和我一撞，我盤裏的湯汁濺了幾滴他身上。我忙不迭地向他賠禮，並拿餐巾紙給他擦。

這一幕恰巧被路過的女老闆看到了，她急衝衝地走了過來，一邊向客人打招呼，一邊用她那圓睜的怒目瞪著我。

我預感到一場風暴就要來臨……

這次，她用「平靜」的口吻對我說：

「大學生，你以前沒幹過嗎？如果你幹不了，就別給我搞破壞！」

我只覺得腦子裏血直往上沖——服務員也是人，憑什麼看你的多變臉，受你的頤指氣使？我豁出去了！……

我剛想發作，卻見王經理過來了，我只好暫且忍住。

好在這時那位客人發話了：「沒關係，不關她的事，是我不好，是我撞她的。」

聽到這話，我眼中一熱。

這時王經理對我說：「小王那邊上客了，你去幫一下。」

我滿懷感激地朝他點點頭，借機「逃離」了現場。

……

我暗暗告誡自己要堅持下去，況且這裏的好多人對我都不錯，廚房的幾個師傅特別照顧我，我不能辜負了他們的一番好意。

再說王經理對我也不錯。他曾不止一次地對我說：「這裏有些人對我有意見，其實我這人一點都不壞，我也是從打工一步步做上來的。」

……

常言道：「是福不是禍，是禍躲不過。」過了沒幾天，又出事了。

那天天氣不好，風雨交加的。我在門口站了幾分鐘，褲管襪子都濕了。深秋的風吹在身上，我直打寒顫。想著還要站在門口被風吹幾個小時，我心裏就陣陣發寒。

那天風真的很大，我身後的玻璃門被吹得忽開忽閉。我剛把它推進去，手一松又關起來了。如此反覆幾次。我又急又火，用了點力氣把門一推——

不料，隨著刺耳的「咿嚓」聲，那扇巨大的玻璃門竟朝我倒了下來，我除了本能地伸手抱住它，大腦一片空白。

玻璃碎裂的響聲驚動了酒店所有的人。

王經理和廚房的幾位師傅跑了過來。他們從我手裏接過門框放到地上。他們看我的樣子，以為我嚇呆了。

我倒笑了，說我沒事的，我沒傷著。

「你還能笑倒是出乎我的意料。」王經理說：「凡事就要這樣，想開些，人沒傷著，就是萬幸了。現在，我們最好在老闆來之前，把它處理好。」

我無話可說，只是聽他安排。

　　他讓其他人各就各位，讓我依然在門口迎賓，他自己推輛摩托車，冒著雨出去了。

　　我心中百般滋味，焦急地站在那兒，等待著。

　　終於，王經理的身影又出現了。

　　等他到了門口，我發現他全身都濕了。他告訴我，他找遍了附近的玻璃店，公家的都關門了，私人店還有兩家開著，問了價格，配這樣的玻璃門要一千五百元，他好容易還價到一千四百元。但明天才能送來。晚上他只好自己在這裏看門了。

　　我心裏又感動又沮喪，低著頭，不知說什麼好。

　　不料，到了晚上8點半鐘的時候，女老闆突然到酒店來了。

　　她陰沉著臉，和王經理一起進了辦公室。

　　這時別人都紛紛給我出主意，叫我咬定是風吹倒的。我說我不會撒謊，我確實是推了一下。他們又說，如果要你賠，你最多只承認賠一半，今天風這麼大，怎麼好全怪你？⋯⋯

　　後來王經理終於出來了。

　　他把我叫到一個沒人的包間，對我說：「小方，我已盡力向李總解釋，但她火氣很大，一定要你賠償。」

　　我說：「我本來就沒有打算推卸責任。既然有我的原因，我願意負責。但我只能賠一半，店方也應該負一半責任。」

　　「這樣的話你跟我說我不介意，」王經理平靜地說，「可你跟李總說，她根本不會理你，我太瞭解她了。不過，我會想辦法幫你的，明的不行，就用暗的，我會把你的工資加高一點。相信我，我真的會幫你的。」

　　面對他的誠懇，我不好再說什麼。

　　我出來後，別人都很關心地問我，我就實說了。

　　廚房裏的小郭師傅悄悄對我說：「你這個傻冒，千萬別信他。你這麼辛苦，還沒掙幾個錢，就要賠他一千四百元，太過分了。他們就是這種貪心的人，表面裝好人，專坑老實人。你想，他們有那

種關係，他怎麼會幫你？」

聽了他的話，我很驚訝。

我矛盾極了，不知該怎麼辦。

……

第二天下午，我上街去查詢玻璃門的價格行情，回酒店遲了點。我看見玻璃門已經修好了。

王經理見了我，臉上有鬆了口氣的表情。

他大概是怕我跑掉吧？可我交了二千元的押金在店裏，我怎麼可能跑呢？……

他眼睛不敢看我，只是默默遞給我一張配玻璃的發票。

「李總一定要你交現錢，我幫你求情求了半天，這樣，你就不要再交現錢了，就在你的押金裏扣吧。」

「謝謝。」

——而我本來想說：「我上街看過了，配這樣的玻璃八百多元就夠了。」但我不好意思說。

他又關心地問了一句：「小方，你有困難嗎？有困難就跟我說，千萬別客氣。」

我說：「有困難我自己會解決的。」

……

十幾天後，發工資時，我發覺我的工資和王經理說的不符。也與招聘廣告上的「月薪三千元」不符——差遠了——更不用說「再暗暗給你加一點了」……

我問會計是怎麼回事，會計告訴我，這是李總的意思。我什麼也沒說，就走出了會計室。

後來王經理主動找我解釋，李總認為我只上晚班，工資高了，她叫改的。

我笑笑說：「算了。這是什麼意思我明白。這也是社會真實的一面，是吧？」

他張了張嘴，想說什麼，但沒說出來。

……

第二天我就離開了那個酒店。

蘇同主動拉我去爬香山。我情緒不高，爬到半腰就爬不動了。

蘇同說：「世上沒有比腳更長的路，沒有比人更高的山。」

聽了這話，我頓覺心裏一片晴朗，渾身輕鬆多了。

後來我們一口氣爬到了山頂。

124

後來漸漸地，我知道了一點方圓的身世，或者說她離家出走的原因。我挺同情她的。

再後來，時間一長，方圓在「北漂」圈子裏漸漸混熟了。她有了自己的朋友和夥伴，有了自己的小姐妹、小哥兒們。她跟著他們一起去「撞組」、「撞戲」，有時碰巧撞上了，到外面拍戲，一去就是好多天不見人影兒。

這樣折騰了幾回，再見面時，就覺得她比以前成熟、開放了許多。

我知道，大多數「北漂」都是用這樣快的速度成長起來的。我有幸親眼目睹了她們中一些人的成長過程。

方圓不時地還回到我這兒住，她從來沒有付過房租，當然這不算什麼。

不過她會時不時地和我親熱一下。和她親熱時最突出的感覺是：她真年輕啊（她還不足二十周歲）！年輕真好！……

至於我，沒處可亂跑的，大部分時間總是窩在「家裏」寫劇本，其中大部分又是電視劇。名作家一集幾千元，上萬元，我不夠格兒，能有他們的十分之一就不錯了。

　　我原本是江南的一個二流詩人，江南號稱魚米之鄉，能養活半個中國，卻養不活一個詩人。我寫了十年詩，不僅分文積蓄沒有，為出一個詩集還倒賠進去一萬多元。當然這都是過去的事了，不提也罷。

　　漂到北京後，幾年來交往的女孩子也不算少，有一個看上去可以做終生伴侶的，她叫袁豔，是大三的學生，在人大讀中文系。

　　「北漂」圈裏的人一般只做朋友，做夫妻的很少，這似乎也成了我們的一項「行規」。自從有了袁豔以後，我與「圈裏的」小姐們便漸漸疏遠了。在性觀念上，從本質上說，我似乎從來就沒有進入過他們的「圈子」。

　　每逢週末袁豔都在我這兒過夜。我們接觸多了，難免不時會碰到方圓。方圓在我面前總是放肆地扮演著妹妹和情人的雙重角色，當著袁豔的面也是這樣。

　　私下裏，我多次對方圓說，袁豔不是「北漂圈內」人，希望她能夠分別對待。不知方圓是故意為之還是習慣成自然，總之她把那種角色演得越來越逼真了。

　　時間一長，袁豔就容忍不了了。她認定方圓和我是同居關係，是性夥伴關係，而且她還認定：方圓不是什麼「北漂族」，她不是一個高級三陪就是高級二奶。

　　終於有一次，袁豔當我的面發了個最後通牒：兩個人選一個。選好了再給她打電話。

　　我還能怎麼選擇呢？……

　　我承認，方圓和我一直保持著一種斷斷續續的性夥伴關係，我總是難捨她那種年輕、靈動的感覺。

　　她喜歡我什麼我不太清楚。有一次她說：你是作家，你是詩人，和你在一起有一種詩意。

　　……

　　和多半的「北漂女」一樣，方圓不到一年時間就放棄了想當電

影明星的想法，而是選擇了另一條更現實、更享受的捷徑。

別說袁豔這樣的圈外人，就是我也嗅出了方圓身上那股日漸放浪的怪味兒。

後來方圓也毫不掩飾地對我說：她的目標就是在二十二歲之前綁上一個大款，靠上一棵大樹，成一個正正經經的家，做一個正經八百的妻子和母親。

方圓的目標不斷被發現，卻又不斷消失。她不時欣喜萬分地向我報告她成功地靠上了一棵大樹，不日卻發現屁股後面是萬丈懸崖……

每逢她「打獵」失敗之時，就要到我這裏來養傷。我無法拒絕。我只能保證這麼一點：假如她不來這裏找我，我永遠也不會主動去找她。

但袁豔對我這個保證不感興趣。

她說首先，方圓得從這個屋子裏搬走。

我則感到她這個要求太殘忍了一點。

我說你不瞭解方圓的身世，她是個不幸的女孩子，目前她的處境還很困難，假如今後她真的成了大奶或者二奶，她自然會搬出去，而現在，如果我們硬把她趕到大街上，無異於將一隻綿羊趕進狼群，萬一有個三長兩短，我們將終生受到良心的譴責……

袁豔聽了我的高論，一聲不吭地走了。

一連四個星期沒有一點音訊。

碰巧的是，與此同時，方圓也神秘地消失了一段時間。

我不知道，這段時間，方圓她都幹了些什麼？她身上又發生了一些什麼事？……

125

（方圓日記）

沒事的時候，我常會光顧一家叫「自由女神」的高級酒吧。

　　時間一長，我被一個華裔美國老闆注意上了。

　　這位老闆告訴我，他的老家也在江南，他現在是美國公民，今年34歲，一直未婚，一直想在中國的家鄉找個賢慧的妻子。

　　我聽了，儘管心裏欣喜若狂，可表面還裝著平靜如水。

　　——我不知道他說的是真是假？……這樣的好「餡餅」為什麼偏偏會落到我的頭上？……如果他說的是真的，那麼，像他這樣的人，究竟希望找到一個什麼樣的中國妻子？……有一點可以肯定，反正不是美國化的妻子，因為要是那樣的話，他就沒有必要跑到中國來找了……

　　所以，我必須裝成一個知書達禮的窈窕淑女。

　　對此事我也不抱什麼大的希望。逢場作戲唄。中國有一句老話叫做：死馬當成活馬醫。

　　我的偽裝似乎很成功。

　　一天晚上，這個年輕的華裔美國老闆終於帶我離開了酒吧。

　　……

　　兩個星期之後，我們的足跡已經走遍了北京及周邊的風景名勝。

　　這期間，我做好了所有的思想準備，但有一點，我告誡自己，那是決不能放鬆的——即在到達美國之前，不能讓他對自己動真的。

　　因為我知道，一旦一個女人讓男人對她動了真的，那麼，她對這個男人就不再有吸引力了。

　　也許我真的碰上了一個正人君子，別說動真的，除了幾次輕吻以外，這個年輕的美國老闆對我連假的也沒動過。

　　有一次，老闆帶我去黃山玩。在蓮花峰頂上，他很動情地對我說：

　　「認識你之後，我才知道國內還有這麼地道的東方式女子。」

　　接下來的一句話他顯得很為難的樣子，嘴張了好幾次都沒能說出來。

想了半天，他才紅著臉說，他在加州有一幢房子，帶游泳池的，自家企業的財產有三百萬美元左右，在北京也有一家合資企業。

接著他又連忙解釋，叫我不要誤會，他本來不應該這麼快就告訴我這些的，只不過他在國內的工作期快到了，又不擅表達，只不過想在他走之前讓我多瞭解一點他的情況。

我也看得出來，這位年輕的美國老闆是真心的，他是個本份而誠實的好人。……

從黃山回來以後，我才多注意了一點那個老闆的長相──他看上去和一個普通的中國中年男人沒有什麼兩樣。英語也說得怪腔怪調的。

有一次我問他，既然你的條件這麼好，有心在國內物色對象，為什麼這幾年三番五次的回國還沒有找到？

他苦笑著，給我講了一個故事。

那是他頭一次從國外回來，參加一個同學聚會，因為他不擅應酬，長相老土，穿著又平常，與會的所有姑娘都把他當成是跟班的，把他使喚來使喚去的。後來她們聽說了他的身份，轉眼之間對他又熱情得過了火，主動拉他跳舞，主動將身體在他身上擦來擦去，擠眉弄眼的對他做出種種暗示……

從此以後，他再也不想讓人介紹這些現代女孩了。

他對我說：「我想通過自己的眼睛去挖掘，去尋找……」

聽到這裏，我的臉不由得一陣陣發熱。

看來，這位年輕的美國老闆是真地愛上了我這個「靦腆而害羞的江南女孩。」

終於有一次，他很靦腆地向我提出，能不能跟他一起回美國加州看一看，雙方再進一步地瞭解瞭解？

當時我的心激動得都快蹦出來了──

那麼，這是真的了，綠卡在向我招手了？我終於可以實現自己的夢想了？……可是，看著朦朧燈光下的他那張誠摯的臉，我又於

心不安起來：用這麼個好人做梯子，我是不是太卑鄙了？……

當然，我還是跟著那個美國人去了加州。

這次的旅費我堅持用我自己的積蓄。我是這樣對他說的：「我不想在答應嫁給你之前讓你為我負擔任何費用。」此舉無意中又博得了他對我進一步的好感。

到了美國加州，我漸漸確認了他對我講的情況一切屬實，他並沒有絲毫的欺騙。

但這一來，也更加重了我的心理負擔：我覺得自己並非真的愛他，抱有其他目的而嫁給他，對他是很不公平的，是對這個好人的致命傷害；我不會讓他得到真正的幸福，也不會讓自己得到真正的幸福……

接下來的幾天，我們依舊有說有笑地在一起玩耍。

直到臨別的前一天，我終於鼓起勇氣對他說：

「對不起，你是個好人，但是我要對你說實話，我並不愛你，很抱歉，真的，我不想欺騙你，也不想為了綠卡或別的什麼而把自己的一生隨便交給一個我不愛的人。我衷心地祝你好運，祝你早日找到一個你愛她、她也愛你的理想伴侶……」

就這樣，我從美國又飛了回來。

126

記得有一天上午，天氣很冷，屋子裏滴水成冰。

8點多鐘的時候，我還睡在床上，方圓砰一聲撞開了我的屋門。

我看見她身上穿著一件可疑的貂皮大衣，頗為神秘地盯著我笑，並慢慢地將大衣在我面前打開來——裏面竟光裸著身體什麼也沒穿！……

她看著我驚愕的樣子不由得哈哈大笑。她一邊光著身子往我被窩裏鑽，一邊哆嗦著說冷死了冷死了可把我凍壞了……

我感到她的身體像一根大冰棍似的。我說你裏面的衣服呢？她

告訴我昨天晚上全撕壞了。她還說了一個人的名字。正是前面提到的那個副導演。

——「蘇同，你知道嗎，我戀愛了！」……

被窩裏，方圓的兩眼像狼一樣閃閃發著光，一次一次沒來由地緊緊擁抱我，憋得我幾乎透不過氣來：

「我戀愛了！天哪，我終於嚐到戀愛的滋味了，那種滋味，真說不出來，你嚐過嗎？多美啊，這是我從來沒有體驗過的！……」

我不免再次為她擔心：「這次，這次是真的？你敢確定？……」

她狠狠地點點頭，說：「就像我現在這麼冷，而你身上這麼熱，這還能有假？」

然後方圓用一種近乎詩朗誦的語調詠歎道：「對我來說，談結婚太晚了，談愛還不遲，愛永遠是不遲的！……」

「談結婚也不晚啊，」我說，「你二十二歲還不到，一切還可以從頭開始……」

原來，在幾年前，副導在南京拍戲時，就認識了美麗的高二女生方圓，倆人很快墜入了愛河。

後來，方圓不想繼續這段沒有結果的戀情，忍痛離開了副導。她的心都碎了。從此，她對所有的男人似乎都失去了興趣，更失去了「性趣」。

不想，受命運的捉弄，方圓幾次來到北京，而且在第一次做「北漂」出來「撞組」時，就撞見了昔日的情人！……

蘇同這才恍然大悟。他想起了副導第一次見到方圓時的情景：神情一怔，彷彿是見到了張曼玉。眼神都變了。

而且，為什麼方圓在見了副導第一面後出來，臉色緋紅，表情複雜。

蘇同還想起了方圓那次莫名其妙的發火：要是我出賣身體的話，我早就出賣給他了，還等到現在？……

不久，我就聽說，副導正和他的夫人鬧離婚。

有一天，他夫人發現她的一件進口貂皮大衣不見了，懷疑是方圓拿的，便不由分說報了警，並提供線索讓員警上我屋裏來查。當然他們不費吹灰之力就查到了那件大衣。

員警要帶走方圓的時候，那個副導站了出來，說大衣是他借給方圓穿的。這樣一來偷盜罪名便不能成立了。

事實上副導並不知道方圓「借」了他夫人的貂皮大衣，方圓那兩天一興奮竟把這事給忘了。

據說那天早上副導趕到劇組去拍戲，把方圓一個人留在了家裏。方圓從被窩裏爬出來一看，發現她裏裏外外的衣服在昨夜的狂歡中差不多都扯壞了，不能穿了。方圓打開屋裏的衣櫃，一眼就發現了那件貂皮大衣，便光著身套上試試，誰知這一試的感覺太好了，太妙了，再也不想脫下來了⋯⋯

副導夫人當眾罵了方圓很多難聽的話，說她是個爛貨，是個寄生蟲，吸血鬼，是個小偷，騙子，有沒有偷貂皮大衣，她自己心裏最清楚⋯⋯

其實副導「心裏最清楚」貂皮大衣的事兒。因為方圓一直沒有和他打招呼，他也吃不准方圓是什麼意思了。

這天曲終人散之後，副導把方圓帶到一家酒吧。

兩人都喝了不少酒。

喝醉了酒的副導把方圓責罵了一頓，罵得很難聽。方圓像隻受傷的貓蜷縮成了一團。最後她叫了輛出租把神志不清的副導送回了家——也就是送回了他夫人身邊。

當天夜裏，方圓在我屋裏大哭一場，並當場決定離開北京，南下廣州或深圳，去做一個「南漂」。

我怎麼勸也勸不住。我望著她臉上那異樣的神情，不知為什麼，預感告訴我：她這輩子再也不會回到這兒來了⋯⋯

俗話說，解鈴還需繫鈴人。我主動打電話給副導，讓他來勸勸她。

在候機廳，還差十幾分鐘就要登機的時候，我看見副導急急忙忙地趕來了——

遠遠地，我們看見他頭上騰騰地冒著熱氣，眼鏡的鏡片都被熱汽糊了一層。

副導先是看見了我，然後發現了故意背朝著他的方圓。他三步並成兩步衝了過來，也不管什麼大庭廣眾之下，雙腿一跪，兩手抱著方圓的腿，泣不成聲地懇求她的原諒。

他說：「蘇同可以做證，我現在正式向你道歉，並正式向你求婚，方圓，求你不要走，求你嫁給我吧！……」

方圓的臉一直扭在背後，埋在臂彎裏，身體越縮越圓，越縮越小。我聽見她斷斷續續地說：

「謝、謝謝你，這是、是我朝思暮想的，要是放在以前，我會、會高興得、跳起來，可是，現在，不同了，一切都不同了，我忘不了……我也不配、不配你，你罵得對，我太髒了，太髒了……」

……

波音747準時起飛了。

它載著幾百個素不相識的男女老少，昂首刺破藍天，掠過北京上空的帝王之氣，一直往南方飛去……

但方圓並沒在這架飛機上。

在跨上登機通道之前，她一直猶豫著，猶豫著，最終她還是止住了向前挪動的腳步……

127

蘇同沉默了很久。似乎要這樣永遠沉默下去。

　　「後來呢？」冷靜像個小孩子似的，衝著蘇同不停地問這三個字。（這是他們律師常用的招數之一。）

　　「後來，我和方圓就同居了。」蘇同毫無表情地說。

　　「同居？」冷靜似乎明白了什麼。「她為了你，又留了下來？」

　　蘇同點點頭。還是毫無表情的樣子。

　　「那，後來呢？」

　　「什麼後來？」

　　「我是問，」冷靜小心地選擇著詞語：「比如說，你們，為什麼又分開了呢？」

　　「那是因為，因為，」蘇同嘴角現出一絲譏笑：「也許，是因為她太愛我了吧？」

　　「此話怎講？」

　　停頓了一下。

　　——「你有過一夜情嗎？」蘇同突然沒頭沒腦地問了一句。

　　「什麼意思？」冷靜的腦海裏倏地閃過「白又香」玉體橫陳的情景。

　　「一夜情之所以美好，正因為她是短暫的，純粹的，一次性的，甚至是，沒有功利成份的。」蘇同深深吸了一口煙，徐徐吐出。

　　「開始我也納悶，一直想不通，為什麼那麼美好的東西會那麼短命呢？簡直是驚鴻一瞥，曇花一現，轉瞬即逝，無法倖存。」蘇同說著說著，臉上又有了激動的表情：「後來我也想通了，美好的東西之所以美好，就在於她是一個奇蹟，奇蹟總是短暫的，稀有的，既不可多得，也無法倖存。物稀為貴嘛！人是如此，感情也是如此。你說是不是？」

　　接著，蘇同又給冷靜來了一個隱私性曝料，即兩人同居期間「方圓捉姦」的故事——

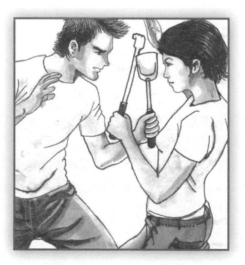

14 不能承受之「親」

情人不見得一任比一任好，
只是你希望下一任會更好。

128

這天傍晚，方圓在外面玩了一天回到家，看見廚房的洗碗池裏，泡著兩隻碗，兩雙筷，心裏頓時就起了疑，衝著書房就叫起來：

——「蘇同，蘇同，你過來！」

蘇同聽見方圓的叫喊，慢吞吞地從書房裏走了出來，他一邊揉著眼睛，打著哈欠，嘴裏一邊嘟噥著，什麼事啊，大呼小叫的。

方圓先是乜著研究性的眼光，把蘇同上上下下掃描了一通，然後說道：

「今天你怎麼這麼聽話啊，一喊就出來了？以前喊你十遍八遍你也不出來的。」

蘇同臉上陪著笑說：「誇張了吧，哪有十遍八遍，最多五六遍吧。」

「那你今天怎麼這麼聽話，一喊就出來了？態度還這麼好，臉上還笑眯眯的——莫不是做了什麼虧心事了吧？！」

方圓最後一句說得很突然，語氣很重，好像蘇同真的做了什麼虧心事。

蘇同趕緊收斂了臉上的假笑，使出一副沒做什麼虧心事的懶散態度，說；

「我笑了嗎？哦，和你沒關係的，我在網上剛剛看了個笑話，挺可樂的，哈哈……再說，我在房間裏憋了半天了，正想上廁所，所以，你一叫，正好，我就出來了……」

蘇同邊說，邊拉開了褲襠前的小拉鏈，轉身進了廚房旁邊的衛生間。

方圓也跟在他後面進去了，追著他問：

「你剛剛看了什麼笑話，說來聽聽？」

「這個……」

——「編，趕快編！」方圓一陣冷笑。

「這個笑話啊，說是，老二打報告，要求加薪，理由是，一，長期在陰暗潮濕的場所工作，這個……」蘇同努力使出沒有任何漏洞的口吻，說，「這個笑話比較黃的，沒意思，嘿嘿……」

「沒意思？沒意思你為什麼笑咪咪的？……」

「這笑話本身還是有意思的，還是很有意思的，我還沒說完呢！」

「你說啊，編啊，趕快編啊，一會兒說有意思，一會兒說沒意思，什麼意思嘛！你編啊，往下編啊，」方圓一陣接一陣的冷笑：「姓蘇的，今天你不編出個意思來，就說明你做了虧心事，說明你心裏有鬼！……」

唉，蘇同歎了口氣，用一付心裏沒有鬼的口吻，很委屈地說：

「你這個樣子，叫我怎麼說笑話，再好的笑話，我也說不出來了，說出來也不可笑了……」

這期間，蘇同已經掏出了襠裏那活兒，對準了坐便器，渾身的肌肉顯得有些僵硬。看得出來，他在暗暗使勁，但該出來的東西卻遲遲不肯出來。蘇同於是說：

「你站在我後面，我小不出來了。」

方圓冷笑一聲說：「我站在你後面，你就小不出來了，換誰站在你後面，你就小出來了？」

「誰──誰也別站在我後面呀。」蘇同說。

「那我站在什麼地方？站在你前面？」

「你，請你先出去一下好不好。」

「你有什麼見不得人的地方？」

「沒有啊。」

「你那地方，都讓多少人見過了？」

「不多，也就……見什麼呀，」蘇同哭笑不得地說：「這有什麼好見的呀。」

「你不說我還忘了，」方圓說著，順手打開了衛生間的燈，上前將蘇同的身體轉了一百多度，讓他下面那活兒迎著燈光，對著自己。

　　蘇同本能地一縮身體，將那活兒縮了回去——

　　「幹嘛呀你，變態啊？……」

　　方圓也不答話，一伸手，像掏鳥窩似的，將他那活兒又掏了出來。蘇同本能地掙扎了一下，但隨後他就像一頭被牽住鼻繩的牛似的老實了，不敢動了，只是嘴裏不斷求饒：

　　「輕點輕點，你幹嘛呢，包餃子揉麵哪？這麼冷的手，哎喲……」

　　方圓將那活兒草草而又認真地看了幾遍，似沒看出什麼明顯的破綻。但她還是像抓住了什麼要害似的，一摔手說：

　　「好啊，你問題大了！你先小便，小完了咱們再好好理論。」

　　蘇同於是重新接管了那活兒，收斂了臉上和身上的一切表情，對著坐便器，重新做起了摒息靜氣、面壁思過狀。然而這樣努力了半天，還是不見效果。於是蘇同理不直、氣不壯地說：

　　「你站在我後面，我還是小不出來。」

　　方圓在他身後冷笑一聲：「那以前我站在你後面的時候，你也沒有小不出來嗎？今天你怎麼啦？今天你肯定做了虧心事了！——你還是老實說吧，你說出來了，就能小出來了。」

　　「今天？」蘇同仰起頭，一臉迷惘狀，好像在竭力回想、搜索著什麼。「我今天沒做什麼虧心事啊。」蘇同說。

　　「今天沒做，那是昨天做的？」方圓循循善誘地：「昨天做的也行啊，說出來就好——蘇同啊，你還記得小時候，學過的一篇課文嗎，一個小孩子做了虧心事，臉紅得不得了，他拚命地用水洗啊洗，怎麼也洗不掉，臉還是紅彤彤的，後來，他把這件事主動說了出來，承認了錯誤，臉就不紅了。而你幹的這件事，事實已經很清楚了，證據也很確鑿了，連鄰居都看見了，都告訴我了，關鍵就看你自己的態度了，我勸你還是主動一點的好。」

　　「鄰居？……哦，對了，我今天沒出門，沒有看到什麼鄰居啊，」蘇同哼哼著說。

「你沒看見人家，不代表人家沒看見你，」方圓有點慍怒地說：「現在我正式提醒你一下，我們家的洗碗池裏，怎麼會有兩隻碗，兩雙筷？請你正面回答。」

「哦，那個事呀，對不起，怪我怪我，」蘇同說，「等我小便完了，我就來洗。」

「中午是誰來的啊？」方圓似乎很隨意地問了一句。

「中午，是——」蘇同頓了頓，翻了翻眼睛，似乎在費力地回憶著……

——「趕快編，趕快編啊！」方圓像抓住了他什麼把柄似的說。

蘇同的右手握著身上的那個把柄，依然不緊不慢的，做出一副什麼把柄也沒有的樣子，說：

「中午沒人來，就我一個人啊。」

「你一個人吃兩隻碗、兩雙筷子？」方圓依舊緊緊地抓住他的把柄不放。

「哦，這很好解釋，我早上吃一隻碗一雙筷子，中午再吃一隻碗一雙筷子，加起來……」說到這裏，蘇同頓住了，說：「這話聽上去怎麼這麼彆扭？我吃碗筷幹嘛，應該是使用嘛！我早上使用一隻碗一雙筷……」

「那好，你說，你早上吃的什麼？」方圓突然發問。——「趕快編，趕快編！」

蘇同握著自己身上的那個把柄，還是不緊不慢的，做出一副什麼瞎話也沒編的樣子，說：「我早上，好像是吃的泡飯吧？你問這個幹嗎，你還讓不讓我小便啊？」

「泡飯？哼哼，露餡了吧？」方圓的語調立刻得意起來，說：「泡飯裏還有油啊？你看這兩隻碗，都是油膩膩的——這你怎麼解釋？」

「這個……大概是我搭的鹹菜，還有豆腐乳，那裏面的油吧……」

「那你中午吃的什麼？」

「還能吃什麼，飯啊，菜啊。」

「你兩隻碗裏的油怎麼是一樣的？」

「你煩不煩啊，還讓不讓我小便啊，」蘇同在衛生間裏甕聲甕氣地說：「你再煩，別怨我不答理你啊。」

「桌上的青菜是誰炒的？」方圓像隻警犬似的，在廚房裏亂嗅亂轉。見蘇同半天沒回答，又提高聲音問了一遍。

「我。」蘇同終於應了一個字。

「今天太陽從西邊出了，你也會炒青菜了？」

「青菜誰不會炒。」

「你什麼時候學會的？你炒青菜還知道放生薑？可能嗎？」

緊接著，方圓又發現了酒的問題：

「還有葡萄酒，昨天剛買的一瓶，怎麼就剩這麼點兒了啊？你沒事一頓喝這麼多啊？……還有酒杯，碗櫥裏兩隻玻璃酒杯放得整整齊齊的，剛剛用過的樣子……還有，冰箱裏還有吃剩的半隻燒雞，哪來的？啊？燒雞哪來的？」

「我買的。」

「在哪買的？」

「街上，店裏。」

「那條街上，哪個店裏？多少錢？……」

「你這是什麼意思啊？明明是對我不信任嘛，」蘇同以攻為守：「開始我還以為你開玩笑，現在越說越當真了。你經常出差在外面，一走幾天的，我沒懷疑你，你倒懷疑起我來了……」

「你懷疑好了，你可以懷疑嘛，歡迎監督嘛，心裏沒鬼，你怕人懷疑什麼？」

方圓說著又進了衛生間，見蘇同還直直地豎在坐便器前面，就說：「還沒小出來？呵，今天可真是奇怪啊，家裏一下子出現了這麼多的新生事物，你不感到有點奇怪嗎？蘇同啊蘇同，你以為我抓不到你的證據啊？這太容易了！」

　　說著，方圓一把扯下了浴缸架子上的一條藍毛巾，真像抓著了一條證據似的，在蘇同面前抖啊抖的，說：「你的洗澡毛巾怎麼會是潮的？你什麼時候洗的澡？」

　　「唉，小個便都不得安生……」蘇同對眼前抖動的那條證據視而不見，索性解了褲帶，褪下褲子，像女人一樣坐到坐便器上去了。

　　方圓依然不停地抖動著手裏的那條證據，喝問道：「你承認了？」

　　「承認什麼啊。」

　　「你，你在家裏，亂，亂來，做了對不起我的事。」

　　「好吧，我承認。」

　　「早承認不就完了嗎！」方圓面露勝利的冷笑，顫著聲音問：「那個女人是誰？」

　　「哪個女人啊？」

　　「今天中午來我們家的那個女人。」

　　「今天中午？沒女人來我們家啊。」

　　「那就是上午？或者是下午？」

　　「上午下午都沒來。」

　　「那是什麼時間來的？」

　　「沒有女人來的。」

　　「你的意思是，是男人來的？是男人在我們家洗澡的？誰呀？——編，趕快編！……」

　　「什麼人都沒來過。」

　　方圓氣的，手上的那條毛巾不由自主又抖了起來：「姓蘇的，你還算人嗎，你剛剛承認的，怎麼轉眼不認帳了？」

　　「我承認什麼了。」

　　「你剛剛承認的，在家裏亂來，做了對不起我的事。」

　　「是的，我是在家裏是亂來了，我喝很多酒，還買燒雞，還炒青菜，還沒洗碗……」

「還有呢？」

「沒有了。」

哼哼，方圓從鼻腔裏冷笑了兩聲，手上的那條證據抖動得更厲害了：

「那你說說，這條毛巾怎麼回事，它怎麼會是潮的？」

「我拉肚子，用它洗屁股的。」

「哈哈，你拉肚？你拉啊，你現在就拉給我看看。」

「沒事你看我拉稀幹什麼？」蘇同微笑著說，「況且，你站在我面前，我也拉不出來。」

「好，好，」方圓邊說邊往外退，「你以為我抓不到你的證據是吧？你等著。」

129

「對不起，我沒聽明白，」冷靜裝作很虛心的樣子問：「那天你到底有沒有做什麼虧心事？有沒有和別的女人幽會？」

蘇同從鼻孔裏冷笑一聲，反問道：「你認為這個問題很重要嗎？」

冷靜倒被他問住了，乾張著嘴，說不出話來。

130

少頃，方圓又在書房裏叫起來：

——「蘇同，蘇同，你過來！」

蘇同沒答理她，好像什麼也沒聽見似的。

方圓一連喊了六七遍，眼看要發火，蘇同才伸長脖子應了一聲：「上廁所呢，沒法過來。」

方圓手裏提溜著什麼東西，一路小跑，親自來到衛生間，站到

蘇同的面前，用一付大有把握的神態說：「你看，這是什麼？」

蘇同看了看方圓舉著的那隻手，做出一付什麼都沒看見的樣子，說，沒什麼啊。

「你再仔細看看。」方圓說著，把那隻舉著的手伸到了蘇同的鼻子底下。

蘇同這次看見了，方圓兩根手指中間捏著的，似乎是一根毛，準確地說，是一根頭髮。他不能再說看不見了，只好說，一根頭髮吧。

——「誰的？」

蘇同於是很慎重地接過那根頭髮，迎著光照來照去的，研究性地看了半天，說：

「看不出來，這麼長，大概是你的吧。」

「哈哈，你過獎了，我有這麼長的頭髮嗎？」方圓一陣冷笑。

「那是——誰的呢？……」蘇同坐在坐便器上，臉上做出一副深入研究的表情：「有辦法的，我聽說，這種事情可以做DNA鑑定的。」

方圓的臉脹得紅紅的，胸脯那兒也脹得鼓鼓的，也不說話，就拿眼睛瞪著蘇同的眼睛，蘇同像是全沒看見。

後來，方圓又返身去了書房。書房裏擺著張床，平時就充當蘇同的臥室，她不知憑什麼感覺到：這裏就是蘇同的作案現場。她不信，作那麼大的案，就留不下半點蛛絲馬跡。

果不其然，幾分鐘後，方圓又在書房裏叫喚起來：

——「蘇同，蘇同，你過來！」

喊了兩遍，不見蘇同答應，她才想起，蘇同正在衛生間拉肚子。

於是，方圓手裏又提溜著什麼東西，一路小跑，親自來到了衛生間，一路上她還不忘冷嘲熱諷地挖苦蘇同：「你這個肚子難拉呢，比便秘還難呢！……」

她來到蘇同的面前，一看蘇同正蹲在地上，就著一隻腳盆，在洗屁股。

　　「你還真的洗上了哈，」方圓自己先撲哧一聲笑了：「你演給誰看哪？拿我當傻瓜哪？」

　　蘇同像沒聽出她的話外音，很謙虛地說了句：「從小養成的衛生習慣，沒辦法。」

　　「衛生習慣？好，你再看，這是什麼？」方圓說著，這次直接把手伸到了蘇同的鼻子底下。

　　蘇同只看見一團紙在鼻子底下晃蕩，同時晃蕩的還有一股熟悉的怪味兒。

　　蘇同不禁愣了愣神。他終於看清了——這是一團衛生紙，平時用來……這麼說吧，這也是蘇同的一種衛生習慣，或叫生理衛生習慣。

　　「你書房的廢紙簍裏，怎麼會有這種東西？」方圓把手裏的紙團抖得沙沙作響。

　　蘇同下意識地伸過手，想把紙團拿過來，方圓卻敏捷地一縮手，讓蘇同撲了個空。

　　「你想銷毀證據？做夢！我一定要把它化驗出來，看是誰的。」

　　方圓把那團證據更緊地握在手心裏，返身來到客廳，拉開她的那只出差用的旅行包，將那團證據深深地隱藏起來。然後，方圓對著鏡子理了理頭髮，整了整衣衫，重新背起了那只旅行包，打開門就要衝出去。

　　但蘇同及時撲了上來。

　　——「放開我，放開我，你讓我走！……」方圓終於哭出聲來。「我成全你，我成全你們這對狗男女還不行嗎？嗚……」

　　蘇同只好又祭起他常用的那套招術，比如一邊緊緊抱住她，兩隻手不停地攻擊她的敏感部位，一邊在她耳邊不停地說一些「我愛你、我只愛你一個人、我心裏只有你、我想死你了……」之類的套話。

　　「你真傻，」蘇同一邊說一邊把她往臥室裏推：「你懷疑我在家裏和別的女人好，假如真的有這回事，我為什麼不把碗洗乾淨

了，把青菜、燒雞全吃了？我為什麼不另外買瓶酒來喝？我還會把
毛巾弄潮了，把衛生紙亂扔嗎？假如真的有這回事，我為什麼要在
家裏做？外面的鐘點房很便宜、很方便的，而且為什麼一定要在今
天？明明知道你今天早出晚歸，我為什麼不找一個你出差好幾天的
機會？……你真傻得可愛！……現在我就讓你來檢驗，現在只有這
個辦法，才能證明我的清白……」

　　說這番話的同時，蘇同也把方圓身上的武裝解除得差不多了。

　　方圓當然是不停地掙扎著，反抗著，一百個不願意，一千個不
願意，嘴裏還不停地說：

　　「你們男人沒有一個好東西，你們男人全都一個德性，做了虧
心事你還不承認，你就是粗心大意，沒把碗洗了，沒把青菜燒雞吃
了，還忘了買酒，你們把衛生紙扔到廢紙簍裏，洗那東西又弄潮了
毛巾，以為我不會注意，以為我也和你一樣粗心……你怎麼知道外
面的鐘點房那麼便宜，那麼方便？我出差好幾天的時候，你帶了幾
個女人到家裏來過？……告訴你，你賴不掉的，你不承認不行的，
我不答應的，我就要你承認嘛！……」

　　「我承認，我承認，我全承認，」蘇同一邊說一邊脫著自己，
好像他說的是：「我脫光，我脫光，我全脫光……」

　　「我要你老實說，你和她怎麼做的，不老實說我可不饒你……」

　　「好，我老實說，我老實交待，我全說，……」

　　於是蘇同一邊說，一邊用力，一邊用力，一邊說，身體自然是
十分的興奮，蘇同於是有感而發，就說：

　　「你看，你看，如果我今天做了那事，我現在能這麼、這麼好
嗎？這下你總該相信了吧？……」

　　方圓卻不依不繞：「我相信什麼？你是什麼貨色我還不知道？
現在你嫌我了，玩膩了，就找別的女人，別的女人有我好嗎？」

　　「沒有，沒有，……」蘇同脫口答道。

　　「怎麼沒有，說啊？今天那個女人有沒有我好？怎麼沒有？說

具體點，你說啊？！……」

　　蘇同於是就說了，蘇同就真像有那麼回事似的說了，今天那個女人，一怎麼沒有，二怎麼沒有……

　　蘇同邊說邊用力，邊用力邊說，感覺到身體下面的她確實是越發的好了，而且越來越好了——

　　「誰也沒有、沒有你好，你是、是、最、最、最好的！——哦！……」

　　最後的這個感歎詞，終於從蘇同的肺腑深處直直地穿透而出。
　　……

131

　　蘇同告訴冷靜，1992年冬天，他們分手之後，方圓離開北京，先去廣州，然後到了海口。

　　這期間，他們一直保持著聯繫。

　　蘇同獲悉方圓在海口賣「豬仔」（做導遊小姐），賺了一些錢。但不久，她就被一個揚州遊客騙了，並跟著這個男人去了揚州。她有沒有跟他結婚不清楚，但同居是肯定的；她的錢被騙光，也是肯定的。然後，方圓就和蘇同「突然」斷了聯繫。

　　——「我估計，一定是發生了什麼不正常的事情。」蘇同目光炯炯，發揮著一個詩人、作家的想像力。

　　——「你說『不正常的事情』，你在暗示什麼呢？」冷靜問他。

　　「我的意思是，」蘇同艱難地咽了口唾沫，「我有一個奇怪的預感：不是她殺了人，就是她被人殺了。」……

15 非功利性遊戲

功利的夫妻關係其實是一種長期賣淫關係，
無功利目的男女性遊戲才是純粹而美好的。

132

這趟北京之行還是很有收穫的。

坐在開往濱城的火車上，冷靜這樣滿意地想。

為了節省時間，冷靜決定跳過海口，取道濱城，中轉揚州。

濱城也是何飛的老家。冷靜取道濱城，就是想再做一些調查工作。

一路上，冷靜都在反覆研究方圓隨身碟裏的「海口日記。」

133

（方圓日記）

海口的黃昏是美麗的。

海口的天氣總是那麼晴朗，街道兩旁挺拔的椰樹如一柄柄撐開的綠色的太陽傘，搖曳多姿，瓦藍的天上，漂浮著朵朵白雲。

到了世紀末，海南就剩下旅遊業還能稱得上「堅挺不衰」。大家都說海南的導遊賺錢。梅子漂泊海南的日子累是累點，可也覺得值。帶一個團少說點也有一二千。但更多的時候沒有團帶，只好「賣豬仔」。

海南的旅遊業把介紹散客給旅行社提取利潤的行當叫做「賣豬仔」。

（方圓日記裏的這個梅子，是不是她自己呢？冷靜邊讀邊想。應該就是她自己吧。經過一番分析推理，冷靜這麼判斷。）

這天一早，梅子就抓到了兩隻「肥豬」。那是她的一個大款朋友介紹給她的。這兩隻「肥豬」，一個是大陸的吳先生，一個臺灣的阿慶先生。

這天一早上車的時候，那個吳先生又臨時帶上了一位陪游小姐，梅子將他們交給旅遊團的那個男導遊，說：「這是我的兩位客人，請你多多關照喲！」

導遊們相互都是熟悉的，而且導遊的嘴都很油，他看見梅子與阿慶站在一起，便打趣說：「怎麼，你這麼關心，是你的男朋友啊？」

梅子也不甘示弱，說：「是男朋友又怎麼樣？」

旁邊的阿慶聽了，竟有點不好意思地紅了臉。

「男朋友」歸「男朋友」，該賺的錢還是一點不能含糊。因為阿慶是臺胞，梅子收他的費用要比內地遊客高一些。梅子手裏抓著錢，很耐心地向他們交待旅遊的注意事項。比如，海鮮可以適當吃一點，天涯海角外面那些小販手裏的珍珠項鏈不可亂買，晚上上街要與人同行，注意安全，住賓館要隨手鎖門，貴重東西要隨身攜帶……

阿慶用手捂著褲兜裏的錢包，有些不放心地問：路上還需要我自己花錢嗎？我身上沒有人民幣了，台幣行不行呀？

梅子說，如果他們不購物的話，需要自己掏腰包的地方並不多，就算黎寨、苗寨的門票自費，兩百元也足夠了。但那裏是不收台幣的。

說著，梅子順勢從手上的一迭人民幣裏抽出三張「老人頭」，交給阿慶，說，你拿這個先用著吧。

梅子的意思是，先借給你，等你回來再兌換人民幣還給我。但沒想到，臺胞阿慶卻把她的意思理解錯了……

（這麼精明、警惕性這麼高的「梅子」，對愛情看得這麼透的方圓，怎麼還會被人騙呢？冷靜百思不得其解。

此刻，冷靜坐在濱城賓館房間的寫字臺前，從「筆記本」上抬起頭來，悵然地望著窗外的大海出神。）

134

忽然，有人敲門。

冷靜應聲打開房門時，竟一時沒認出門外的蚊子。

（麻將城的冷靜與濱城的蚊子在網上認識了近一年。冷靜早就說要來濱城看蚊子。蚊子也說過要來麻將城看冷靜。這話兩人不知說了多少次。）

冷靜一時吃不准敲門的女人是誰。

門外的女人局促而緊張地沖他笑了笑，就閃身進了門。

——服務員？按摩女？……

冷靜一邊關門，一邊在心裏下著判斷。

總不能這麼問她吧：「請問你是不是蚊子？」

他甚至還不知道她的真名。他只聽說她也是個律師。

他們是通過一個律師網站認識的。相互傳過照片。他們偶爾有業務上的協作關係。

冷靜轉過身來，再次將這個女人審視了一通，終於找出了她和照片的某些相似之處。

比起照片，眼前的真人臉太瘦了，沒有那麼年輕，皮膚也沒有那麼白。剛才她衝著他笑的時候，看上去特別不像。因為照片上的女人是矜持的，幾乎不笑的。

——「怎麼，不像嗎？」蚊子也覺察到了什麼。

「哦，你好像變瘦了。」冷靜只好這樣說。

「我就這樣，」蚊子說，「沒有變瘦啊。我一年四季都這樣子。」

「也許你自己覺察不出來，」冷靜說，「當局者迷，局外人清嘛。」

「可能吧。」蚊子像蚊子似地哼了一聲。

——「我呢？我像嗎？」為了不冷場，冷靜接著問。

「差不多吧。」她說。「感覺更像個中年人。」

冷靜笑起來，「我本來就是個中年人嘛。」

「可你照片上顯得年輕，」蚊子說，「是不是用的以前的照片啊？」

冷靜笑著撫了撫她的手，說，「你真機靈，反應真快，不愧是個美女律師。——對了，你要不要洗下臉？」冷靜趕緊轉移了話題。

「出點汗對身體有好處啊。」她歪著頭說。

「是啊，是啊，你說得對。」冷靜應和道。他遞給她一杯礦泉水，說，「那先喝點水吧。」

冷場幾秒。

蚊子低頭玩弄著手中的茶杯，然後抬起頭來說，「中午我請你吃飯。你想吃點什麼？」

「不，還是我請你吧，」冷靜說。「你做嚮導就行了。」

「不，你是客人，第一頓我要請你的。」她說。

……

135

（方圓日記）

旅遊車開走之後，梅子樂滋滋地閃進旁邊的一家熟悉的酒店，準備獨自享受一頓豐盛的早茶。

海口人對早茶通常是很講究的。梅子也不例外。梅子一邊品嘗著魚翅大包，一邊在心裏對自己說：「梅子小姐，今天你起了個大早，賺了三百元錢，辛苦了，獎你一隻魚翅大包吧！……」

梅子就是這樣的一個新潮女子，一邊打工掙錢，一邊享受生活。每次賺了錢，無論多少，都要拿出其中一部分來犒勞自己，總之不讓自己虧著。

——善待自己，自己做自己的太陽照亮自己，這是梅子新的人生信條。

　　梅子深深地懂得，「不相信男人，不依靠男人，一切靠自己」，這是孤獨、漂亮的單身女子闖蕩江湖的基本前提。

　　有句名言叫做——「海口女人不相信愛情。」

　　尤其作為海口的一個外來妹，她必須把自己包裹得嚴嚴實實，以保護自己免受傷害。

　　情感的傷害對梅子這樣的女子來說是致命的。

　　闖蕩江湖的前兩年，梅子曾經歷過幾次刻骨銘心的「愛情」，每次都被傷害得痛不欲生，死去活來。她不敢再去嘗試。她要讓自己的那根愛的神經徹底麻木。因為她相信：海南是個「椰子樹下無愛情」的地方，弄不好自己就會「全軍覆沒」。

136

　　大約一小時後，他們重新回到了房間裏。

　　蚊子將她的調查材料交給了她的同行冷靜。

　　——令冷靜吃驚的是：何飛的家人居然不知道何飛原配老婆已死、他和方圓重新結合的情況。

　　蚊子站在窗邊，隔著玻璃眺望著海景。

　　冷靜放下手裏的材料，關好了門，借著酒意，一直朝蚊子走過去，從後面抱住了她。

　　蚊子並沒有掙扎，而是指點著海景，給他做講解。只是聲音聽上去不太自然。

　　冷靜於是得寸進尺，大膽地將雙手滑向了她的胸部，進而從後面吻她的頭髮和耳朵。

　　漸漸地，蚊子將臉轉了過來，將嘴唇送給了對方。

　　蚊子的身體在冷靜懷裏，由開始的僵硬變得柔軟，再由柔軟恢復了僵硬。她身體僵硬的時候，呻吟聲也顯得壓抑而僵硬。

　　冷靜摟著她，慢慢朝浴室方向走。準確地說，是冷靜向前進，蚊子朝後退。退到一半，蚊子站住了，不肯退了。

　　冷靜吻著她的耳朵，企圖軟化她，「寶貝，我們去洗個澡吧。」

　　「嗯，我不洗，洗澡幹嘛？」

　　「寶貝，聽話，去洗個澡，啊？」冷靜邊說，邊輕輕推她。

　　蚊子半推半就地，「不，不嘛，我不洗，你去洗好了，我，我不好意思……」

　　「那你先一個人洗，把門關好了，我保證不偷看，啊，」冷靜半開玩笑地說，「下次，我們再一塊兒洗……」

　　「嗯，人家又沒有帶衣服……」

　　少頃，浴室裏傳出了嘩嘩的淋水聲。

　　冷靜心神不定地坐在床上，打開電視，胡亂看著。只見上面人影晃晃，人聲沸沸的，除了新聞，就是港臺電視劇。他想調個音樂什麼的調節調節氣氛。還算好，調出來個花樣滑冰。冰上少女一會兒如蜻蜓點水，一會兒如彩蝶翩飛，裙下風光盡收眼底……這個項目肯定是男人設計出來的，冷靜不無幽默地想。

　　蚊子從浴室出來時，身上還穿著原先的那條淺色連衣裙，頭髮濕潤潤的，面色紅潤了許多。

　　冷靜走過去，在她臉上親了一下，說，「你先休息一下，啊，我進去洗一下。」

　　冷靜從浴室出來時，身上只穿著一隻三角褲衩。他看見蚊子面色紅紅的，已經躺在床上，躺在一條棉毯下面了。冷靜揭開棉毯，發現她身上還穿著連衣裙，便打趣說：

　　「你嫌冷啊？」

　　蚊子也笑了，說，「那我穿什麼呀？」

　　「像我這樣啊。」

　　「去，你看見哪有女人打赤膊的？」

　　「為什麼女人就不能打赤膊呢？……」

　　冷靜說著，開始動手剝她的連衣裙。

　　──「瞧瞧，這麼漂亮的裙子，睡皺了怎麼行呢？再說，那樣的話，讓人家一眼就看出來了⋯⋯」

　　蚊子笑著，並不阻止，而是任其擺佈，嘴裏卻說，「我總不能不穿衣服吧。」

　　裙子退下，便露出了胸罩。

　　「你看你，穿這麼多，還說沒穿衣服，」冷靜笑道，「你熱不熱啊，還是讓我來解放你吧⋯⋯」

　　冷靜解了半天，也沒將胸罩解開，便笑道，「你這是什麼秘密武器啊？」

　　她躺在那兒不動，只是望著他笑，「沒見過這種吧？那你告訴我，你總共見過幾種？」

　　「還見過幾種呢，你看我這麼笨，哪像見過幾種的樣子⋯⋯」說話間，那只胸罩終於像兩隻海蟹殼似的被剝離開了。

　　這情景讓冷靜想到了海鮮。海鮮海鮮，就是圖個新鮮。──如果天天吃海鮮，頓頓吃海鮮，那會怎麼樣？

　　眼下這頓海鮮，雖然沒有帶給冷靜巨大的驚喜，卻也給了他很美好的享受。

　　年近三十的女人，正是豐腴成熟的季節。他開始從頭到腳，慢慢地品嘗她。她閉著眼睛，任其擺佈。她似乎一直在克制著自己。直到後來，他進入她時，她才有了比較強烈的反應。她的頭漸漸向後仰，胸部抬起，身體懸空著，在床上慢慢繃成了一張弓⋯⋯

　　這個細節給予冷靜很深的印象。

　　這種情況，他以前只在書上看到過，還沒有遇見像這麼明顯的。他總以為那是小說上誇張的描寫。還有女人的呻吟，也是小說上經常描寫的，至今為止，冷靜還沒有碰到一個能滿足他想像的，包括此刻的蚊子。

　　不過他也看得出來，蚊子是想呻吟、並且能呻吟的，只是她壓抑

著自己，不好意思放開。多數女人都是這樣的。冷靜知道，這事還不能提醒，不能鼓勵，否則，她連原先的那點壓抑的聲音也會關掉的。

這也不能怪她，冷靜想，兩個人畢竟第一次見面，還不到兩個小時，又是大白天，蚊子能做到這樣，已經很不容易了，很了不起了。相信以後，她是很有希望放開的……

冷靜覺得蚊子為人很自然，不做作，不扭捏，這是他喜歡她的地方。

137

床單上的血，是結束的時候，冷靜突然間看到的。

潔白的床單上，一大塊鮮紅，條件反射地，他差不多是驚呼起來：

——「呀，有血！床單……」

倒是蚊子很鎮定，她起身觀察了一下，說，「沒事，我來洗一洗，就行了。」

「能洗掉嗎？」他擔心地問。

「能洗掉，」她說，「用冷水洗，一洗就洗掉了。」

她揭起白床單，發現下面的席夢思也染上了一點兒，好在席夢思的顏色是淡紫碎花的，不仔細看，還分辨不出來。

蚊子光著身子，抱著床單進了浴室，在洗臉池上放水沖洗。冷靜也進了浴室，放熱水沖洗身子。

少頃，蚊子將濕淋淋的床單展示給他看：「怎麼樣？我說能洗掉吧？」

他笑了，說，「你真能幹。」

「你的運氣真好，」蚊子紅著臉解釋說，「我的好朋友昨天剛走，今天不知怎麼回事，又回潮了？」

「嚇我一跳，」冷靜笑道，「我還以為你是處女呢。」

「討厭。」

「來，你也一起來，沖一下吧。」

蚊子不吭聲，迅速將手上的床單局部擰乾，拿了出去，然後又光著身子返了回來。

兩人在蓮蓬頭噴下的熱水裏，像兩條白花花的魚，交纏在一起，似乎在奮力向上游啊，游……

138

（方圓日記）

第二天，梅子幸運地帶隊「出團」了。

梅子出團總能讓車上的客人興奮起來。

男客喜歡她的漂亮，女客喜歡她的熱情周到。他們都心甘情願地聽從她的「擺佈」，買東西時也不疑心她會賺多少回扣。

有的男人買東西時還討好地拉著她，說：「我要買東西了，你別走開啊！」生怕她會少拿了一份回扣。

在商場裏，梅子總是被客人拉來拉去的，作「參謀」，忙得不亦樂乎……

梅子因此成了各家旅行社搶手的導遊，再加上業餘「賣豬仔」，因此梅子也很快成了個「小富婆」。

海口的小富婆就更加不相信愛情了。

139

蚊子帶冷靜來到何飛老家所在的村子。

這裏以前是個小漁村。現在叫「三角灣海濱浴場度假村」。顧名思義，這裏開闢了一個海濱浴場。由於地點比較偏，人不是很擠，浴場的門票也便宜。現在還是陽春三月，浴場大門洞開，不收門票。

他們住在一家叫觀海旅社的私人旅館裏。

觀海旅社就在浴場對面的一個山坡上。蚊子說她經常陪各地的朋友來玩，所以和這家私人旅社的老闆比較熟悉。

為了使老公放心，蚊子把她的朋友蛾子帶來了。蛾子呢，同樣的，為了讓自己的老公放心，也將九歲的女兒小燕子帶在了身邊。

他們訂了一個三人間。房間在二樓，站在窗口，就能看見不遠處的大海，住宿費只要六十元一天。房間裏清清爽爽，乾乾淨淨的樣子。這讓冷靜感到非常滿意。

「幸好我不是她們的老公，」冷靜有些滑稽地想，「凡事有利有弊，費騰神經歸神經，卻沒讓我戴綠帽子。」

冷靜沒有告訴她們老婆自殺的事情。他喜歡那種沒有功利目的的男女關係，沒有金錢和責任的性遊戲。這樣的遊戲才是純粹的，美好的。

他這次取道濱城，與其說是到何飛的老家來調查取證，還不如說是來證實他理想中的「一夜情」。

兩位女士選擇了兩邊靠牆的床，中間那張自然就歸冷靜了。

當時老闆娘還問呢，這位先生是你們的什麼人啊？蛾子自作聰明地搶先回答說：「他是我們的老師。」——「老師啊？」老闆娘有點不理解的樣子。冷靜趕緊補充說：「我們都是親戚，一起出來玩的，我以前碰巧也做過蛾子的老師。」「哦，是這樣啊。」老闆娘一副將信將疑的樣子。

老闆娘走了後，冷靜就笑蛾子，直通通的，一點也不會拐彎。

拐什麼彎啊？蛾子顯得有點傻乎乎地問。

連她的女兒小燕子都笑了，說：「媽媽你真笨哦，老師和學生住一個房間，說得通嗎？」

蛾子這才恍然大悟，拍了拍腦袋，說，我倒沒有想到這一層。

蚊子說：「沒事沒事，我和他們旅館很熟的，我經常帶朋友過來玩。不過，好幾個男女混住，倒是頭一回哦。你們千萬不能說出

去，要說出去了，我跳進黃河也洗不清了。」

　　「幹嘛去跳黃河，跑那麼遠？」冷靜開玩笑說，「看，眼前現成的大海，走幾分鐘就到了嘛。」

140

（方圓日記）

　　梅子出團結束回到海口時，她的「豬仔」阿慶也正好旅行回來了。

　　晚上阿慶打來電話，說要請梅子吃飯。──「恐怕是要還我借他的三百元錢吧？」梅子想。

　　和阿慶一起吃飯的時候，梅子又一次感到了幸福。她也說不清自己從什麼時候開始，從一個多愁善感的小姑娘變得這樣知足常樂。

　　吃完以後，梅子一直等著阿慶還她那三百元錢。可直到阿慶掏出錢包買單，也沒有要還她錢的意思。梅子犯難了，她不明白阿慶是忘了，還是故意不還。

　　走出飯店，梅子在心裏一直盤算著，該怎麼辦？海南的打工生涯教會了她最清醒的一條就是：「再好的朋友不言錢。」吃飯歸吃飯，生意歸生意，賺錢歸賺錢。雖然三百元錢對梅子只算一個小數目，雖然阿慶這頓飯花了就不止六百元，但這是兩碼事。

　　梅子非常清楚，在海南這個地方，年輕漂亮的女人意味著什麼。梅子從來都理直氣壯地享受著男人對她心甘情願的奉獻，而從來沒有為男人花錢的習慣。所以，這事雖小，卻在梅子心裏結了不小的疙瘩。

　　在海口幹導遊、「賣豬仔」的，小腦袋瓜都很聰明。梅子的腦子一轉，就轉出了個主意。她建議兩人一起去咖啡屋去坐一坐。阿慶很樂意。可惜他並不知道梅子的真正用意。

在咖啡屋裏，兩人一東一西地扯著些閒話。阿慶看出梅子有點心不在焉。他把這當成是女人的一種害羞。最後阿慶掏出錢包買單的時候，梅子忽然驚奇地說：

「喲，這是台幣呀！給我看看好吧？我還沒有見過台幣是什麼樣呢！我跟你換一張，好吧？」

阿慶一臉喜孜孜地說：「換什麼，你喜歡就留下好啦。」

梅子為人並不貪，她只留下了一張一千元的台幣，折合人民幣約三百元錢，差不多能抵債就行了。

這時，梅子臉上就蕩開了一種贏家的幸福表情。

想不到分手的時候，兩人站在深夜的馬路邊上等轎的，阿慶忽然很生硬地衝梅子來了一句：

「梅子，你真好，你，你，嫁給我好嗎？」說完自己先低了頭，臉上紅成了一塊紅布。

梅子反而顯得落落大方。因為這種話作為導遊的她聽得多了——旅遊團裏的那些遊客，海口的那些朋友，真真假假，虛虛實實，梅子都一笑置之。但阿慶的一臉靦腆叫梅子覺得詫異——難道他是真心的？還只是說說笑笑而已，逗我開心？

想到這裏，梅子便不以為然地說：「你別開我的玩笑了，你們臺灣人到大陸來，誰不知道是來瀟灑走一回呀？」

臺灣人在大陸的口碑不太好，尤其在海南。在此之前，梅子也接觸過不少臺灣男人，深知他們都是愛找小姐說笑的，於是對阿慶的玩笑也就沒當回事。

不料阿慶卻急了，一急便說不出話。

這時正好轎的來了，梅子一彎腰，嫋嫋婷婷地坐上去，對正愣神的阿慶一揮手：

「不好意思，我先走一步，你別送了。拜拜！」

141

黃昏時分，蚊子帶冷靜去何飛家的老屋。

山坡上，有的路有石階，有的沒有。蚊子說他怕蛇，於是便像蛇一樣纏住冷靜的身體。她還好奇地問：你怕什麼？你什麼都不怕麼？

冷靜回答說：我怕蚊子。

蚊子停了一秒鐘才反應過來，伸過頭去，在冷靜耳垂上咬了一口。

冷靜心裏忽然熱乎乎的，好像人生第一次，體會到了什麼叫幸福。

蚊子告訴他說：上次她來的時候，就聽說何老爹快不行了，現在又過了好幾天，該不會死了吧？

冷靜忽然想到了自己的岳父，幽幽地說，老年人，最後一口氣，難咽呢。

蚊子聞言忽然用力抱緊了他：你別用這種口氣說話好吧？陰森森的，慘死人了。

……

果然不出冷靜所料：何老爹還堅持著最後一口氣，沒咽呢。

敲院門之前，他們就聽見屋裏鬧哄哄的，吵得厲害。冷靜對當地方言聽不太懂，但能聽懂其中的幾個關鍵字：錢；遺囑；何飛……

他們站在門外偷聽了一會兒，蚊子輕聲為他做「翻譯」。

不知為什麼，冷靜覺得屋裏嗓子最大的那個女人，她的聲音聽上去蠻熟悉的……

他正準備繼續偷聽下去，忽然院門裏的狗狂吠起來，屋裏立刻就有人大聲問道：

——哪個？門外面是哪個？……

冷靜捅捅蚊子。蚊子只好用本地方言應道：是我！葉律師……

冷靜這才知道，身邊這個和他有過肌膚之親的女人姓葉……

屋裏的吵鬧聲立刻停止了。

冷靜忽然小聲問蚊子：這房子有後門嗎？

蚊子愣了一下，說，不清楚，可能有吧？這裏的房子一般都有……

冷靜已經跑開了——躡手躡腳轉到屋後面去了——

他依稀看見一個熟悉的身影從後門溜出來，臉朝這邊張望了一下，便迅速往相反的方向跑去，很快隱入樹叢中不見了。

冷靜地形不熟，沒敢去追。他只是愣在那裏胡思亂想：

——不可能，不可能，難道我真的遇見鬼了？……

142

（方圓日記）

過了幾天，阿慶再次找到梅子，說他準備拿錢出來獨資辦一家旅行社，讓梅子當老闆，他要用實際行動來證明自己對梅子的真心。

阿慶說他這次通過旅遊和實地考察，看好了海南的旅遊業。他告訴梅子，他的老家是揚州。他想到揚州開一家旅行社，與海口聯營，從揚州往海南「賣豬仔」，生意肯定興隆。

「假如你有興趣的話，我們就有了共同的事業，也有了共同的語言。而且我相信，我們也是最好的生意夥伴，最佳搭檔。」阿慶這樣對梅子說。

梅子默默地聽著。她心裏一直在揣摩阿慶的真正動機。在海南，梅子從來不相信任何男人，尤其當男人們對你說好話、想用金錢利益來收買你的時候。

這種事情過去梅子不是沒有遇到過，而是遇過多次。但她在經過一番認真思考後都謝絕了——

別人的錢，你總得好好經營才對得起人家，儘管有人說過不計虧盈，但梅子卻不能不計。想要賺錢，當老闆的壓力就大，就要絞盡腦汁，生活就不可能輕鬆，便不可能隨意和瀟灑——而梅子最不

願意過這樣緊張機械的生活。梅子認為，人一旦成為賺錢機器就沒有多大意思了。梅子天生喜歡自由自在，似乎永遠改不了一個電影學院小女生的浪漫情調，所以梅子知道自己做不了老闆，只適合做一個看星星、聽音樂的小女人。

　　有朋友勸梅子說，你真傻，有人願意投錢就讓他投吧，你拿了花了，就說做虧了，這得抵你做多少年的導遊、賣多少隻「豬仔」啊？

　　梅子聽了也不是不動心，但設想了一下後果以後，覺得自己做不出那種事。那樣會一輩子良心不安的。她朋友在一邊急得真跺腳：「梅子啊梅子，這些年你在海南算是白混了！……」

143

　　晚上，大家免不了要喝酒取樂。

　　蛾子很能喝酒。更能鬧酒。聽說蛾子還是個業餘詩人。兩杯酒下肚，蛾子就露出了詩人的本性，開始瘋起來了。她用茶杯倒白酒，一杯一杯地乾。桌上的人都嚇壞了，都勸她慢慢喝，甚至將桌上的白酒瓶藏了起來。

　　冷靜跟她開玩笑說：你是不是準備下海裸泳啊？——喝高了好壯膽？

　　——裸泳就裸泳，誰怕誰呀？蛾子兩眼放出瘋光，對準了冷靜：咱們一對一杯乾，最後不敢乾的，罰他下海裸泳！

　　鬧到9點鐘的時候，冷靜輸了。

　　蛾子見女兒小燕子已經在旅館的床上睡著了，便推著冷靜，逼他到海灘上去裸泳。

　　——「你真罰他裸泳啊？」蚊子笑道。「這麼冷的天，我的天呀……」

　　「當然是真的，你心疼了？」蛾子半真半假地說，「沒看出我這人很實在的，不喜歡說虛話。男子漢更不能癱倒，對嗎？」

「那小燕子怎麼辦？」蚊子找藉口說。

「我家燕子不要緊，睡著了暫時不會醒。」蛾子說。「醒了也沒關係。她很自立的。」

「對對對，看得出來，小燕子可懂事了，真是媽媽的小幫手。」冷靜附合著說。

「你知道我為了培養她的獨立性，培養她的勤勞勇敢，九年來我花了多少心血？」蛾子不無驕傲地說。

──「不許轉移話題，走，上海灘上去！今天就算你不裸泳，裸奔總是可以的吧？」

……

深夜的浴場海灘，空曠而寧靜。只有海浪在優美而有節奏地歌唱。退潮了，白色的浪花戀戀不捨地親吻著大片細膩而柔軟的沙灘，好似夏天的少女脫去了長衣，露出了細皮嫩肉的身體。這樣的春夜，這樣的沙灘，這樣的海風，這樣的月色，特別適合情人散步，更適合裸泳裸奔，當然也更適合在細軟的沙灘上做愛……

冷靜本來的希望，是和蚊子單獨來，那麼，談情說愛，裸泳裸奔，甚至做愛，都將成為可能的懸念。

在大自然裏，和心愛的女人做愛，是冷靜多年的夢想。他最想往的兩個背景，一是在春天的田野裏，天上地上周圍是一望無際的金黃色的油菜花；再就是月色下的海灘，身下是柔軟濕潤的細沙，不時有白色的浪花席捲而來，將他們一遍遍地撫摸和覆蓋……

兩個女人顯然也被眼前的美景打動了，身心彷彿全部沉浸在其中，她們一直談論著，讚歎著，海風，海浪，沙灘，月色，星星，天空，遠方的航船，及點點閃爍的燈火。她們還相繼唱起了歌，都是關於大海的，《大海啊故鄉》，《外婆的彭湖灣》，《深深的海洋》，《我愛這藍色的海洋》……

蛾子的歌聲裏朦朧著一片醉意。

　　他們從浴場的一邊走到另一邊，再從另一邊走到這一邊，反覆走了好幾個來回。他們奇怪為什麼夜晚的海灘沒有遊人？免費的天賜美景，是沒人知道，還是沒人欣賞？

　　冷靜發議論說，很多遊客其實是不懂什麼大自然的，與欣賞世界名著一樣，享受大自然，也需要能力，不是每個人都具有這個能力的。男人們最熱衷的還是喝酒打牌，女人呢，最熱衷的還是吃穿購物慣孩子……

　　兩個女人先後笑起來。蛾子說：「冷大律師你不是在暗指我吧？我把孩子帶出來了，是有些煞風景哦，總有點牽腸掛肚的，弄得我們不能全身心地投入，全身心地享受……」

　　冷靜說，「你這是沒辦法，是無奈之舉，這怪不得你們。何況你也把孩子丟在旅社，來賞夜景了。你和一般的女人不同，絕對不同，詩人，畢竟是詩人啊……」

　　這番話，說得兩個女人笑得東倒西歪的。

　　她們互相攙扶著，不時摟抱在一起；她們手拉著手，踏著白浪，在沙灘上旋轉奔跑優美似月光下的舞蹈……

　　蛾子穿一身黑，蚊子則穿一身白，一黑一白，交叉穿梭著，很和諧很親熱的樣子。

　　這副情景把冷靜感動了：女人原來可以這麼美好，這麼詩意，生活原來可以這麼美好，這麼詩意……

　　自從老婆自殺以後，冷靜還是第一次這樣全身心地放鬆自己，第一次發自內心地去欣賞女性之美。

　　這些天來，他終於想明白了一個道理：功利的夫妻關係其實是一種長期賣淫關係，無功利目的男女性遊戲才是最美好的。

　　冷靜真想脫光了，跳到海裏去，暢遊一番。至少也要裸奔一下。

　　他興沖沖地跑過去，和她們說了，動員她們一起裸奔。她們聽了，卻一直嘰嘰歪歪地笑個不停。

　　蛾子說：「你先奔，我肯定奔。蚊子你呢？」

蚊子說，「那我就第三個奔——雖然我沒有喝醉，可我現在感覺，真的來情緒了。」

「啊，多好的風景，多好的天氣，多好的機會啊，」冷靜在一旁仰天長歎（看樣子是酒性發作了）：「錯過這個機會，這輩子恐怕都找不到了。你們還猶豫什麼？你們難道想後悔一輩子嗎？」

冷靜說著就開始脫衣服，兩個女人驚訝地笑著，將身體轉了過去。

冷靜開玩笑說，「我可是脫光了，你們不看是你們的事，是你們的損失哦？」

冷靜將脫下來的汗衫褲衩一一交到蚊子手上。蚊子一直背著身體，背著臉，笑得渾身發顫。

冷靜故意大聲說，「蚊子你證明啊，我可是脫光了，一絲不掛了。」

光身的冷靜感到一種前所未有的興奮，當他張開雙臂奔向墨黑的大海時，下面的小弟弟像桿紅櫻槍似的，雄赳赳、直挺挺地直指前方……

冷靜雙腳踩在海水裏，真的沿海灘裸奔了一圈。

……

回到原地後，冷靜一時沒看見那兩個女人。估計她們是惡作劇躲起來了，冷靜想。

冷靜一絲不掛地站在海邊，站在月亮下面，有一種身體膨脹、頂天立地的奇怪感覺。海風從他的襠下呼呼穿過，那兒感覺特別敏感，特別舒暢。

終於，有一個白影搖搖晃晃地向他這邊跑過來了。他猜應該是蚊子吧。

果然，蚊子一直在吃吃地笑，跑到跟前，關切地說，「冷吧？風一吹肯定很冷的，別感冒嘍，快穿上。」

邊說邊用手拂他腿上的水，沒經意拂到了他身上一個直翹翹的

對象，蚊子愣了一下，隨即便恍然了，羞得忙轉過身子，笑彎了腰。

　　冷靜有些衝動地將她的身體扳過來，又將她的頭輕輕往下面按……

　　蚊子只是輕輕地叮了一下，便站直了身體，說，「你快穿上吧，讓她看見了不好。」

　　冷靜問，「她上哪兒去了？」

　　蚊子說，「她怕你逼她裸奔，先走了，誰知她有沒有走遠。」

　　「她走了更好，」冷靜說，「我們找一處僻靜的沙灘，去做愛，好嗎？」

　　蚊子又叮了一下他那兒，隨即將手上的衣物交給他，說，「你先穿上，別受涼，我去找找她看。」

　　……

144

（方圓日記）

　　過了幾天，阿慶又來找到梅子。他不僅拿出了一套完整的投資方案，還捧給她一個銀行帳號，梅子差點驚叫起來：那帳號上的錢，足夠辦兩個旅行社、買一幢商住樓、再買一輛好車的。

　　阿慶深情地說：「我們一起去揚州吧，那裏我關係熟。我們買一幢樓，商住兩用。再給你買輛你喜歡的車。」

　　梅子覺得這一切來得太快、也太容易了。這是多少來海南淘金的女孩子朝思暮想的奇蹟啊？……

　　但梅子已經不是兩年前剛來海南時的那個梅子了。

　　如果這事放在兩年前，對這樣的好事，梅子肯定是欣喜若狂、求之不得——誰做夢不想當老闆啊？但現在的梅子成熟了。想法不一樣了。也許，這就是她來海南的收穫吧。否則，闖蕩這麼多年，吃了這麼多苦，付出如此高昂的青春的代價，再不長點見識，梅子

在海南真是白混了。

　　……

　　（隨身碟上，方圓的日記到這裏就突然斷了。

　　——是她當時突然「金盆洗手」，還是後來沒有往隨身碟上錄入？

　　冷靜反覆推理的結果，他更傾向於前一種可能。）

16 煙花迷亂夜

天下還有不背叛女人的男人嗎？
天下還有不背叛男人的女人嗎？

145

「本次列車的終點站——揚州到了。揚州是一座美麗的旅遊城市，是一座歷史悠久的文化古城。它地處長江下游北岸，南臨長江，北接淮水，境內京杭大運河縱貫。揚州氣候溫和，物產豐富，環境優美，人文薈萃，文化璀璨，名勝古跡眾多，旅遊資源豐富……」

揚州火車站，冷靜還是第一次光顧。因為它剛剛開通不久。

現在的時間是下午三點多鐘。這是一個尷尬的時間。離晚飯還早，辦事卻又嫌遲了。

出站的時候，冷靜一眼就看見林業站在出站口的盡頭朝他揮手。

冷靜在揚州有幾個同行好朋友。俗話說「同行是冤家」，但冷靜認為，這句話只對了一半——如果「同行」而不「同地」，情況可能就不一樣了——他們之間又有可能變成朋友。異地律師在業務上相互協作，不僅省錢，還省時、省力。常常只要打一個電話，對方就將事情給你辦了。眾所周知，調查取證打官司，離不開天時、地利、人和。本地人辦這種事，總比外鄉人要方便許多。

林業是揚州「思維律師事務所」的主任助理。文質彬彬的，為人踏實厚道。冷靜和他在性情上很投合，相互也有很多共同感興趣的話題。

一番客套之後，林業建議說：「現在時間還早，我們開車到新建的幾個景點、風光帶上跑跑，好不好？」

冷靜笑道那太好了。

他發現林業的心很細，很會琢磨別人的心思，也就是善解人意。

146

桃花山是揚州北郊新開發的旅遊景點。桃花山周圍，大片大片的油菜地，一派金黃。

林業和冷靜下了車，興致勃勃地步行上山。

山不高，他們繞過一座廢棄的水塔，穿過一片雜樹叢，就到達了山頂。鳥瞰四方，粉紅色的桃花無邊無際，彷彿整座山鋪著粉紅色的錦緞。他們走在桃花叢裏，彷彿走入幻境當中。

山的西邊有一個很大的水塘。水塘周圍，是一圈開滿白花的梨樹。白色的梨花在粉紅色的桃林裏，顯得格外耀眼，在陽光下，閃動著銀色的光暈。那些梨樹斜著長在坡子上。梨樹花投影進水塘裏，使得池塘裏的水像是漂著一層白色的花瓣。

冷靜的表情像是在夢遊。

遠處是農田，田地裏是大片金黃色的油菜花。更遠處就是灰色的城市，拔地而起的灰色的樓群。風從城市的邊緣吹過來。空氣裏彌漫著濃郁的花香。鳥兒在樹林裏歌唱……

147

林業的妻子不忠於婚姻，總是讓他戴綠帽子。這讓林業很痛苦。頭髮一塊一塊地脫落。他患的病俗稱鬼剃頭——冷靜知道，那是一種神經系統的疾病。林業整天都戴著一頂髒兮兮的棒球帽，搞得像「哈韓一族」，背後，卻成為別人嘲笑的對象。

後來，林業就迷上了電腦QQ聊天，找了一個網路情人。他的網名叫「風花雪月」。他的網路情人叫「陽春白雪」。「陽春白雪」在銀川市的某小學當老師。他們聊了兩年，從沒有見過對方的面，只是看從網上傳來的照片。他們想把這種虛擬的網路生活變成現實生活。

　　後來他們相約離婚。結果,「陽春白雪」離了婚,而林業卻沒有成功。他跟他的妻子分開睡,深更半夜爬起來,跟「陽春白雪」過夫妻生活。他們相互說著挑逗的話,顯得體貼入微。林業說他們就用這種方式來滿足自己的性需要。這件事最終被他妻子發現。他妻子把他們過網路夫妻生活的資料拷下來,印刷許多份,到他單位裏散發,搞得他身敗名裂。

　　林業每次對冷靜談起這些事,都痛苦地拍打著腦袋。

　　作為交換,冷靜也對林業談自己的苦惱。

　　再堅強、再冷靜的男人,也需要傾訴,需要發洩。而空間的距離,使得他們恰恰可以成為對方最佳的傾訴對象。

　　——「林兄你這還算好的呢!」冷靜安慰他說。「至少你老婆還跟你說說話呢。我呢?我要比你慘一千倍啊!」

　　「你夫人有精神病,她是個病人,沒辦法啊!」林業又反過來安慰冷靜。

　　「是啊,正如俗話說的,她殺死人都不償命,」冷靜苦笑著說,「神仙拿她也沒有辦法。」

　　不知為什麼,他沒有告訴林業費騰已經自殺的消息。

　　冷靜覺得,這樣相互傾訴一番後,心裏確實好受多了。

　　再說,當你得知在這個世界上有人在陪你「受罪」,你的心理也會覺得平衡一些吧。

148

　　他們在桃花山上待了很長時間。

　　冷靜一邊喝著林業帶來的啤酒,一邊看林業帶來的調查材料。

　　天色,不知不覺地就暗了下來。

　　……

149

（調查材料）

1995年秋天，二十三歲的方圓被冒充「臺胞」的騙子阿慶騙到揚州，合夥開辦了一家「南海旅行社」。阿慶以自己的資金被銀行凍結為由，讓方圓投入了自己的積蓄共計三十二萬元。

阿慶拿方圓的錢在市區的旅行社附近租了一套約一百五十平米的住宅，用假證件騙方圓說房子是他買的，假房產證上寫的是方圓的名字。

不久，方圓和阿慶儼然一對新婚夫婦般地同居了。

生意上的事，阿慶從來不讓方圓插手，他要求她做一個高貴的「全職太太。」

一段時間裏，方圓像一個賢慧的妻子，每天呆在家裏做家務，或出去逛逛商場，然後燒幾樣小菜在家裏等阿慶回家。

方圓主動提過結婚的事。阿慶卻說：「結婚不過是一種形式罷了，我們既然真心相愛又何必在乎形式呢？」

方圓聽他說得也有些道理，於是也就不再催促他。

150

冷靜見到張軍，是在一家酒店裏。

張軍是林業的頭兒。正如冷靜是何飛的頭兒。

冷靜和林業到了酒店大廳不多會兒，張軍這傢伙油光滿面、搖搖晃晃地從裏面出來了，像失物招領一樣把他們兩個招了進去。

到了一個昏暗的包間裏，冷靜看到了一桌杯盤狼藉的剩菜，和幾個面目不清的人——當然他們都是張軍的朋友。大家照例客氣了一番。

——原來，他們從中午一直吃到現在，還沒離桌子呢。

　　張軍指著桌上的一碗湯對他們說：「這湯是剛上的，沒人動過，你們先喝一點，墊墊底，晚上我們到『人間天仙』玩一玩，那裏的老闆跟我說，他把酒啊菜啊小姐啊什麼都準備好了。」

　　張軍是「思維律師事務所」的主任，前面說過，他是林業的老闆。這傢伙的人生哲學用兩個字盡可概括：酒色——用冷靜的話說就是：一天二十四小時，一年三百六十五天都泡在酒色裏。

　　你看不見他工作，但辦事效率卻出奇地高，案子一個接一個地贏。用張軍的話說就是：「我記不得我什麼時候輸過官司。」

　　真是林子大了，什麼鳥兒都有。

　　冷靜餓著肚子，一邊故作斯文地喝湯，一邊聽張軍介紹他的「人間天仙」。

　　概括起來說，一，那裏比較偏遠，絕對安全；二，老闆是張軍絕對的鐵哥們，絕對可以用最少的錢享受到最好的服務；三，那裏的小姐非常年輕，都不過二十歲，絕對漂亮，個個美若天仙，而且都是新來的，絕對乾淨。……

　　張軍的介紹詞裏，出現頻率最高的一個詞，就是「絕對」。好像「人間天仙」是他開的。

　　冷靜好幾次想和張軍討論一下方圓的案子，卻找不到合適的機會開口。再說自己還餓著肚子。

　　雖然張軍的廣告做得很煽情，但最後確定去「人間天仙」玩小妞的，只有四個人——除了冷靜和張軍本人，還有黃大眼和鄭老闆。（鄭老闆這人，冷靜還是初次見面，其人四十歲不到，長得結實矮壯，說話粗聲大氣，很豪爽的樣子。）

　　林業怎麼勸他也不肯去。張軍就罵他沒有出息。他及時教導他的助手說——

　　「你越怕老婆，就越拴住老婆。你越怕女人，就越拴不住女人。」

　　……

151

（調查資料）

一段時間之後，阿慶回來的時間越來越晚，有時甚至徹夜不歸。即便是回到家，也是一進門便睡覺，很少說話，更別說和方圓卿卿我我了。方圓幾次問他，他都很不耐煩地回答：「生意太忙，累。」

一天，方圓收拾阿慶脫下來的衣服，發現他的白襯衫領口上有一個明顯的口紅印，細看，又在他的內衣上找到了幾根長長的捲髮。方圓只覺得自己的手腳冰涼，胸口一陣陣地絞痛。她猛地衝向阿慶，將衣服擲在他身上，淚流滿面地責問說：

「你每天到底在幹什麼？這衣服上的口紅和頭髮是怎麼回事？你是不是又有了別的女人……」

阿慶舉手扇了方圓一巴掌，怒罵道：

「你敢用東西扔我？你算什麼東西？實話告訴你，我是又有女人了，她要比你好一百倍。你也不自己照照鏡子，以前跟多少男人發生過關係，我能要你，你已經是燒了高香了……」

說話間，對著方圓一陣拳打腳踢。

方圓的心徹底碎了。眼前發生的一切是她萬萬沒想到的。同居幾個月來，自己不但將所有的積蓄全部交給他，讓他去做生意，去尋求發展，而且對他也是傾盡了感情，到頭來，竟落得如此的下場！……

撫摸著身上的傷痕，方圓心裏一陣陣地發冷。她明白自己受騙了！又受男人的騙了！當初阿慶對自己的百般討好與呵護是別有用心的！

方圓整整一夜沒睡，思來想去，她最後決定：拋開所有的一切，離開這個騙子！

第二天一早，方圓正收拾自己的東西時，阿慶突然像一頭咆哮的獅子撲了過來，一個巴掌將她扇倒在地……

之後，絕望的方圓曾想暗暗變賣房子，偷偷地一走了之。這才發現，赫然寫著她名字的房產證是假的！

身陷絕境的方圓只好偷偷地向自己的一個好友求救。那個好友正是北京的那個相好的電影導演，他幫方圓聯繫了上海戲劇學院，讓她去讀播音主持專業的自費研究生。

152

四個人正好打一輛出租，直搗「人間天仙」。

張軍解釋說，不能開私家車去。「人間天仙」周圍的農民會舉報，還會砸車子。

張軍坐在前面副駕上領路。一路上他嘴當鑼舌當鼓地說個不停，繼續大聲為「人間天仙」做廣告。視陌生司機為機器人。

冷靜好幾次想和張軍討論一下方圓的案子，但一直找不到合適的機會開口。再說自己還餓著肚子。

張軍從揚州著名的牙膏大王講起，說這個牙膏大王現在的資產有10個億，而他的鐵哥們、即「人間天仙」的老闆，以前當過牙膏大王的貼身保鏢，有一身的好功夫，也是黑道上的名角兒。他現在開的這個「人間天仙」休閒中心，就是牙膏大王獎勵給他的。這傢伙身在花叢不折花，從事色情業自身卻不近女色，好比有的人販毒而不吸毒……

（這時鄭老闆接話說：這樣的人才能把事業做大！）

——「你們見面就知道了，這傢伙三十好幾了，看上去卻像二十來歲的小夥子，據說他練的一種獨門童子功，專喝人奶……」

（人奶的營養價值最好了，這時鄭老闆又接話說：如果他堅持不破童子身，可以活過二百歲，死後火化還能燒出舍利子……）

旁邊的黃大眼傻乎乎地問：「這舍利子是什麼玩藝兒？是不是精子長期在體內凝固形成的？……」

冷靜正想告訴他舍利子是什麼玩藝兒，從化學分子式的角度看，它不過是碳酸鈣罷了。但他肚子正餓著，又有點暈車，所以不想說話。

突然，計程車被人攔了下來——車前站著幾個穿制服戴大蓋帽的男人，伸手要檢查身份證。

冷靜心裏一陣緊張：難道我們這車嫖客已被警方提前偵破了？

倒是一直沉默的司機說話了：「不要緊，這是例行檢查。最近揚州出了好幾起計程車搶劫案，現在夜裏計程車出城都要查的，你們只要出示一個人的身份證就行了。」

前座的張軍搖下車窗，將自己的身份證遞了出去，報了目的地，還報了同車人的姓名。不過冷靜發現，他都是隨口亂報的：比如，他把黃大眼報成了謝早，冷靜則被報成了楊委……

計程車重新開動後，車上隨即爆出一陣傻笑。

這些傢伙，很會不失時機地為自己創造快樂。用張軍的話說就是：有條件要快樂，沒有條件創造條件也要快樂。

冷靜也忍不住笑了。

張軍笑夠了，轉過頭來說，等會兒到了「人間天仙」，我們包四個小姐，一字兒排開，四個人搞比賽，掐碼錶，喊一二三，一齊開始，看誰的時間最長，冠軍是可以免費的哦……

又是一陣大笑。這次連司機都咧開嘴笑了。

——「別笑，真的，是真的！」張軍一本正經地說：這是「人間天仙」的規定，也是它的特色，買三送一，冠軍可以免費。

鄭老闆大聲笑道：「今天享受免費的非我莫屬了！」

旁邊的黃大眼傻乎乎地問道：「你能搞多長啊？」

鄭老闆斬釘截鐵地：「我想搞多長，就能搞多長！」

這次車上的人全笑翻了。

……

冷靜好幾次想和張軍討論一下方圓的調查材料。但找不到合適

的機會開口。再說自己還餓著肚子。

　　冷靜知道張軍這傢伙的脾氣：只有等他玩夠了，認為你也玩夠了，才會和你談正事。

153

（調查資料）

　　1996年9月，方圓悄悄從揚州的那個牢籠裏出逃，進了上海戲劇學院自費研究生班。

　　在學校分給的女生寢室裏，方圓僅僅住了一個星期，就再也住不下去了。習慣大住房的她無法忍受八人一屋的狹小空間。於是，她以每月九百元的租金，在學校附近租了一套兩屋室的住房，搬出了學校的集體宿舍。

　　阿慶在經過半個多月的尋找後，終於打聽到了方圓的去處。

　　阿慶專程趕到上海，埋伏在學校門口，一直跟蹤放學回家的方圓到了出租屋。他衝進屋裏，衝著方圓就是一陣拳打腳踢。

　　就這樣，阿慶再次佔有了方圓。方圓竭力想擺脫阿慶，彷彿網中之鳥的徒勞掙扎。

　　阿慶索性將虧本的旅行社盤給了別人，退了揚州的住房，以炒股票為名，搬到上海來「套牢」方圓。阿慶白天打牌賭博，晚上「電遊」洗澡，常常以網吧為家、浴室為床，徹底露出了二流子、騙子的本來面目。

154

　　計程車彎彎曲曲地開著。從郊區開到了農村，從水泥路開到了泥土路。路越來越窄，也越來越爛。當車前面實在無路可開時，張軍說就在這兒下吧，前面走幾步就到了。

在張軍的字典裏，一步至少等於一百米。

冷靜好幾次想和張軍討論一下方圓的案子，但一直找不到合適的機會開口。再說自己還餓著肚子呢！……

這個張軍，一點也不按牌理出牌！

155

（調查材料）

在一次校園舞會上，方圓和一個叫李朋的男人不期而遇。

當李朋操著一口流利的英語邀請方圓共舞時，方圓欣然應允。他們舞了一曲又一曲，談得很投機，宛若早已熟識的老友一般。曲終人散時，兩人均有相見恨晚的感覺。

已屆而立之年的李朋，大專畢業，在上海市郊一個鎮政府工作一年多，然後辭職辦了一個小工廠，經營兩年後破產關門。老婆因他用情太濫，帶著孩子離開了他。

接著，李朋偽造了一份「上海大學經濟管理專業畢業」的履歷，隨著南下大軍去深圳混世界。

1996年底，李朋回到上海，在外國語學院出國留學人員培訓部打工。

此時的李朋正焦慮萬分。而立之年了，他還是搖搖晃晃的立不起來。他急於尋找成功的捷徑，就像溺水的人急於求救──哪怕是抓住一根稻草。方圓的出現，對他是個很大的刺激。

李朋重新審視了自己打工的目的。他覺得，以他自身的條件，充其量只是個打工仔。如果憑他的才幹和方圓的關係，兩人聯手去深圳發展，成功的機遇更大。

156

出現在冷靜面前的「人間天仙」，看上去就像一個農家的四合院。既不高也不大，既不豪華也不明亮。張軍解釋說，這正體現了它的隱蔽性和安全性。

張軍還說，有的東西中看不中用，有的東西中用卻不中看，這兩樣，你選擇哪樣？

進了門，裏面就是櫃檯。看上去和鄉下的私人浴室沒有什麼區別。

換鞋的時候，張軍還念念不忘地叮囑他們：馬上到了裏面選小姐，也要注意這個原則，不要光看表面，不要被小姐的表面現象迷惑了。

157

（調查材料）

這天，方圓邀請李朋到她的住處去玩。李朋剛進屋不久，阿慶就突然回來了。阿慶將李朋趕了出去，隨即對方圓又是一番野蠻的毆打。

第二天，滿身紫痕的方圓找到李朋，向他哭訴了自己的一切。她想利用李朋來對付阿慶。

李朋當然知道方圓的心事。他覺得機會來了：都說男人是女人成功的捷徑，其實，女人又何嘗不是男人成功的捷徑呢？——而且是財色雙收。阿慶不就是這樣一個成功的典型嗎？

158

包間在樓上。一行人趿著拖鞋，踏著看不出紅色的紅地毯慢慢往樓上爬。潮濕沉悶的空氣還有浴室特有的那種餿臭味兒漸漸包裹住了他們。

冷靜感覺裏面空空蕩蕩、冷冷清清的。反正他是沒看到什麼客人，也沒看到什麼美女。倒是樓道口坐著幾個光著膀子、瘦骨浪筋、面目可憎的老男人，冷靜在他們面前走過時，感覺他們的目光就像一群趕不走的蒼蠅，上上下下死死地盯在他身上，好像他是什麼奇怪的動物。

張軍在前面邊走邊指著他們說：你們看，這些都是障眼法啊，外人來了，能看出這是藏香納玉的場所嗎？

那是看不出來，黃大眼傻笑道，藏污納垢還差不多。

這時來了一個身材高挑的大眼睛小姐，拿鑰匙打開了一間包間的門。

159

（調查材料）

這天下午，一場精心策劃的報復行動開始了。李朋還叫了一個叫姚陳社的哥們做幫手，預先躲藏在方圓的出租屋內。這次行動的目的，是逼迫阿慶交出股票卡和密碼，然後將他趕回老家，永遠不敢返回上海，不敢再騷擾方圓。

晚上7點多，阿慶回來了。

聽見門響，李朋緊張得撞翻了腳下的酒瓶。阿慶尋聲望去，見李朋躲在門後，不由火冒三丈，責問：「你在這兒幹什麼？」轉身欲往廚房拿菜刀，卻被躲在廚房裏的姚陳社攔住去路。李朋從後面撲上來，一磚拍在阿慶腦殼上，將他擊倒。李、姚又是一陣猛踹，

阿慶很快昏死過去。

　　等阿慶醒過來後，三人問他股票卡及密碼，阿慶卻死活不交待。在姚、李的毒打下，阿慶再次昏死過去。

　　眼看阿慶不行了，方圓慌了手腳，她親手沖了一杯奶粉給阿慶灌服，但此時已灌不進去了。

　　三個人商量如何收拾殘局。送到醫院？顯然不行。阿慶治好了傷，一定會找他們的麻煩。他們可以逃，可他們的父母、他們的兄弟姐妹向哪裡逃？再說，股票沒有到手，經費解決不了，他們憑什麼求生存、圖發展？商量的結果，他們決定設法將阿慶弄醒，先挖出股票，然後再考慮對阿慶的處置。

160

　　包間裏面有四張沙發床一字排開，床對面有電視機，可以放碟片，還可以卡拉OK。

　　小姐很熟練地打開了電視機，開始播放影碟。那是很美的靡靡之音，很美的人體藝術——除了沒有局部器官的特寫鏡頭，什麼都有了。

　　冷靜一直在偷偷地打量那個服務小姐。她一直抿著嘴在笑，眼睛裏不時向他們射來一道道曖昧的秋波。

　　冷靜有點耳熱心跳的，強作鎮定，學著他們的樣兒，一邊看電視，一邊脫著衣服。

　　脫到最後幾件的時候，冷靜停住了，因為那個小姐一直白花花地豎在門口，讓他很是迷惑。雖說以前來揚州也洗過澡，但這種情況還是第一次碰到。

　　張軍看出來了，笑道，冷兄你想脫就脫光了，小姐不會有意見的。

　　門口的小姐也笑吟吟地晃動著手裏的白浴巾，說，脫光了，用

這個裏一裏就可以了。

張軍果然帶頭脫得赤條條的，小姐走上前來，像幼稚園阿姨給小朋友圍兜兜似的，用浴巾將他的私處圍上了。

張軍大呼小叫地，要小姐多叫幾個美女來，並強調：要比你漂亮，比你醜的不要。

小姐笑吟吟地問：你們是先洗澡，還是先「敲背」？

張軍說：我們先「敲背」吧！洗澡傷元氣呢。

鄭老闆說，我們還是先洗澡吧，身上汗涔涔臭哄哄的，搞起來不舒服。

張軍笑道，你要洗你先洗，不過馬上比賽輸了不要怨我哦？

黃大眼也表示要先洗澡。

張軍又問冷靜。冷靜說，我想先吃點飯。

張軍笑了，說，這麼晚了，這鄉下哪有夜宵吃？

冷靜提醒他：你不是說老闆已經把酒啊菜的都準備好了嗎？

張軍笑道：那是老闆的客氣話你也信？

張軍關照小姐，馬上拿兩碗速食麵四根火腿腸來。

小姐出門後，張軍馬上問他們，這個小姐怎麼樣？

鄭老闆說，不怎麼樣。

張軍笑道，她是一般服務，又不「敲背」，她這長相，這年齡，在這裏是沒有資格「敲背」的。

是嗎？鄭老闆眼裏這才閃出一點光來。

張軍樂呵呵地宣佈說：為了比賽的公平公正，我也陪你們一起，先洗澡，省得你們輸了不服氣哈！

他們一溜兒先出了包間。冷靜暫時留下，等小姐送吃的來。左等右等不見來，冷靜也坐不住了，決定先洗了澡再說。冷靜於是將衣物鎖進壁櫃，將櫃鑰匙橡皮圈勒在手腕上，只穿著條三角短褲，出了包間。

161

（調查材料）

第二天凌晨，阿慶斷了氣。

姚陳社提出將阿慶的屍體放在屋裏，三人鎖上門一塊兒逃命。

方圓不幹：「房子是我租的，這樣幹無疑把我推向絕境。」

三人苦思冥想了半天，終於想出了個「萬全之策」──在屋裏的浴缸中，用硫酸將阿慶的屍體化掉。

方圓和李朋乘坐計程車，跑到幾十公里以外的郊區，在一家很不起眼的雜貨店，買了四個塑膠桶、兩雙橡膠手套、兩個口罩和鋼鋸、鐵絲，然後又到另一家商店買了四桶濃硫酸。

回到出租屋，他們用硫酸毀屍滅跡，又清理了牆上、地板上的血跡，洗不掉就擦，擦不掉就用刀刮，直到李朋認為不留痕跡為止。

在上述的清理過程中，他們在衣櫃頂上意外找到了股票卡。但密碼呢？

李朋說這事交給我去辦。辦好了，咱們平分。

另兩人表示同意。

此後數日，李朋和方圓為銷毀與殺人化屍有關的所有證據，用塗料重新粉刷了房子，並在房間內反覆噴灑花露水、空氣清新劑，驅除殘留的酸味和血腥味。儘管如此，李朋還不放心，他還多次邀來他的哥們飲酒作樂，直到他認為不留一絲痕跡為止。

162

澡池的外間，一排蓮蓬頭沿牆壁豎著，正在噴水，噴著熱氣。蓮蓬頭底下站著幾個人。有兩個人正對著牆壁撒尿，黃色的尿水沿著牆壁流到他們的腳底下，和蓮蓬頭底下流來的洗髮水混合，然後一道流向了下水道。屋子中間的長凳上躺著一個赤條條

的人，另一個赤條條的人伏在他身上，替他搓垢。浴客看上去不是很多的樣子。

澡池的裏間隔著一扇木門，很潮濕，手摸上去粘膩膩的。冷靜推開木門，裏面頓時一片霧氣騰騰。

聽見張軍的聲音了。他正光著身子向他的朋友做導遊呢！他領著他們走向其中一個不大的水池，介紹說，這是仿老式浴室的舊池，渾湯。老揚州人相信渾湯養精氣。

冷靜看見那個水池的池邊上坐著一圈赤裸著身子的人，大都是年紀大的。池子裏的水呈乳白色，水面上漂浮著一層泡沫，很渾、很髒的樣子。池壁有些滑，冷靜走過去的時候差點滑了一跤。小心地扶著石階，坐在水池邊上，把腳慢慢伸入水中。

水很燙。也很渾濁，幾乎成了漿糊狀。

冷靜旁邊坐著一個像運動員的人，四肢強健，他正用力搓著身上的垢，一邊往身上打肥皂，一邊把浴池裏的燙水往身上澆，嘴裏發出呵呵的聲音；

有一個禿頭正端坐在水池裏，將大半截身子浸在水裏，閉著眼睛打盹；

有一個大胖子躺在臺階上睡覺，一隻腳卻落在水池裏；

對面坐著的一個人，像猴子一樣屈著身子，只見他將毛巾放入水中，沾上熱水，像拉鋸似的搓著自個兒的腳丫；

前面頭道池上擱著用木條釘成的木格子，下面沸騰著開水，往上直冒熱氣，木格子上邊躺著一堆人，正在享受原始的蒸汽浴……

不一會兒，張軍就大呼小叫地招呼他們上去：同志們，同一條戰壕的戰友們，上啦上啦，澡不能多洗，多洗傷元氣，要洗，等搞完了再慢慢洗吧！走啦走啦，……

他們幾乎被他強拉著，從浴池裏走出來，一直往樓上包間走。

這次四個人都光著身子，只在下身圍著一條白色的浴巾。

這次樓道口多了幾個小姐。冷靜從她們中間穿過時，不時地用

手拎一拎或按一按下身的那塊布，生怕它一不留神滑落下來。

　　小姐們很熱情，紛紛站起身迎上前來，她們身體的姿態和臉上的表情都是在歡欣鼓舞地迎接久別歸來的親人。她們滿面笑容，溫柔多情，噓寒問暖，有的遞毛巾，有的遞茶水，有的伸出粉拳，輕輕在他們的肩背上敲敲打打，嘴裏不停地呢喃著：

　　「老闆累了吧，老闆辛苦了，老闆真帥……」

　　這倒弄得冷靜有些不好意思了，覺得如果不給她們一點工作做做，實在是於心不忍了。

163

　　（調查材料）

　　此後，方圓多次問起李朋股票卡的事，李朋總是說正在辦，正在找人，不能急，要一步步慢慢來，急了容易出問題。

　　方圓嘴上沒說什麼，心裏卻起了疑心。

164

　　四個小姐跟著他們進了包間。

　　她們每人手裏拿著兩條熱毛巾，分別跪在他們跟前，幫他們擦拭著身體。這把冷靜弄得好一陣面紅耳赤。他偷看其他人，他們倒是受之坦然，安之若素。

　　冷靜還偷偷地看了一眼張軍的下身，見他那玩藝兒已經起反應了，黑乎乎的，皮膚相當毛糙，看上去很醜陋的樣子，不知跪在他面前的那個小姐看到此景會作如何感想？他又偷看了一眼大眼和鄭老闆，發現他們的下身都起了明顯的反應。

　　張軍的眼睛不閒著，嘴也不閒著，咋咋乎乎地說：

　　「同志們，現在是正常服務，大家不要太激動，等會兒我要多

叫幾個漂亮小姐，好好地挑一挑……」

　　他又指著冷靜的下身笑道：「老冷啊，你怎麼還沒有反應啊？！該熱一熱了哈！」

　　冷靜說我的肚子反應倒不小，正餓得咕咕叫呢！

　　張軍問：「你不剛吃了兩包速食麵嘛，怎麼還餓啊？」

　　「我才不吃速食麵呢，」冷靜開玩笑說，「你們喝燒酒吃牛鞭，叫我吃速食麵，然後還要比賽，這公平嗎？」

　　幾個人一齊笑起來。

　　張軍一拍大腿喊道：「對了，我想起來了，這裏有奶供應的！」

　　他隨即吩咐小姐，去叫個奶姐來，要年輕漂亮的。然後又問剩下的三位小姐，你們誰「敲背」？我們要驗貨了。

　　三位小姐拉拉扯扯一陣，結果留下來兩個。那走掉的一個倒是最漂亮的。

　　張軍就問了，那個走掉的小姐叫什麼？她為什麼不「敲背」？

　　兩個小姐面露不悅的笑容：「我們怎麼知道，老闆你要去問她呀……」

　　——「她叫什麼你們總知道吧？」張軍一臉壞笑地問。

　　「我們都喊她小芳。」

　　——「好了，你們先出去，叫你們老闆來，再多叫幾個『敲背』的小姐來，我們四個客人，至少先來八個小姐挑一挑吧？」張軍大聲吆喝著。

　　兩個小姐扭扭捏捏地正往外走，張軍就大笑道：

　　「等會兒我們先參觀老冷吃奶啊！」

　　冷靜故作驚訝：「真吃呀？我才不吃呢，你知道那是什麼奶？是真是假？」

　　張軍笑道，「老兄真是杯弓蛇影了，直接從乳頭裏吮出來的，還能有假？莫非她事先將乳房戳個洞，將假奶用注射器注進去？」

　　冷靜作恍然大悟狀：「啊，是這麼個吃法呀？」

　　張軍拍拍他的肩膀：「今天你是因禍得福呢，享受的是他們老闆同等的待遇哈！——你們還有哪個想吮奶的？只要是當眾吮，就我來買單哈！至於『敲背』的費用，我都談好了，一百五，半價優惠，那就按規矩由各人自付了哈……」

　　「這個當然，這是規矩嘛。」鄭老闆說。

　　「有一個鐘點時間，你們慢慢玩，」張軍更詳細地佈置工作說，「時間超過一點也不要緊，我和老闆都打好招呼了，你們不要一上來就直奔主題，幾分鐘就結束了，這樣就太浪費資源了哈……」

165

（調查材料）

　　李朋一直沒忘那個去深圳共同投資、發財的計畫，他不停地催促方圓儘快籌集二十萬資金。

　　方圓吃過阿慶一次虧，早防著李朋這一手，她嘴上答應著，卻遲遲不見行動。時間一長，李朋便有些惱羞成怒，對方圓的言語裏便有了污言穢語，每天毫不客氣地催問她籌款的進展情況。

　　方圓心裏再次充滿了恐懼。李朋幫她消除了阿慶的陰魂，卻又用更大的惡夢罩住了她的靈魂。她不敢保證李朋不用同樣的辦法來收拾自己。

　　她意識到：李朋比阿慶更可怕！

　　一想到這些，方圓就不寒而慄。

166

　　不多時，從外面進來一個穿黑襯衫的男人，他笑眯眯地和張軍打招呼。張軍立馬坐直了光光的身子，向大家隆重推薦說：

──「這就是我跟你們說過的，那位武功高強、真人不露相的王老闆，我的鐵哥們。」

大家於是都很注意地看他。

果如張軍所說，這傢伙看上去像二十來歲的小夥子，紅光滿面，頭髮黑亮，身材中等微胖，渾身結實有力，那模樣，有點像英國二十歲的足球王子魯尼。

──「冷律師你要好好的謝謝王老闆，你的那個案子，方圓的那些材料，就是王老闆搞定的。」

冷靜聞言，趕緊躬身上前，兩手齊伸，握住對方的一隻手，連聲道謝。

躺在最裏邊沙發床上的鄭老闆欠起光光的身子，鄭重地給這位王老闆敬煙。

王老闆笑眯眯地朝他抱拳一揖，說不好意思，還沒學會。說著變戲法似的手裏變出一盒中華煙來，達達達，打機關槍一般，將裏面的三支煙準確地射到他三個人的懷裏。

「這位朋友不抽煙吧？」王老闆沖冷靜眯眯一笑，「我就不客氣了，煙又不是什麼好東西。」

王老闆一連串的動作讓他們看呆了。而且他一眼就看出冷靜不抽煙，這麼自信，有點神了。

張軍笑道：「我的這位朋友冷兄跟你一樣，不喜歡抽煙，專門喜歡喝奶。」

王老闆一直像彌勒佛那樣微笑，一直是那種親切和靄的語氣：「也是緣分，呵呵，算我請客吧，啊，你們玩好，啊，有什麼事隨時叫我一聲，呵呵。」

王老闆朝他們抱拳一揖，便出去了。步態輕鬆，姿勢瀟灑。

167

（調查材料）

　　為了穩住李朋，方圓將北京導演給自己的學費一共4萬元交給了李朋，並悄悄搬出了出租房，並不再去學校上學，想以此逃脫李朋的視線。

168

　　王老闆走後，四個人躺在包間的床上說笑。

　　冷靜說張軍做的這麼多廣告，好像只有這個王老闆還有點影子。

　　張軍笑道：「冷兄你這是表揚我呢，還是批評我呢？」

　　就好像是用事實回答他似的，這時從門外陸續進來四個小姐，三個穿黑，一個穿紅。

　　穿紅的年齡大一些，主動問道，哪位客人「敲背」呀？

　　張軍笑道，我們都要「敲背」，哪個先來？你們儘管挑，別不好意思，不滿意的我再叫老闆換人。

　　大家放眼望去，目光刷子一樣從她們臉上、身上一一刷過。

　　不知道其他人的感覺怎麼樣，反正冷靜是沒有什麼感覺，甚至有一種失望。反正沒有他一眼看中的。

　　「黃兄鄭兄先來吧，我反正要等一會兒，要先安慰一下肚子。」冷靜說。「食色性也，糧食的食是放在第一位的哈。」

　　張軍也贊同冷靜的話。黃大眼於是就叫裏邊的鄭老闆先挑。鄭老闆自然也推讓一番。張軍早替他在穿黑的裏面物色了一個，對她使眼色說：

　　「這位小姐叫什麼？你主動一點嘛，我知道，我們鄭老闆就喜歡你這種類型的，又年輕，身材一級棒，今年有十八周歲嗎？」

　　那小姐笑吟吟地回答說，今天正好是我的二十歲生日呢。她邊

說邊朝鄭老闆的沙發床走過去，彎下腰，然後拉起他的手，說：

「這位老闆真是一級棒哦，我好喜歡哦，你是我最好的生日禮物哦……」

鄭老闆嘿嘿笑了兩聲就順勢站起來，說看樣子我不帶個頭，你們都沒勁頭了，那我就先拋磚引玉了，呵呵。

黃大眼笑道：「火車跑得快，全靠車頭帶嘛，領導帶了頭，群眾才有勁頭哈。」

眼看鄭老闆被小姐牽著走了出去，那個穿紅的小姐便主動上來拉大眼：

「這位帥哥真帥哦，在哪發財呢？」

剩下的這三個中，「紅小姐」看上去年齡最大，個子最高，皮膚最白，加上穿紅衣服，臉上帶著笑，似乎是「矮子中的將軍」了。其他兩個小姐站在她後面，一個表情不自然，一個面露苦相，看上去都不太舒服。

大眼可能是看清了這形勢，他被紅女牽著，也就半推半就地跟她走了。

冷靜心裏倒是有點大大的疑惑：張軍不是說四個人排在一起比賽的嗎？他們先去熱身還是怎麼的？

張軍主動問那個面露苦相的小姐：「今天什麼事情不高興啊？」

那姑娘低著頭，繼續苦著，不答。

旁邊的小姐替她答道，她昨天剛來的，在家和男朋友鬧翻了，賭氣跑出來的，她還沒有做過，今天客人多，是我勸她來做的，她一直拿不定主意，我勸了好半天哦。

──「哦？是這樣？」張軍似乎來了興趣。他站起來，走到姑娘身邊，伸手捏捏她的脖子、胸脯和屁股，轉頭向冷靜推薦說：

「這個姑娘真好，標準的綠色產品，用起來沒有話說，你要不要？你不要，我就要了哈。」

　　冷靜說我等會兒吧，先把肚子的需求解決了再說吧。

　　這句話提醒了張軍，他向旁邊的小姐說：

　　「你幫我問一下，我們要的奶姐怎麼還沒來？」

　　小姐說，她正在打電話，馬上就來的。我再幫你去問一下啊。

　　那個「綠色產品」也想跟在她後面出去，卻被張軍拉住了。他一把將她抱住，低頭去親她，姑娘的頭扭來扭去的，像個良家閨女。張軍把她拉到沙發床上，坐下，嘴裏不停地說著安慰話，同時兩隻手在她身上游來游去，不停地忙活著：

　　「我不會強迫你的，我只是想你快樂，開心，小姑娘，花季少女，開心還來不及呢，快樂還來不及呢，享受還來不及呢，哪有時間發愁呢？來來，你心裏有什麼話，都對大哥說，我把你當妹妹，你把我當哥哥，好不好？……」

　　這時從門外又進來一個姑娘，臉上笑吟吟的，身材、臉型、衣著打扮，看上去有點像維吾爾族或者俄羅斯姑娘，頭上梳著若干小辮，盤在一起，很有意思。如果不是臉上長著些雀斑的話，真算得上是一個美人了。

　　「哪位先生餓了？是你吧？」她笑吟吟的衝著冷靜說。

　　冷靜看著她，笑了笑。

　　「那跟我走吧？」她頭一歪，有些調皮地說。

　　旁邊的張軍故作誇張地喊起來：

　　「就在這裏，不許走，我們說好的，不許走啊，我想看你餵奶呢。」

　　「俄羅斯」姑娘聞言臉一紅，身子一扭走了出去，在門口回眸一笑，示意冷靜跟她走。

　　冷靜朝張軍聳聳肩，一攤手，意思是對不起了……

　　張軍說：「你別得意得太早，等會兒我也來她一奶，我們就成一條戰壕的戰友啦哈哈……」

　　他身旁的「綠色產品」聞言站了起來，生氣地要走，張軍哪裡

肯放，連忙抱住，連哄帶騙地說上一大堆好話。

……

169

冷靜回到包間，見他們三個都在裏面了。

張軍問冷靜說：「你曉得她當老闆的奶姐月薪是多少？六千！這樣的好事哪裡去找？一個奶姐老闆只用半個月，就換新的，就是怕她們熬不住。」

冷靜說，「老闆拿她來招待朋友，萬一她們熬不住怎麼辦？」

張軍笑起來：「你以為她是老板正用的那個啊？那個他才不會拿出來呢。」

冷靜趕緊岔開話題，問鄭老闆感覺怎麼樣？

鄭老闆說，「還可以，小姐身材很好的，也肯賣力氣，動作也很到位，把我全身都舔了，我跟他說，你要好好做，不要敷衍我，做得好，老子高興了，會多給你錢，做得不好，惹老子不高興，一個子兒都不給！她敢不賣力嗎哈！」

大眼不等別人問他，就主動插上來說，「今天數我最慘了，我那個是什麼東西，老婦女了，臉看上去白，全是搽的粉，一笑白粉直往下掉，身上又不白，肉都鬆了，肚子上還有一刀疤，那兩個奶子也是假的，墊的厚厚的海綿，胸罩一脫，奶子也跟著掉下來了……」

眾人大笑。

張軍笑得特別開心：「我們的大眼看上了人家胸前兩隻大麵包，結果只摸到了兩隻雞蛋，而且是兩隻煎雞蛋，哈哈哈，笑死我了！……」

大家笑了一陣。

冷靜又問張軍：「你呢？你沒有玩啊？你做廣告把我們騙上賊

船，自己不玩，專拿回扣是不是？」

　　「哪個說我沒有玩？」張軍說，「你們都走了，我就在這裏玩的嘛。」

　　說著他嗤一聲笑起來：「不過我今天白玩了，沒花錢。」

　　——啊，怎麼回事啊？其他三人不約而同地問。

　　張軍的表情、語氣更得意了，說，「那個苦臉的醜小鴨，你們一個都不要，只好我來了，誰讓我是東道主呢？十八歲的小姑娘，雖然沒什麼經驗，但性能就是不一樣呢，我剛進去，沒幾下，她就到高潮了。然後她就放鬆了，很被動的樣子，一點也不興奮。我一個人起勁也沒意思了。結果我沒放掉，就出來了。我給她錢，她不要，說按規矩，客人不出來，她不好收錢的。看，人家農村妹子忠厚吧，誠實吧？」

　　「那你也不好欺負人家哦？」大眼很認真地說。

　　「當然，我準備給她買點東西，下次來送給她。」張軍說。「就怕下次來的時候她不在了。」

　　——「啊？你不是說這裏很安全嗎？」大眼很認真地問。

　　「不是說她被抓，」張軍解釋說，「幹她們這行的，一般幹幾個月就轉移了，打一搶換一個地方。」

　　「為什麼呢？」大眼問。

　　「這還不懂？」鄭老闆插上來說，「人才交流唄，讓你有個新鮮感唄——假如你是一個熟客，來了好幾次，都是些老面孔，你還有興趣再來嗎？男人到這種地方，還不是為了嚐個新鮮嗎？我是不會重複玩一個女人的，張軍你呢？」

　　張軍支吾著說，一般情況是這樣，但也不排除某些特殊情況。

　　「什麼特殊情況？」鄭老闆很自豪地說，「值得我玩第二次的女人還沒有出生呢！」

　　眾人報以幾聲乾笑。

　　鄭老闆又說，「我玩女人有兩條原則，一是不親嘴，二是要帶

套，女人其實是很髒的啦！……」

張軍笑道，「我和你相反，男人女人隔著一層還有什麼意思？我不喜歡，要麼不玩，要玩就要玩真的，隔著一層還有什麼意思呢？還談得上什麼肌膚相親，採陰補陽呢？哈哈！……」

大眼說，「那你也太冒險了，性病倒是小事，這些雞大都來自安徽、河南愛滋病高發區，總不能拿自己的生命冒險吧？」

張軍笑道：「這種事玩就是玩的冒險，玩的就是心跳，人又不能活二百歲，活五十歲和活八十歲有什麼大差別呢？我反正也活過四十了，夠本了，死在花叢中，做鬼也風流哈！……」

話雖這麼說，張軍還是從沙發床上蹦了起來，招呼說：

「各位戰友，我們再去洗洗吧？」

「再等一會兒去洗。」鄭老闆很權威地說：「告訴你們啊，一完事就洗其實是不科學的，很多病菌在乾燥的情況下只能生存15分鐘，等它們都死翹翹了，就可以去洗了。」

……

唉，天下還有不背叛女人的男人嗎？冷靜忽然走神了，頗感滑稽地想：天下還有不背叛男人的女人嗎？唉……

男人女人，是多麼虛假啊！這世界，如果真的有什麼愛情，恐怕也是短暫的，臨時的。這難道真是人的天性嗎？……

170

（調查材料）

一周之後，李朋突然帶人找到了方圓的新住處。

方圓驚恐地說：「我就要到北京去了，你們以後別找我了。」

李朋一下就炸了：「咱們說好了一塊兒貸款做生意，你卻不告而辭，利用完了，就想甩掉我。你這個騙子！既然這樣，你再拿10萬給我，咱們就拉倒。否則的話，咱們沒完！」

　　李朋給方圓的籌款期限是十天。

　　李朋臨走時獰笑著對方圓說：「你再敢玩花樣，我就上北京，直接去找你那個鳥導演。告訴你，我能那樣收拾阿慶，也能那樣收拾你們，走著瞧。」

　　李朋撂下的那句話，像千斤巨石壓在方圓心頭。

　　夜幕降臨了，方圓不敢再繼續待在這間屋子裏。她連夜去了火車站。她既不敢往北，也不敢往南，只好打了一張往四川某山城的車票。

171

　　下到浴室裏，一人一隻蓮蓬頭，嘩嘩地沖，好像要把身上的皮沖下一層來。

　　少頃，張軍有些鬼鬼祟祟地踅到冷靜身邊來，問：「你也沒有帶套吧？」

　　冷靜愣住了，不知該怎麼回答這個問題。

　　張軍接著說，「來，我教你一個絕招，一個秘方，絕對管用，我就是靠這個秘方，十幾年來玩那麼多女人安然無恙……」

　　只見他左手握了一管牙膏，擠了一長條在右手心裏，往下身抹，死勁地搓揉著，那裏頓時泛起了一堆白色的泡沫。

　　「就這樣，就這樣，……」張軍熱心地、毫無保留地為朋友做著示範動作，直到認為對方的摹仿動作合格為止。

　　——「多搓搓，多搓幾遍，」張軍用權威的語氣叮囑冷靜說，「這事不可不信，也不可全信，不可不防，也不可全防，像他們那樣，恨不得穿了隔離服來搞，那還叫玩女人嗎？」

　　這傢伙咋呼了一通，自己卻早早結束了沖洗，上樓去了。

　　冷靜一走進包廂，他們三個人一齊衝著他轟然大笑起來——

　　原來，張軍已將牙膏的事當作笑話講給他們聽了，他們正笑得起勁呢！

　　他們說老冷啊老冷，這裏你年齡最大，情商卻最嫩。你想啊，牙膏那玩藝兒，連牙齒發炎它都管不了，還能治性病、愛滋病嗎？你真傻得可愛呢，一騙就上勾哈，哈哈哈……

　　張軍笑得尤其猛烈，仰在沙發床上，兩手捂著肚子，雙腳在空中亂蹬。

　　冷靜再也忍不住，終於被他那活寶樣兒逗得大笑起來。

17 神秘的隨身碟

婚姻就像黑社會，一旦加入又不敢吐露實情，
所以，婚姻的內幕才永不為外人所知。

172

沒等冷靜將方圓逃往四川後的經歷調查清楚，何飛的案子就再次開庭了。冷靜只好從揚州直接返回麻將城。

這次控辯雙方都做了更充分的準備。

控方拿出了縝密的現場勘查證據：方圓墜樓確為他殺——現場也就是陽臺上，沒有找到方圓新鮮的手印和腳印，也就是說：除非她會飛，否則，她是無法墜樓的。

控方最致命的一個證據是某建築公司的徐溫總經理——也就是前建委的徐科長提供的：徐溫曾受馬主任之托，經手為方圓買過一份四百萬的人壽保險：如果方圓意外死亡，則保險的受益人為馬路生；如果方圓離婚重嫁，則由方圓的現任配偶和馬路生共同受益。

控方相信：方圓的現任配偶何飛為了自己的這份高達千萬的受益，會迫不及待的殺死方圓。

——這就是何飛的殺人動機！

令人意外的是，辯方律師冷靜當庭表示贊同控方的觀點——方圓死於「他殺」。但分歧在於——這個「他」是誰？

首先，冷靜排除了何飛的嫌疑：他有案發時不在現場的證明，這個證人就是方圓的同事兼好友豐美。

豐美當庭作證說：2004年元旦的前一天夜裏從10點鐘到次日凌晨，何飛與她一起在情人路的夏威夷咖啡屋喝茶，快2點鐘的時候，她丈夫老黑還找到咖啡屋來和他們吵了一架。關於這點，咖啡屋的老闆娘也做了旁證。

控方責問：「為什麼在2月12日第一次開庭時，豐美沒有出庭作證？」

豐美回答：「當時我丈夫堅決不許我介入此事，更不同意我出庭作證。」

控方問：「為什麼現在你丈夫又同意了？」

豐美頓了頓，低下頭，輕輕地說：「他，上個星期死了。」

在場的很多人都記得，上個星期晚報上刊登的那件離奇的中毒案：一個中年男子在家裏因為誤將酒瓶裏的燒鹼當酒喝了，經搶救無效死亡。意外發生時，家裏只有他和保姆兩個人。這已是本市第二次發生這種怪事了。

其次，冷靜指出了新的殺人嫌疑犯：一個叫李朋的上海男子。

冷靜通過一份份證詞、證言，和一個個證人的當庭作證，概述了方圓短暫而曲折的人生經歷。法庭內的聽眾席上不時掀起陣陣騷動——

誰能想到呢？看上去氣質高雅、美貌迷人的電視播音員方圓，竟然是個用硫酸毀屍的殺人犯！……

最後，冷靜在多媒體螢幕上打開了一隻神秘的隨身碟——那是豐美前幾天剛交給他的。豐美作證說：這是方圓生前在電臺的工作用盤。從螢幕上可以看到，隨身碟裏有大量的工作日記和採訪資料。但在某一處，卻出現了如下的文字：

那個可惡的李鬼又來了！這次他要四十四萬！天啊，不把我榨乾，他是不會甘休的！

他是怎麼找到我的呢？本來以為，我逃到了四川，又從四川神不知鬼不覺地逃到了江南，逃到了麻將城，已經逃脫了他的魔掌，想不到……！

也許是電視把我暴露了？！千不該萬不該，像我這樣的，就不該當主持人，不該在電視上露面！

我真苦命啊！這次，我還往哪裡逃呢？

這次，不是我死，就是他亡！到了該了斷的時候了！！

——「我們有理由相信，方圓這段日記裏所說的李鬼，就是她的那個殺人同夥李朋。」冷靜最後總結說：「李朋才是殺害方圓的

重大嫌疑人！」

檢察官：「我們也有這樣的一張隨身碟，也是豐美提供的。我們一直沒有作為證據出示。因為隨身碟的真實性值得懷疑，它並不能作為有效證據。」

——「它是不是有效證據並不重要，」冷靜說。「但它至少向警方提供了一個新的破案思路和線索……」

……

173

何飛被釋放的第二天晚上，按慣例，冷靜在情人路的夏威夷咖啡屋擺了兩桌酒，一是慶祝，二是總結。

豐美一直不肯來出席酒會。在冷靜的再三邀請下，她還是來了。

豐美一到，就被冷靜請進了那個名為聽雨軒的小包間裏，說是有重要事情問她。

豐美進了包間後才發現，裏面還坐著一個很年輕、很漂亮的小姐。

冷靜為她們作了簡單的介紹。豐美於是知道她叫白潔（但不知道她有個昵稱叫「白又香」。當然，這個昵稱是冷靜專用的）。

——「是這樣的，方圓墜樓案被法院發回警方重新偵察，我們辯方還要繼續收集證據。這位白潔小姐找到我說，方圓墜樓的元旦那天凌晨，何飛是和她在一起的，她願意為何飛作證。」冷靜邊說邊暗暗觀察著豐美的反應，然後加重語氣問道：

「你們兩個，到底誰說的是真的？要知道，作偽證可不是鬧著玩的，那是要坐牢的！」

豐美一時漲紅了臉，做聲不得。

白潔卻清脆地說道：「我說的是真的。那天夜裏我在何飛的小轎車上，我們一邊開一邊做，感覺好極了。直到夜裏2點鐘，他才

把我送回酒店。我願意為他作證，只要為了他，什麼風險我都敢承擔！」

豐美的臉漲得更紅了，隨後又開始發白，好像一隻受超壓的氣球，隨時要爆炸。

——「她說謊！……」豐美終於迸發出來一句。

——「為什麼？」冷靜及時追問。

「……」

豐美像隻洩了氣的皮球，軟在坐椅上，咬著牙，好像要把脫口而出的每個字都咬碎。

冷靜正要繼續追問、打開她的缺口，忽然包間門被人推開——何飛探頭探腦地走了進來：

「哦豐美，你在這裏啊，我正找你呢，我還沒找到機會，當面向你表示感謝……」

豐美忽地站起來，看也不看他，推開他的手，再一推他的膀子，將何飛推到一邊，然後一股風似地衝出了包間。

何飛愣了愣，拔腿剛要追，卻被冷靜及時拉住了：「女人別追得太緊哦！」

何飛注意地看看一旁的白潔，不放心地問：「到底出什麼事了？」

冷靜拍拍他的肩膀，先將其穩住：「等會兒我單獨告訴你。」

——「謝謝你來反映情況，」冷靜又轉身朝著白潔，遞給她一張「老人頭」，說：「這是打的費，你拿著，有新情況我們隨時聯繫。」

白潔愣了愣，然後嘴角抿住笑，兔子似地在門口閃了一下，就不見了。

174

今天晚上的酒宴，冷靜放話了：所有職員必須到齊。

另有兩個不速之客——不過都是大家熟悉的：一個是小泄，一個是費大哥。他們也不能算是外人了，費大哥與小泄一樣，最近也加入了「自由DV人」的行列。

費大哥照例給大家帶來了他親歷的「DV故事」的最新進展——

費大哥在痛失父親遺產之後，一直心有不甘，為了對付他那個醫生繼母，他購置了一台DV機。一直在暗暗調查、監視那個女醫生。

調查的結果是：這個女醫生五年內嫁了三個丈夫，他們都很快病死了。

監視的結果是：費老屍骨未寒，這個女醫生又勾上了一個新的男人。他們兄弟幾個一商量，準備將其捉姦在床。一是出她的醜，自己出口氣，二是借機逼她說出騙婚謀財的真相，再逼她至少分出一半的遺產給他們……

假如不是冷靜及時的勸阻，他們真的就這麼幹了。

冷靜要求他們等待——「很多事情只能等待。耐心等待機會。」

不久，機會終於來了！

……

講到這裏，費大哥還故意賣了個關子。要大家猜：是什麼樣的機會？

在座的律師們都被這個業餘暗探難住了。他們一人猜了一條，都被費大哥一一槍斃了。

——「你們想得太複雜了。」費大哥用導師的口吻教育他們說：「中國的事情沒有這麼複雜。尤其是民間。」

原來，十天前，費大哥在一張法制小報上看到一個案例，題目是「男醫生巧用麻醉劑『隱性殺妻』」。案情大概是這樣的：

　　研究生畢業的陰某原在廣大市一家醫院任職，地位待遇都很一般。後來陰某與院長的女兒吳某結婚後，通過岳父「幫忙」，他步步高升，名、利、權全面豐收。

　　但陰某並不愛他的妻子吳某。後來，陰某結識了一名實習護士，身邊也出現了越來越多的女人，心理開始扭曲，把妻子看成「眼中釘」。為了既不失去眼前擁有的一切，又可讓妻子永久「消失」，同時逃避社會輿論的譴責和法律制裁，陰某利用自己的醫學知識，制訂了惡毒的「麻醉劑殺人計畫」。

　　陰某利用妻子對他的信賴，在妻子喝的咖啡或者茶水中，他每次都加入一種無色無味的麻醉劑氯胺酮。這種麻醉劑服用過多，會對心臟造成嚴重負擔，最終導致心臟纖維化。

　　在陰某的「精心照顧」下，本來身體健康的妻子吳某有了心臟病，而且不時發作。今年8月27日和9月5日，吳某兩次發病。陰某認為，經過這兩次發病，妻子有心臟病已成了眾所周知的事實。於是他急不可耐，在今年中秋節晚上，將家中剩下的5支氯胺酮藥劑全部倒入了咖啡中，讓妻子全部飲下。

　　吳某飲下不久，就出現頭昏、心跳減速等症狀。陰某殘忍地看著妻子在死亡線上掙扎，不慌不忙地將咖啡杯洗淨，直到晚上10點多，才假惺惺地將妻子送到醫院搶救。但此時，醫院已經回天乏力。吳某就這樣慘死在了自己十分信賴的丈夫毒手之下。

　　女兒的突然死亡和女婿的不正常表現，令同是醫生的吳某父親心中生疑。他毅然向警方報了案。

　　經過屍檢，警方發現死者的血液中含有相當劑量的麻醉劑，吳某真正的死因是「服用麻醉劑過量」。

　　警方經過縝密偵查，於9月23日晚，將正在家中與情婦幽會的陰某一舉抓獲。在大量確鑿的證據面前，陰某不得不如實交代了自己謀害妻子的全部過程。

……

看了這個案例之後，費大哥受到很大的啟發——

皮醫生的前夫因突發心臟病死亡。自己的父親也是在娶了皮醫生之後，屢發心臟病。但如今屍體已經火化，手中沒有證據。況且對皮醫生是否使用了和那個陰醫生同樣的手段，也僅是懷疑、猜測而已。

費家兄弟想來想去，覺得只有冒險一搏，死馬當成活馬醫——詐她一把！

於是有一天夜晚，費家兄弟一直守在皮醫生的家門口——那也是他們父親過去的家。等到那個男姘頭幽會結束出門時，他們趁隙而入，將這對男女堵在了門裏。

當著那個男人的面，費家兄弟將皮醫生用氯胺酮麻醉劑謀財害命的「事實」一一道來。那個男人當場嚇得面如土色。皮醫生口口聲聲要報警，卻遲遲沒有拿電話。見此情景，費家兄弟心裏便有數了。他們問皮醫生：是公了還是私了？

最後皮醫生還是選擇了私了，答應了費家兄弟的條件：將老頭子的這套住房贈送給費家兄弟。他們當場讓皮醫生寫了字據，第二天到公證處做了公證。

說到這裏，費大哥從身上拿出那張經過公證的字據給大家看。

「你們幫我看看，這東西有法律效力吧？不會是廢紙一張吧？」費大哥很認真地問道。

175

另一張桌上的小泄照例是大家開心取笑的對象。

旁邊的張律師問他，你那個大舅子蒙面強姦婦女的事怎麼說了？

「哦，那個事啊？」小泄一聽來精神了，賣個關子說：「你們

猜猜看，那個強姦陳桂花的蒙面歹徒是哪個？」

——「不會是你小泄吧？」對面的老胡逗他說。

小泄眼睛一瞪：「我？強姦她？送給我日我都不要！」

「送給你當然不要了，妻不如妾，妾不如偷，偷不如偷不到，偷不到不如硬上。」律師老黃擠著眼睛說。

大家嘻嘻哈哈笑了一陣。

小泄又說：「你們想不到吧，那個強姦陳桂花的蒙面歹徒，就是陳桂花的老公！」

張律師一本正經地問：「她老公也是神經病啊？」

眾人大笑。

小泄卻不笑，有些著急地說：「是真的！你曉得她老公說什麼？她老公說啊，平時老婆不讓他日，他就想了這麼個主意，裝成一個蒙面歹徒，強姦她。她老公還說啊，強姦的時候，她下面的水特別多，讓他感覺特別爽，他就上癮了，接連幾次從外地悄悄趕回來，強姦她。」

「這個消息你賣了多少錢啊？」「電眼」小劉姑娘譏諷地問：「你有沒有偷拍下來啊？」

小泄說：「人家夫妻都私了了，賣個鳥。」

「這就更有賣點了！」老胡說：「他們是怎麼私了的？」

「老公幫老婆買了只金戒指，又請村上的人吃了幾桌。」小泄說。「陳桂花都高興死了。」

——「我聽說，你在家裏也學這個樣子強姦小華的吧？」老黃繼續逗他。

小泄有些緊張地問：「你聽哪個說的啊？」

「效果怎麼樣？」旁邊的張律師壓低了聲音問：「你悄悄的告訴我，別讓他們聽見。」

「嘻嘻……哈哈……」一桌人笑得東倒西歪，這個樂呀。

……

　　正鬧著，冷靜端著酒杯過來敬酒了。

　　碰到小泄，冷靜便打趣地問：「小華呢？小華怎麼沒來？你們還在鬧離婚啊？」

　　小泄手裏端著個酒杯，抖啊抖的，杯裏的酒都快抖出來了。他將冷靜拽到一旁，悄悄的說：「我闖了大禍了。」

　　「什麼禍啊？」冷靜問。「你又打小華了？」

　　小泄像地下黨接頭似的，警惕地看了看四周，悄聲說：「我把她砸死了。」

　　冷靜聞言心裏一驚，但又以為他在說酒話，便開玩笑說：「你反正砸死人又不償命。你拿什麼砸的？」

　　「凳子。」小泄說。「大概砸到太陽穴了，她就，就……我砸死人真的不償命啊？」

　　冷靜聽這口氣不像開玩笑，便想核實一下：「什麼時候出的事？」

　　「就，就今天下午。」小泄又鬼頭鬼腦地看看四周：「我就是為這事來找你的，你說我要、要不要去自首？」

　　「真的啊？在，在什麼地方？」冷靜開始緊張了。

　　「就，就在，在我家裏。」

　　「如果是真的，你趕緊去自首，」冷靜板起臉說，「如果你是開玩笑，就到此為止。」

　　小泄一把拉住冷靜的衣袖：「哎，我現在去、去自首的話，他們會不會說，說我的腦子、很清楚、沒有問題？要不要我負、負那個刑事責任？」

　　……

　　冷靜轉身到另一個桌上拉過費大哥，和他低咕了幾句。費大哥點點頭，然後不動聲色地拉著小泄，走出了咖啡屋。

　　沒有人注意到他們。酒桌上已有好幾個人露出了醉態。比如老

黃就衝著小劉姑娘要喝什麼交杯酒——

「你恨我嗎？那就愛我吧；如果要終生為仇，那就跟我結婚！」

嘩——周圍的人都鼓起掌來。

只有何飛坐在那裏一聲不吭。也沒有喝酒。他看上去有點神情恍惚，心不在焉。

176

冷靜關上包間的門，站到兩桌中間，拿筷子敲了敲手裏的茶杯。

眾人立刻安靜下來。

大家知道，下一個議程要開始了。

這時何飛站起來，說：「老闆，我要不要回避一下？」

因為像這種總結會，當事人在場的情況還沒有出現過。

「我看不必，」冷靜說，「一台戲怎麼能缺少主角呢？」

大家聽出來，老闆的話音裏有嘲諷的味道。以前老闆從來不用這種口吻對同事說話的。

「該回避的我都讓他們回避了，夠給你面子了。」冷靜又說。

何飛尷尬地坐了下去。

屋內的氣氛跟著也變得尷尬起來。

大家不知道老闆的葫蘆裏賣的到底是什麼藥？

⋯⋯

177

——「大家都不是外人，讓我開門見山吧。」冷靜這樣開頭。

冷靜首先說到何飛提供的那隻神秘的隨身碟。

那隻隨身碟，何飛在第一次開庭前並沒有提供。為什麼呢？按

何飛的說法，他不知道隨身碟裏的內容，怕這個證據對他不利。

大家一定要問：假如何飛真的沒有殺方圓，他有什麼必要隱藏這些證據呢？他又有什麼必要在報案之前，趕緊將方圓的這只隨身碟藏匿起來呢？

何飛說他不知道隨身碟裏的內容，但當冷靜親赴北京、揚州調查時，被調查人都說，這件事兩年前就有人來調查過了。

——兩年前，正是方圓和他的前夫馬路生鬧離婚的時候，方圓的律師，正是何飛。

何飛知道冷靜會順著隨身碟上的線索，調查出方圓的殺人歷史，及她的犯罪同夥李朋。

何飛確實很聰明，第一次開庭，他的基調鎖定為方圓是自殺；到了第二次開庭，則鎖定為方圓是他殺——最大嫌疑人就是李朋。

何飛為什麼要分兩步走呢？當然是為了讓事情顯得更加逼真，更加可信。同時也是為了轉移警方的注意力。

何飛巧妙地利用了律師，甚至也巧妙地利用了警方。何飛在看守所裏，得意地遙控著這一切。

何飛早在兩年前，在辦理方圓、馬路生離婚案時，就瞭解了方圓的底細。既然何飛知道方圓是個危險的殺人犯，是個精神殘疾者，他為什麼還要冒著殺妻或被妻殺的風險與她結婚呢？當然是為了一個字——「錢」。

大家一定還記得，兩年前，何飛前妻的那場車禍。

在中了那筆一百八十萬的彩票大獎之後，何飛夫婦的關係便急劇惡化。有一天，何飛的老婆（前妻）突然不見了。大家都聽到何飛到處嚷嚷，說他老婆肯定拿著這筆錢跑掉了。

何飛讓大家相信：他老婆不僅拿走了錢，還開走了家裏唯一的那輛小轎車。何飛到處登廣告，懸賞一萬元，尋找那輛右車門掉了一大塊漆的黑色舊「普桑。」

果然，過了一個多月，那輛黑色舊「普桑」被一個農民在一個

山溝裏發現了。同時發現的，還有駕駛室裏一具高度腐敗的女屍。

至於那筆人人關心的一百八十萬鉅款，卻遲遲沒有下落。直到十個月之後，當得知何飛與方圓結婚的消息，冷靜才敢斷定：那筆鉅款應該是落在了何飛的手裏。否則的話，昔日的官太太方圓怎麼可能輕易嫁給一個窮光蛋呢？

但令冷靜沒有想到的是，方圓比何飛更有錢。方圓的前夫、前建委主任馬路生留給方圓的貪污款接近四百萬。離婚時，老馬根本不敢要這筆錢，只好用他的走狗徐溫的名義給方圓買了人壽保險。這就解釋了大家的一個疑問——為什麼當年老馬會為了姦殺少女案去坐牢，而不是因為貪污？而當時老馬的辯護律師正是何飛。

我們有理由相信：正是何飛在其中操縱了這一切。

……

178

何飛從與方圓結婚之日起，就在為方圓的死做精心的準備。

——問題是讓她怎樣死法？

「病死」或者「事故」，當然最好。但絕對不能讓她「自殺」。為什麼呢？因為按照人壽保險條款，事主「自殺」受益人是拿不到賠付的。

方圓自己並不知道，那四百萬保險金其實並不屬於她——她活著的時候，永遠也不能使用這筆鉅款；她死了，這筆錢將被她的兩個前夫平分。

何飛在幫助方圓辦理離婚案時，仔細研究了這份保險。他不得不佩服馬路生的足智多謀——他巧妙地讓方圓為他保管著這筆錢，同時也保證了自己的生命安全，然後再借刀殺人，自己至少可以得到保險賠付的一半——六百萬。

馬路生相信，方圓的新任丈夫，為了自己的這份600萬，會很

快的殺死方圓。

　　何飛可以說心領神會，他與馬路生配合默契。

　　於是，何飛決定利用方圓殺人犯的複雜經歷，順理成章地製造一個「他殺」的案件。

　　可憐的方圓就像一顆棋子，總是被別人擺來擺去；她的一生，就是被男人欺騙、利用的一生。

　　自作聰明的方圓以為她傍上了大款，利用了男人，殊不知，道高一尺，魔高一丈，男人總是比她棋高一著。

　　何飛自從與方圓結婚以後，彷彿換了個人。在同事、朋友的眼裏，他幾乎變成了一個膽小如鼠的人，他的「怕老婆」出了名，平時甚至都不敢和其他女人同桌吃飯，他也從來不敢跟男人一起洗澡，總是找藉口躲開，以掩蓋他身上的那些傷痕。何飛用了一年時間，精心設計和誇大了這些現象，成功地給所有的人造成了「方圓精神不正常」、「何飛飽受痛苦婚姻折磨」的深刻印象。

　　在做好這些準備工作之後，他就可以下手了。

179

　　大家可以設想一下事情的真相：

　　元旦的凌晨1點左右，何飛悄悄溜回家，將服了安眠藥睡覺的方圓從二十四層樓高的陽臺扔了下去，然後又悄悄返回夏威夷咖啡屋。（當然也不排除雇兇殺人的可能。）過了一會兒，豐美的老公也及時趕到了，他的醋意大發驚動了老闆娘——於是，他們便共同構成了一個無懈可擊的三角證據鏈。

　　豐美的丈夫老黑，下崗後混跡於黑社會，表面在小商品一條街開著個雜貨店，背後什麼都賣，包括兇器和毒品。他不知道元旦之夜引誘他去夏威夷咖啡屋「捉姦」是計，回家後，他結結實實將豐美揍了一頓，一怒之下，還將她的下身用鎖鎖了起來。這就是為什

麼元旦後一連好幾天，豐美都沒能去電臺上班的原因。——這些隱私，是在老黑「誤喝」燒鹼送命後警方調查出來的。

2月12日，何飛案第一次開庭，按何飛的設計，他說自己在案發當夜一直在家裏睡覺，他希望醋意大發的老黑站出來揭發他，主動為他提供不在現場的證明。但老黑並沒有這樣做。而且他也堅決不許豐美出庭作證。這樣一來，老黑就沒有存在的必要了。於是，就發生了十天後老黑「誤喝」燒鹼死亡的怪事。

大家應該記得，這樣的怪事兩年前在麻將城曾經發生過一次，當事人還打了電話到電視臺的《法律與諮詢》直播節目詢問：家裏孩子過生日，請客，忙亂中誤將燒鹼當甜酒給客人喝了，造成兩人死亡，這種意外事故應不應該負刑事責任？而當時在電視臺主持節目的，正是方圓與何飛。

大家可能會問：既然你冷靜認為何飛有罪，為什麼在法庭上還為他做無罪辯護呢？

……

180

「直到開庭的前一天，豐美才突然找到我，交給我那張神秘的隨身碟，並且表示要出庭作證。」

冷靜說著，從包裏拿出那隻隨身碟，插進他的手提電腦，打開了裏面的文字檔案——

……

那個可惡的李鬼又來了！這次他要四十四萬！天啊，不把我榨幹，他是不會甘休的！

他是怎麼找到我的呢？本來以為，我逃到了四川，又神不知鬼不覺地逃到了麻將城，已經逃脫了他的魔掌，想不到……！也許是

電視把我暴露了！千不該萬不該，像我這樣的，就不該當主持人，不該在電視上露面！

　　我真苦命啊！這次，我還往哪裡逃呢？

　　這次，不是我死，就是他亡！到了該了斷的時候了！

　　……

　　冷靜用鐳射教鞭指點著筆記本電腦的液晶螢幕：「當時我來不及仔細審查。事後我才發現，方圓工作日記裏關於李鬼的這段話，是別人加進去的！──為什麼這麼說呢？」

　　冷靜又拿出了另一隻隨身碟：「這是何飛提供的方圓在家裏使用的隨身碟，大家可以看出兩者的明顯區別：方圓不會鍵盤輸入，她都是用語音系統輸入文字，錯別字很多。」

　　冷靜再次插入豐美提供的那只隨身碟：「而這段關於李鬼的日記，幾乎沒有什麼錯別字。也就是說，這段話是豐美加進去的。這是豐美的一個失誤。」

　　──「這是第一個破綻。」

　　冷靜兩隻手舉著兩隻隨身碟：「大家請看，何飛的隨身碟讓我找到了李朋，而豐美的隨身碟指出了敲詐者李朋，兩隻隨身碟配合得多好！開庭時，控方說豐美早就向他們提供了這個隨身碟，對此，豐美對我卻隻字未提，更沒說這是一隻複製的隨身碟。這是第二個破綻。」

　　「當時在法庭上，當控方出示馬路生400萬人壽保險證據時，老實說，我驚呆了。」

　　冷靜摘下眼鏡，慢慢地擦著鏡片，這是他心情沮喪、惡劣時常用的掩飾動作。

　　「我之所以一直硬著頭皮為何飛作無罪辯護，是因為──我一直沒有找到他的殺人動機。我瞭解何飛，他絕不會單單為了婚姻痛苦去殺人的，他沒有這麼傻。」

「我也多次去挖那個馬路生，看他是不是給他的前妻方圓留下了一大筆錢？但這傢伙一直守口如瓶。想不到，在本案重審前，馬路生還是冒險出手了──假如何飛殺妻罪名成立，那麼，他馬路生便可一人獨得近二千萬的保險賠償金！真是人為財死鳥為食亡，馬路生為了鉅款不惜鋌而走險。」

冷靜重新帶上眼鏡，目視何飛：「當然，我們的大律師何飛也不是吃素的，對馬路生的這一手，他早有防備。何飛打出了一張制勝的王牌──豐美。他拋出了一個自己不在現場的鐵三角證據鏈。但大家仔細分析一下便不難發現：這個證據鏈的人為痕跡是不是太多了一些？

「於是，就在剛才，在宴會開始之前，我在豐美身上做了一個小小的試驗。

「剛才也有人看見豐美了，是我叫她來的。我把她請進了聽雨軒包間，我在裏面預先埋伏了一個年輕、漂亮的小姐。

「我讓白潔小姐編造了一段證詞，說元旦那天凌晨，何飛是和她在一起的，她願意為何飛作證。果然不出我所料，豐美當場就失去了控制，她衝著白潔大叫一聲：她說謊！……

「我問她為什麼？我想套出她更多的話，可惜豐美很聰明，她忍住不說了。但她的瞬間失態已經足夠說明問題了。難道不是嗎？

「這是女人的天性。我判斷：當豐美看到一位比她更年輕、更漂亮的小姐也在冒著風險為何飛說謊，她就會嫉恨得失去理智，露出馬腳。

「在這關鍵的時刻，何飛及時地衝進了包間，給豐美解了圍……

「下面的事，以及他和豐美之間的關係，還是讓何飛自己來說明比較好。」

……

──「以上是何飛的三大直接破綻。可惜我發現得太晚了，否

則，我是不會為何飛做無罪辯護的。」

　　冷靜合上他的筆記本電腦，似乎準備結束他的演講。

　　「另外，這件案子的間接破綻還有很多，比如，豐美的丈夫老黑『誤喝』燒鹼死亡，再比如，何飛的前妻因車禍喪生，等等。——現在，讓我們來聽聽，我們的當事人、大律師何飛是怎麼為自己辯護的吧？」

181

　　何飛一直顯得很鎮靜。他像聽別人的故事一樣，津津有味地聽完了老闆的精彩演講。

　　眼見老闆點了他的名，何飛也不慌不忙，似乎早有準備——

　　「正因為世界上沒有十全十美的事情，人們才會去追求完美。實際上，對任何一件事，從理論上說，我們都能找到它很多的破綻。

　　「比如，我們老闆的夫人之死，從理論上說，也能找到很多的直接破綻和間接破綻。再比如，那個年輕漂亮的白潔小姐，她真的就那麼潔白無瑕嗎？老闆和她又是什麼關係？但我現在拿不出有效的證據，說了也是白說。所以，我什麼也不想說了。」

　　——「你說完了？」冷靜冷冷地問他。

　　——「完了。」何飛說著從兜裏掏出一張紙：「這是我的辭職書。」

　　冷靜接過這張白紙，慢慢將它撕成碎片——

　　「雖然我有權開除何飛，但我並不想這麼做。」冷靜說。「下面，我想請各位同仁充當一下陪審團，來投個票，決定何飛的去留。

　　「——老胡，小劉，來，請你們來做監票人，將這些碎紙發給大家。」

……

182

沒等「陪審團」下結論，何飛便默默地走了。出門時，甚至沒有回頭看大家一眼。

「陪審團」的成員們還在何飛辭職書碎片的背面，認真地打著∨或×。

只有冷靜盯著何飛漸漸遠去的背影，長長地舒了一口氣。

有件事，剛才他沒有當眾宣佈——那是真正致何飛於死地的：

大約六個小時前，濱城的葉律師——也就是蚊子——打電話告訴了他一個驚人的秘密：那天黃昏，在何飛老家後門逃跑的那個女人，正是何飛的前妻。她當然是為爭奪財產的事在跟何家鬧——具體鬧的什麼內容，還在調查之中……

纏繞在冷靜心頭的一個疑團終於被解開了——

果然如他預感的那樣：何飛的前妻並沒有死！……

既然何飛的前妻沒有死，那麼，兩年前，死在何飛那輛舊桑普裏的那個女人，那具被燒焦的屍體——她又是誰？……何飛在這次「意外事故」中，可是拿到了他老婆180萬的人身保險金啊！……

不痛打落水狗，給對方留條生路，是冷靜的一貫風格。因為狗急了就要跳牆，兔子急了還會咬人。把對方逼向絕路，通常也是把自己逼上絕路。哪個人身上沒有疤？哪個人的屁股上沒有屎呢？

……

183

冷靜步出門，暗暗撥通了何飛的手機：

——我看見她了。冷靜像在打暗語。

——嗯？誰？

——你老婆。

——嗯？……

——你前妻。在濱城。

——哦……

——對了，你老父親情況怎麼樣？冷靜及時轉移了話題。

——還是那樣，一口氣吊著。何飛答。

——你趕緊回去看看吧。

——我正打的回去。

——好。保重。冷靜說。

——你也保重。何飛說。

冷靜斷開了通話。

人的生命力，真頑強呢……冷靜不由得輕聲感歎。

……

184

剛合上的手機又發瘋似地叫起來：

——這次是個陌生的號碼。

冷靜猶豫了一下，還是接了。

——「是冷律師吧？我是孫悅啊！」一個女人惶急的聲音。

——「哪個孫悅？」冷靜一時想不起來。

許多當事人記得他，他卻記不得他們。正如很多學生記得老師，老師卻不一定記得每一個學生。

——「就是上次，上次，飄，飄！還記得嗎？……」女人慌不擇路，話都不會說了。

——「哦！想起來了，你好你好！」冷靜一下想起來了，想起

了兩片雲，想起了一團煙，如影似隨，飄飄欲仙……

——「出事了，我家裏出事了！小張他，他死了！」

（……煙消了……雲散了……取而代之的是一陣冰雹……）

「別著急，慢慢說，哪個死了？什麼時候死的？死在哪裡？」

時間。地點。人物。

——「就是那個，快樂小張，你還記得嗎？他死了，大概一個小時前，就死在我家浴缸裏，他割腕了，到處是血，到處都是血，嗚……」孫悅嚇得哭了。

「他和你是什麼關係？」冷靜還比較冷靜。

——「他，他是我的、前夫……」

「哦，我記起來了。對不起。家裏除了你，還有其他人可以作證嗎？」

——「有，有，還有一個人在場……」

冷靜聽說此話，鬆了一口氣。

——「你也認識他的，就是小泄，小神經……」

聽了這句話，冷靜的心又懸了起來：一個精神病患者，作證有效嗎？

「小泄怎麼會在你家裏？」冷靜奇怪地問：「他剛才在我這兒喝酒的，他告訴我說，他把老婆砸死了，我讓費大哥帶他去公安局投案自首。」

——「他老婆沒有死，小泄大概是把她砸昏了，小泄跑出去後，小華又醒過來了，她自己打電話給120，現在她家裏人到處找小泄，要揍他，小泄嚇死了，就躲到我家裏來了。」

「哦，謝天謝地。」冷靜擦了擦額頭上的汗。「那你的前夫——哦對不起，就是小張，他又是為什麼事自殺的？」

——「就為了一點點粉，都怪小泄，這個小神經，他把他的粉吹沒了……」

（電話裏傳來小泄的聲音：「不是我吹的，是你吹的，我是朝

旁邊……」）

　　孫悅越急，越說不清楚，越是說得語無倫次。不過冷靜經過一番排列組合，還是大致聽出了事情的原委——

　　快樂小張今天晚上只搞到了一點點白粉，一直捨不得吸，因為他要靠這麼一點點熬到天亮。不久小泄也跑到孫悅家避難來了，鬧著要大家飄一飄。小張說今天不行，只搞到了一點點，還不夠他自己飄的。小泄不相信，小張只好把那個紙包展開來，讓小泄瞧，說，你看，不是我小氣，總共就這麼一點點，我要靠它熬到天亮呢，我的癮早就上來了，我一直不敢吸，吸了就更熬不到天亮了……小張正喋喋不休地說著，忽然，孫悅打了個噴嚏，小泄緊跟著也打了個噴嚏，把小張紙片上的那麼一點點粉全噴射到空氣中，消失的無影無蹤。

　　（小泄的聲音：「是你先打了個噴嚏，我是後打的，我是朝旁邊打的……」）

　　這個變故太突然了。快樂小張愣住了，小神經也愣住了！兩人定格站在那兒，四隻眼睛盯著那張空空的紙片，很久，竟沒有任何反應，像兩個木頭人。還是孫悅走過去，勸了幾句，把他們分別摁到椅子上。他們的身體都顯得有點僵硬。快樂小張什麼話也不說，神色慌張地一個勁地撥手機，但一直沒人接。他就這麼不屈不撓地重複地摁著號，像一個機器人在重複著同一個動作。其實在場的人都知道，過了這個時間，小老鼠們都躲進窩了，藏起來了，就算你找到他，這些小老鼠身上也沒有隔夜的糧。

　　後來，快樂小張就起身去了衛生間。孫悅先是聽見裏面放水的聲音，以為他在洗臉，再後來覺得聲音不對，就像水籠頭沒擰緊，發出的滴達滴達的聲音。從外面喊他，裏面也不答應。

　　孫悅趕緊叫小泄去衛生間看看，小神經一推開門就大叫起來——只見快樂小張躺在浴缸裏，脖子上插著一把剃鬚刀片，嘴裏咬著一條毛巾——從脖子往下，他身上全是紅色的。浴缸裏，盛了半

缸的血水。

　　如此說來，孫悅，一個小富姐，一個弱女子，她只是輕輕的一個噴嚏，就將她的前夫小張打死了。

語言文學類　PG0619

合法謀殺
——長篇懸疑小說

作　　　者／中　躍
主　　　編／蔡登山
責任編輯／孫偉迪
圖文排版／鄭佳雯
封面設計／陳佩蓉

發　行　人／宋政坤
法律顧問／毛國樑　律師
印製出版／秀威資訊科技股份有限公司
　　　　　114台北市內湖區瑞光路76巷65號1樓
　　　　　電話：+886-2-2796-3638　傳真：+886-2-2796-1377
　　　　　http://www.showwe.com.tw
劃撥帳號／19563868　戶名：秀威資訊科技股份有限公司
　　　　　讀者服務信箱：service@showwe.com.tw
展售門市／國家書店（松江門市）
　　　　　104台北市中山區松江路209號1樓
　　　　　電話：+886-2-2518-0207　傳真：+886-2-2518-0778
網路訂購／秀威網路書店：http://www.bodbooks.com.tw
　　　　　國家網路書店：http://www.govbooks.com.tw
圖書經銷／紅螞蟻圖書有限公司
　　　　　114台北市內湖區舊宗路二段121巷28、32號4樓
　　　　　電話：+886-2-2795-3656　傳真：+886-2-2795-4100

2011年10月BOD一版
定價：400元
版權所有　翻印必究
本書如有缺頁、破損或裝訂錯誤，請寄回更換

國家圖書館出版品預行編目

合法謀殺：長篇懸疑小說 / 中躍文字.插圖.-- 一版. --
臺北市：秀威資訊科技, 2011.10
　　面；　公分. -- (語言文學類 ; PG0619)
BOD版
ISBN 978-986-221-806-8(平裝)

857.7　　　　　　　　　　　　　100014380

讀者回函卡

感謝您購買本書，為提升服務品質，請填妥以下資料，將讀者回函卡直接寄回或傳真本公司，收到您的寶貴意見後，我們會收藏記錄及檢討，謝謝！如您需要了解本公司最新出版書目、購書優惠或企劃活動，歡迎您上網查詢或下載相關資料：http:// www.showwe.com.tw

您購買的書名：＿＿＿＿＿＿＿＿＿＿＿＿＿＿＿＿＿＿＿＿

出生日期：＿＿＿＿＿年＿＿＿＿＿月＿＿＿＿＿日

學歷：□高中 (含) 以下　　□大專　　□研究所 (含) 以上

職業：□製造業　□金融業　□資訊業　□軍警　□傳播業　□自由業
　　　□服務業　□公務員　□教職　　□學生　□家管　　□其它＿＿＿

購書地點：□網路書店　□實體書店　□書展　□郵購　□贈閱　□其他

您從何得知本書的消息？

　□網路書店　□實體書店　□網路搜尋　□電子報　□書訊　□雜誌

　□傳播媒體　□親友推薦　□網站推薦　□部落格　□其他＿＿＿＿＿

您對本書的評價：（請填代號　1.非常滿意　2.滿意　3.尚可　4.再改進）

　封面設計＿＿　版面編排＿＿　內容＿＿　文／譯筆＿＿　價格＿＿

讀完書後您覺得：

　□很有收穫　□有收穫　□收穫不多　□沒收穫

對我們的建議：＿＿＿＿＿＿＿＿＿＿＿＿＿＿＿＿＿＿＿＿

＿＿＿＿＿＿＿＿＿＿＿＿＿＿＿＿＿＿＿＿＿＿＿＿＿＿＿＿＿

＿＿＿＿＿＿＿＿＿＿＿＿＿＿＿＿＿＿＿＿＿＿＿＿＿＿＿＿＿

＿＿＿＿＿＿＿＿＿＿＿＿＿＿＿＿＿＿＿＿＿＿＿＿＿＿＿＿＿

11466
台北市內湖區瑞光路 76 巷 65 號 1 樓

秀威資訊科技股份有限公司　　　收

BOD 數位出版事業部

∙∙

（請沿線對折寄回，謝謝！）

姓　　名：＿＿＿＿＿＿＿＿＿　年齡：＿＿＿＿＿　性別：□女　□男

郵遞區號：□□□□□

地　　址：＿＿＿＿＿＿＿＿＿＿＿＿＿＿＿＿＿＿＿＿＿＿＿＿＿

聯絡電話：(日)＿＿＿＿＿＿＿＿＿　(夜)＿＿＿＿＿＿＿＿＿＿

E-mail：＿＿＿＿＿＿＿＿＿＿＿＿＿＿＿＿＿＿＿＿＿＿＿